LE COLOC

Du même auteur chez

addictives

Gone Boy

AMY HOPPER

LE COLOC

addictives

À tous mes amis,
ceux qui ont partagé mes jours,
ceux qui ont partagé mes nuits.

1

TOMBER DANS LE TERRIER D'ALICE

Lola

Le champagne, c'est aussi traître que la vie, plus tu le consommes, plus tu crois qu'il t'aide, et plus tu t'y noies.

Je lève ma coupe en direction du pseudo-serveur, sans même prendre la peine de formuler ma commande. Je continue de penser qu'il n'a pas encore 18 ans, c'est probablement le neveu de la commissaire d'exposition venu se faire de l'argent de poche. Son air dubitatif n'arrange rien.

C'est mon troisième verre, ça va. J'ai de la marge avant l'ébriété débridée.

Le sourire crispé que je lui offre me fait perdre encore quelques points. Je décide de me concentrer sur autre chose, lève les yeux vers l'expo puis me ravise ; regarder les photos accrochées aux murs creuse ma morosité. Je vais regarder le fond de mon verre, ce sera moins déprimant.

L'exposition n'est pas ratée, elle n'apporte juste rien, elle se perd dans un concept prétentieux qui retire à chaque photographie tout intérêt individuel. Plus je la regarde, plus ça me désole. C'est toujours comme ça avec le travail des autres : soit tu l'admires, soit tu as l'impression qu'il prend ta place. En l'occurrence, le contexte n'aide pas. Quelle idée de venir noyer sa peine dans le champagne gratuit du vernissage d'une exposition de photos alors que tu viens de perdre un boulot de photographe avant même de l'avoir commencé.

On appelle ça de la torture.

– Hé, chéri, lance une voix à ma droite. L'idée, c'est de servir les jolies filles, pas de les garder sobres. Tu auras plus de chances d'en choper derrière…

Je sors de ma rêverie et lève les yeux vers la brune qui vient si délicatement d'alpaguer mon serveur. Même si j'ai un peu de compassion pour ce dernier, je ne peux m'empêcher de sourire face à cette jeune femme, autant pour son franc-parler que pour ce qu'elle dégage de malice assumée – sourire qu'elle ne manque pas de remarquer.

– Je t'offre un verre, t'as l'air d'en avoir besoin, me propose-t-elle d'emblée.

Je vais pour ouvrir la bouche, sourcils froncés.

– Je sais, c'est un *open bar*, me coupe-t-elle. Mais c'est le geste qui compte.

– Je veux bien carrément la bouteille, dans ce cas-là, blagué-je.

La brunette entame un sourire espiègle, puis se penche par-dessus le bar de carton-pâte installé pour l'occasion, attrape la bouteille de champagne qui traîne et remplit ma coupe. Alors que le serveur, perturbé par ce menu larcin, accourt, elle lève une main autoritaire.

– C'est plus la peine de courir. J'ai juste besoin d'un verre maintenant.

Le serveur hésite une seconde, puis capitule, il n'a pas le caractère pour tenir tête à ce genre de jeune femme. Je la regarde se servir en essayant d'analyser dans sa tenue ce qui la rend à la fois si à sa place et si inappropriée à ce genre de vernissage. Elle porte la fameuse « petite robe noire » sur des collants filés, un sautoir en argent en forme de médaillon lui pend au cou, et ses baskets à la mode – dont je ne connais évidemment pas la marque – assument un motif léopard qui lui va étrangement bien.

– Que fait une Française accoudée à l'*open bar* d'un vernissage de Cincinnati ? me demande-t-elle alors, sincèrement curieuse.

Je penche la tête sur le côté, surprise.

– C'est à mon accent que tu as deviné que j'étais française ? Sur une seule phrase ?

– Non, pas du tout. T'as pas beaucoup d'accent, pour une Française, d'ailleurs. Non, c'est à ton style vestimentaire.

– …

– Il n'y a qu'une Française pour porter un pantalon, une chemise et des derbys et avoir l'air de sortir du dernier numéro de *Vogue* plutôt que d'un bureau de télécommunications.

Mes yeux descendent automatiquement sur ma tenue pour y chercher la touche française. Elle n'a pas tort… C'est très bobo parisien.

– Tu fumes ? me demande-t-elle dans la foulée.

– Oui…

– Encore un truc que seuls les Français font encore… Tu m'offres une cigarette ?

– Bien sûr.

Encore une fois, elle a raison, depuis que je vis aux États-Unis, à chaque fois que je sors une cigarette, les gens me lancent des regards à mi-chemin entre l'amusement et la désolation. Ils vont finir par réussir à me faire arrêter, un jour. Je saute de mon tabouret et regarde ma voisine attraper son verre et la bouteille de champagne avant de se diriger vers la sortie d'une démarche assurée. Je n'ai pas besoin de me retourner pour savoir que notre serveur est à deux doigts de la panique. Ma compassion pour lui s'accentue encore un peu. Une fois dans la rue, la brune s'écarte de quelques mètres puis s'assoit directement sur le rebord du trottoir. Je fais de même en réalisant alors que je ne connais même pas son prénom.

– Tu t'appelles ?

– Kristen. Toi ?

– Lola. Enchantée.

– Et alors, Lola, qu'est-ce qui t'a fait venir ici ? Ton amour pour le champagne ? Un désespoir général ? Ou un fait en particulier… ?

– Les trois, je dirais.

Kristen nous ressert puis pose ses yeux noisette sur moi. Elle attend que je développe, visiblement. Je ne prévoyais pas d'interagir avec qui que ce soit, ce soir, encore moins de manière si frontale, mais bon, c'est toujours mieux que de ruminer seule dans mon coin.

– J'aime effectivement le champagne d'un amour inconditionnel, je suis française, après tout, plaisanté-je. La vie me désespère, mais ça, ça ne varie pas beaucoup au gré des journées. Et je viens de perdre un boulot que je n'avais même pas encore commencé. Un poste de photojournaliste au *Cincinnati Enquirer*, pour lequel je viens de déménager. Le patron, pour se faire pardonner ou par pure perversion, a eu l'idée de génie de m'inviter au vernissage d'une artiste photographe. Qui a réussi, elle…

– Charmant, commente-t-elle.

– Et toi ?

– La photographe en question est mon ex. Il faut régulièrement rappeler à ses ex qu'ils ne trouveront pas plus jolie que toi. C'est une de mes devises. Je ne suis pas sûre qu'elle me serve à quoi que ce soit, avoue-t-elle après un silence, mais ça défoule.

Je ris de son explication improbable puis nous sors une cigarette chacune. Je ne peux m'empêcher de remarquer qu'elle a un côté désinvolte, même dans sa façon de fumer. On ne peut pas dire que je sois quelqu'un de coincé, loin de là, mais les gens aussi effrontés m'intriguent.

– Et tu comptes faire quoi, du coup ? me demande-t-elle soudain.

– Rentrer dans le vingt-cinq mètres carrés de ma cousine qui me loge sur son canapé, et ne surtout pas y penser. Dans l'illusion absurde que ma situation sera moins désespérée au réveil, peut-être.

– Tu n'as pas d'appart ?

– Pour avoir un appart, il faut des revenus ; les deux viennent de s'envoler, donc.

– Je te laisse la bouteille, si tu veux, tu peux la ramener, me propose-t-elle sincèrement. Mais si tu préfères, tu peux plutôt venir boire des verres avec des amis à moi. Ils m'attendent dans un bar, pas loin. Se saouler, c'est quand même toujours plus acceptable à plusieurs…

J'hésite une seconde, étonnée par cette proposition aussi soudaine qu'alléchante. Cette Kristen m'est définitivement sympathique.

– J'ai pas tout à fait les moyens de me saouler dans les bars, ce qui, dit à voix haute, sonne de plus en plus pathétique… fais-je remarquer.

– T'inquiète, c'est un bar où on ne paye pas.

– Ça existe, ça ?

– Dans mon monde à moi, oui.

Kristen se lève alors, sans attendre de réponse de ma part. Après un temps de réflexion, elle attrape la bouteille.

– Allons, soyons pas salauds avec la jeune génération, lance-t-elle en se dirigeant vers l'intérieur, nos verres et la bouteille à moitié bue à la main.

Je comprends alors qu'elle va les rendre à notre serveur anxieux et la trouve immédiatement encore plus sympathique.

Allez… Partager un verre avec des inconnus, dans une ville inconnue, ça ne peut pas être pire que de me regarder déprimer sur un canapé.

***

« Chez Ruth » est exactement le type de bar qu'on ne trouve qu'aux États-Unis, à mi-chemin entre le pub, le bar de nuit et le troquet. Lumières tamisées, tables propres mais délabrées entourées de banquettes de velours rouge, petit comptoir pour les habitués, murs tapissés d'affiches délavées, de néons publicitaires vintage et de photos d'inconnus. Lorsque, en m'avançant vers le bar, je remarque la femme qui le tient, je comprends que nous sommes dans son sanctuaire, et que l'ambiance lui sied parfaitement. Vu la façon dont elle sert cinq verres à la fois et engueule la barmaid, il n'y a pas le moindre doute : c'est elle la patronne. Elle doit approcher la soixantaine, a la largeur d'épaules d'un rugbyman et le sourire carnassier de celles à qui on ne la fait pas.

Et je comprends encore mieux le personnage quand cette dernière – probablement nommée Ruth – s'adresse à Kristen sans la regarder :

– Kristen, chérie, tu vas me faire le plaisir d'expliquer à Mike que s'il ne quitte pas tout de suite cet air renfrogné de pucelle mal baisée, je le vire de mon bar. Si c'était le premier à se faire larguer, ça se saurait. Une chatte de perdue, dix de retrouvées.

– On ne peut pas vraiment appeler ça se faire larguer, précise Kristen. Ils n'ont même pas partagé un petit déjeuner en entier, elle est partie avant…

Kristen accompagne sa réponse d'une tape dans le dos à celui qui, visiblement, s'appelle Mike et qui, assis sur son tabouret, semble plus déprimé que moi. Un tour de force. Kristen prend place à ses côtés après m'avoir tiré un tabouret et m'avoir invitée à m'asseoir d'un geste de la main.

– Lola, Mike ; Mike, Lola, dit-elle, plus pour la forme qu'autre chose.

Je me penche légèrement au-dessus du comptoir pour contourner Kristen et saluer Mike de la tête, qui me répond d'un sourire presque sincère. Je n'arrive pas trop à savoir s'il est beau garçon ou non, tant sa morosité prend le pas sur son allure. En tout cas, il semble plus âgé, et son style passe-partout est à mille lieues de celui de Kristen. Je ne suis donc pas tombée sur un groupe de punks…

– Deux coupes de champagne, Ruth ! lance Kristen. Ce soir, on fête la connerie humaine avec ma nouvelle amie.

– Vous fêtez la connerie humaine tous les soirs, chérie ; d'ailleurs, c'est elle qui me fait vivre depuis quarante ans…

– Mets-en trois, précise Mike. Je fête ma propre connerie.

– Les enfants, vous avez conscience que votre porte-monnaie n'est même pas encore arrivé ? Il est où, Don Juan, d'ailleurs ?

– Va savoir. En pleine partie de jambes en l'air apéritive, probablement.

Ruth nous sert nos coupes, non sans secouer la tête, amusée, et moi, j'arrête d'essayer de suivre. Tous ces gens me semblent absolument appropriés à mon humeur noire, c'est le principal. J'entame mon verre en prenant garde de ne pas en boire la moitié d'office. Faut pas pousser, j'ai déjà perdu le compte des coupes, et il n'est que vingt et une heures. Soudain, une voix d'homme s'élève derrière moi.

– Vous êtes au champagne, ce soir ?

– Oui, c'est en l'honneur de notre invitée, lui répond Kristen. Ethan, je te présente Lola. Et vice versa.

Mes yeux se posent sur ledit Ethan, puis s'écarquillent assez pour que je m'en rende moi-même compte. Le mec qui se trouve devant moi est d'une beauté à couper le souffle, littéralement. Le genre de beauté que je n'ai pas vue depuis… jamais. Ma respiration avalée par la surprise, je reste ce qui me paraît être un temps infini à le regarder. Puis, réalisant que je frôle le ridicule, je marmonne un bonsoir auquel il ne répond rien, et je replonge mon regard dans mes bulles. Lui prend une ou deux secondes de plus pour se détourner de moi. Il commande finalement une quatrième coupe, puis s'éloigne sans l'attendre. Je n'aime pas faire ma midinette troublée.

Je déteste ça.

Je crois être sauvée quand j'entends Kristen et Mike se chamailler sur je ne sais quoi à ma droite, une histoire de secondes. Je remarque alors deux billets de dix dollars posés devant eux. Kristen les attrape et les fourre dans sa poche, visiblement ravie d'elle-même.

– Tu m'exaspères à gagner tout le temps, comment tu fais, c'est dingue ! grogne Mike.

– Je t'avais dit qu'elle était moins petite meuf que la moyenne…

– Oui, enfin, moins de quatre secondes pour une hétéro, c'est un record. Ou alors elle est homo, et là, c'est de l'arnaque. T'es lesbienne ? me demande aussitôt Mike en se penchant au-dessus du bar.

– Euh, non, pas plus que ça, pourquoi ?

Je jette un œil interrogatif à Kristen, complètement perdue par leur conversation cryptée.

– On parie systématiquement sur le nombre de secondes durant lesquelles les femmes restent bouche ouverte lorsqu'elles rencontrent Ethan pour la première fois, m'explique-t-elle le plus naturellement du monde. Tu t'en sors bien.

Plutôt que de me vexer, son aveu m'arrache un sourire.

Ces gens sont complètement barrés, et à la fois tellement honnêtes que c'en est déstabilisant. Et c'est vrai que, vu la beauté de cet Ethan, j'imagine que le *running gag* des femmes en pâmoison doit nourrir leurs soirées.

– On s'y habitue, finit par ajouter Kristen en me voyant pensive.

– À quoi ?

– À sa gueule…

– Non, moi ça m'énerve comme au premier jour, se désole Mike en finissant son verre d'une traite.

C'est vrai que pour un mec qui semble manquer d'assurance, traîner avec un type comme Ethan, ça ne doit pas être agréable pour l'ego.

– Vous vous connaissez bien, tous les trois, je vois.

– On habite ensemble, m'explique Kristen. Je connais Ethan depuis presque sept ans, depuis la première année de fac. Mike est venu s'incruster à l'appartement il y a quatre ans. Je ne sais pas ce qu'il fait encore là.

– Je remplis le quota dépressif du groupe. Avant moi, c'était ton rôle, alors te plains pas.

– Ah, mais je me plains pas, chaton, je serais bien perdue sans ton minois boudeur et l'argent que tu perds à continuer de parier avec moi…

Puis la présence d'Ethan se fait sentir à ma gauche ; ou plutôt, je vois sa main attraper la coupe que lui a servie Ruth. Je me retiens de le zieuter, je veux rester sur ma semi-victoire, déjà pathétique, à mes yeux.

– Alors comme ça, tu nous ramènes les chats errants du quartier, maintenant, dit-il à Kristen en s'accoudant au bar.

– Seulement les Françaises dépressives, précise-t-elle.

Elles ont le charme de l'exotisme.

– Et boivent du champagne... C'est bien ton genre, tiens.

Je pourrais me vexer, étant donné la façon cavalière dont ils parlent de moi en ma présence, mais ils le font avec un naturel si désarmant, c'est dingue. Puis je me souviens que Ruth a mentionné que leur « portefeuille » n'était pas encore arrivé. J'imagine qu'il s'agit donc d'Ethan.

– Les Françaises dépressives ne boivent du champagne que quand on leur offre, c'est là tout leur charme, et si j'ai bien compris, c'est toi qui offres... rétorqué-je, en me retenant bien de le regarder.

Je sens ses yeux se poser sur moi, cependant il ne dit rien. Le temps que nous reprenions une conversation, avec Kristen, sur le champagne et ses intérêts pour la gueule de bois, il est reparti sans que je comprenne bien ce qu'il fait depuis tout à l'heure. Puis, très vite, on le voit revenir, au téléphone cette fois-ci, hurlant à moitié sur son interlocuteur.

– Sérieusement ? Il se fout de notre gueule ! Elle n'aurait pas pu attendre demain pour se fracturer la clavicule, sa gamine ? On est censés faire quoi ? On n'a même pas loué d'appareil, il devait travailler avec le sien. Sinon je les aurais prises, ces putains de photos... Non, David n'est pas libre non plus, je viens de lui écrire... Oui, je sais, il semblerait que tout le monde ait piscine, demain matin... Arrête de t'excuser, c'est pas toi qui es allé lui fracturer l'épaule, à la gamine... Oui, c'est ça, je te rappelle.

Ethan raccroche et, à présent, je ne peux m'empêcher de le regarder. Je ne suis pas la seule, la moitié du bar a les yeux rivés sur lui, hormis Ruth qui a juste levé les épaules en signe d'abdication. La colère le rend encore plus beau, si c'est possible. Ses cheveux châtains lui tombent un peu dans les yeux, son regard a pris quelques nuances de noir, et sa bouche s'est empourprée.

– Qu'est-ce qui t'arrive encore, Handsome ? lui demande Kristen.

« Handsome » ? Effectivement, on peut pas faire plus approprié comme surnom – dans le genre beau gosse, il se pose là.

– Le connard de photographe *booké* pour le *shooting* de demain matin vient d'annuler. Une histoire de gosse à l'hôpital… On se retrouve avec le matériel et une équipe entière sur les bras, pour une campagne prévue dans trois semaines. C'est pour ça que je ne ferai jamais d'enfants, y a assez de cons sur terre pour m'empêcher de faire mon job, ajoute-t-il en secouant la tête.

– Je sais surtout pas comment tu fais pour ne pas en avoir déjà une tripotée, d'enfants, lui lance Mike, une pointe d'agacement dans la voix. Avec toutes les femmes qui passent dans ton lit…

– J'utilise cette innovation extraordinaire, inventée en Chine il y a mille ans, ça s'appelle le préservatif… Tu devrais en acheter, tu pourras au moins les regarder quand tu te sens seul.

Mike n'a pas l'air plus blessé que ça par la boutade. Il fait signe à Ruth de nous resservir au lieu de rétorquer quoi que ce soit. Ils ne doivent pas s'ennuyer, dans leur coloc…

– Détends-toi, Handsome, tu as une photographe juste à côté de toi, annonce Kristen.

Je me retourne brusquement vers elle tandis que je sens le regard d'Ethan me brûler le dos. Je n'avais pas même pensé à proposer mes services, c'est dire ma capacité à saisir les opportunités.

– Tu es photographe professionnelle ? me demande Ethan, l'air sceptique.

Sa question m'oblige à me tourner vers lui.

Putain, qu'est-ce qu'il est beau…

– Oui.

– Tu as ton propre appareil ?

– Bien sûr. Tu connais des photographes qui n'en ont pas ?

– J'ai tout rencontré, dans la vie… et j'ai à peine 30 ans. Et tu sais faire de la photo studio ?

– Ce n'est pas ma spécialité, mais je sais faire, oui.

Ethan semble réfléchir en me jaugeant du regard.

– OK. Rendez-vous demain à neuf heures.

Sérieusement ? Juste comme ça, il me file le boulot ?

– Vraiment ?

– Tu te sens capable de photographier une blonde trop maigre de manière à ce qu'on regarde la montre qu'elle porte et pas sa poitrine prépubère ?

Je lève un sourcil amusé en guise de réponse. Sa vision du mannequinat est intéressante…

– Bon, bah, voilà. De toute façon, la campagne est partie pour être désastreuse, ce n'est pas la mienne. Advienne que pourra.

Et sur ce, il repart en emportant son agacement avec lui.

– Il bosse où ? demandé-je en me retournant vers Kristen. Que je sache pour qui je vais travailler demain…

– Pour lui, techniquement. C'est un des associés de Pearson Entertainment, une énorme boîte de communication.

– Pearson ? Je connais. C'est là où travaille ma cousine Isabel…

– Celle chez qui tu loges ?

– Oui.

– Elle est jolie ? intervient Mike, se réveillant soudain.

Je le fusille du regard, ce qui ne lui fait ni chaud, ni froid. Puis les verres continuent de défiler. Après avoir proposé d'en payer un ou deux, j'abandonne, ça n'a pas l'air d'être la politique du groupe. Je suis déjà à moitié saoule quand Mike s'apprête à commander la tournée de trop. Il se fait cependant interrompre par Ethan, qui a ressurgi à nos côtés, comme il le fait depuis le début de la soirée.

– Non. Pour Frenchy, c'est fini pour ce soir… Je te commande un Uber, m'annonce-t-il en sortant son téléphone. Tu habites où ?

Je m'apprête à lui rétorquer que je suis capable de prendre mon propre Uber et de décider de mes heures de coucher, puis je me ravise. L'idée d'argumenter avec lui m'exténue d'avance, et puis il n'a pas tout à fait tort. Si je dois être opérationnelle demain à neuf heures, dans moins de huit heures, donc, c'est aussi bien que je m'arrête là.

– 18, Jefferson Street.

Je saute du tabouret avant de changer d'avis et me retourne vers Kristen.

– Merci pour la soirée, vraiment, c'était parfait.

– Pas de problème. Si t'as besoin de boire du mauvais champagne avec trois alcooliques désabusés, tu sais où nous trouver, maintenant.

– Ravie de t'avoir rencontré, Mike, ajouté-je dans sa direction. J'espère que la prochaine fille restera jusqu'au déjeuner…

– Moi aussi. Vous n'êtes pas censées faire la bise, vous, les Françaises ? ajoute-t-il, l'air mutin.

– C'est pas faux. Mais pour toi, je peux faire mieux que ça.

Je m'approche et dépose un véritable baiser sur sa joue. Il sourit, content de lui plus que du baiser. Ethan s'est dirigé vers la porte, il a donc décidé de m'accompagner jusqu'au Uber… Probablement plus pour vérifier que j'y entre que par excès de galanterie. Je le suis sur le trottoir. Il tend alors son bras dans ma direction.

– Donne-moi ton téléphone, que j'y inscrive les coordonnées pour demain.

Ah, oui… c'est mieux, si j'ai l'adresse. Putain, je suis grave.

Je lui donne mon portable en me demandant comment il tient aussi bien la route après cette soirée. Ou plutôt pourquoi je suis, moi, tellement à l'ouest…

– C'est quoi, ton code ?

– 1606, dis-je sans même prendre la peine d'objecter.

– C'est ta date de naissance ou la date de mort de ton hamster ?

– C'est l'année de naissance de Rembrandt.

Ma réponse, véridique, lui fait relever la tête du téléphone, et pour la première fois, je le vois sourire. Un début de sourire seulement, mais pas des moindres… Je mets ma réaction interne, beaucoup trop vive, sur le compte de l'alcool. Quelques secondes plus tard, alors que je m'apprête à m'allumer une cigarette, le Uber déboule dans la rue à une vitesse tout à fait inappropriée.

– J'ai mis l'adresse et l'horaire dans un événement,

m'explique Ethan en me rendant mon portable. Et je me suis envoyé un texto pour avoir ton numéro. Tâche d'être à l'heure.

– Bonne nuit à toi aussi, lancé-je en penchant la tête pour appuyer le sarcasme.

Alors qu'il se tourne pour partir, je crois apercevoir un second sourire… Une fois installée sur la banquette arrière, après avoir salué mon conducteur, je jette un œil à mes textos. Ethan s'est en effet envoyé un message sur lequel est inscrite une date : « 06/09/1928 ». À tout hasard, je la tape dans mon navigateur :

La date de naissance d'Andy Warhol… Qu'il connaît par cœur… Ben, voyons.

2

WHAT'S NEXT ?

Lola

J'ai tout de même eu la conscience professionnelle de mettre la batterie de mon appareil à charger et de vider ma carte mémoire, hier soir, non sans difficulté… Et je ne dois pas avoir l'air très fraîche.

Après, ce n'est pas moi qu'on va photographier.

Heureusement.

Ça faisait des lustres que je n'avais pas bu autant en si peu de temps, ça pourrait être pire. Cependant, si mon chauffeur pouvait arrêter d'essayer de doubler tout le monde, ça m'arrangerait… Je profite du trajet pour vérifier une dernière fois les réglages de mon appareil, ce qui fait vraiment de moi une maniaque. Je n'ai pas dit à Ethan que je ne travaillais pas au flash, mais si je ne me trompe pas, il a parlé de studio et de matériel, ça ne devrait donc pas poser de soucis.

Lorsque le Uber s'arrête au milieu de nulle part, devant ce qui semble être une usine, je prends un instant avant d'ouvrir la portière.

– Vous êtes sûr que c'est l'adresse ?

– Oui, ma p'tite dame. Y a pas d'autre McGoven Road à Cincinnati.

Une fois arrachée à la chaleur du véhicule, j'entends la voiture démarrer dans mon dos avec une certaine appréhension. Avant de m'inquiéter d'être perdue dans la banlieue de Cincinnati, je me dirige vers la seule porte qui n'est pas condamnée, et la pousse. Effectivement, c'est une usine, mais désaffectée, entièrement nue, comme si on l'avait vidée de ses entrailles. La pièce unique est vertigineuse, baignée d'une lumière douce issue des fenêtres tapissant les pendants du toit. Au fond, à droite, cinq ou six personnes s'affairent. Ils paraissent minuscules dans ce décor. Je traverse ce hall et remarque qu'effectivement, un studio a été monté. Une table pour la maquilleuse, quelques chaises pliantes, un drap blanc tendu pour faire le fond et deux spots. Si l'endroit est inattendu, le matériel est loin d'être bas de gamme. Je suis tout de même un peu déçue : l'idée de prendre des photos dans un cadre pareil me réjouissait, mais avec un fond blanc et des spots, moins.

Ethan se retourne à mon arrivée, un dossier à la main, portant le costume aussi bien que le jean… et toujours aussi extraordinairement beau. Ce n'était donc pas une illusion créée par l'état d'ébriété. Il prend un moment avant de m'adresser la parole, paraissant presque surpris de me voir.

– T'es à l'heure. Les jolis minois ont tendance à être en retard… me lance-t-il en guise d'introduction.

– Oui, c'est vrai. Et les arrogants pétris de clichés misogynes ont tendance à être moins intelligents qu'ils ne le prétendent, rétorqué-je.

Cette fois-ci, il est franchement étonné. Et moi, je ne suis pas sûre de regretter ma réponse. OK, c'est lui qui m'embauche, et je le connais depuis moins de vingt-quatre heures, mais faut pas pousser, ce n'est pas interdit, la politesse de base. Sa surprise se transforme cependant en amusement.

– Tu n'as pas tort, sur ce point… Bienvenue. Au pays des incompétents en manque d'inspiration, ajoute-t-il, las.

Je jette un œil autour de moi, constatant au passage que toutes les personnes présentes l'ont entendu.

– Tu as une drôle de façon de faire la promotion de ta boîte.

– J'ai récupéré la campagne d'un collègue. Je ne choisis pas mes collègues, malheureusement. Il a eu la bonne idée de faire un AVC avant d'en avoir terminé avec notre pire client. Bref, débarrassons-nous de la corvée et passons à autre chose. Elle est prête, Adriana ? Non, Agatha… Bon, on est prêts ?

J'aperçois alors Adriana/Agatha pour la première fois. Effectivement, il ne mentait pas quand il la traitait de prépubère trop maigre… Ainsi maquillée, la fille n'a même pas vraiment d'âge, encore moins de graisse, exactement comme la plupart des mannequins. À la façon dont elle plante son regard au sol, je comprends qu'elle est impressionnée, peut-être par la situation, plus probablement par Ethan. C'est pas croyable qu'ils n'aient toujours pas régulé l'âge légal des mannequins, ni leur IMC… Ce n'est décidément pas demain la veille que je travaillerai dans la mode – même si ça paye bien.

Je me dirige droit vers elle et me présente, lui demandant son véritable prénom, au passage. Abigaël est parfaitement « ravissante », et c'est bien le problème. Un « joli minois », comme dit l'autre, ça fait rarement une photo intéressante. Ajoutez à ça un banal fond blanc et une montre pas plus originale, je ne vois pas quel miracle je suis censée accomplir pour donner un intérêt à la photographie. Après un énième coup de pinceau de la maquilleuse, Abigaël se poste devant le drap. Lorsqu'elle prend la pose, je réalise qu'elle n'en est pas à son premier *shooting* et que la froideur dans ses yeux lui donne cinq ans de plus – mais pas de charisme. Je fais quelques essais, réajuste mon appareil en fonction des spots installés sans moi, et donne trois directions à Abigaël.

Le désespoir me tombe dessus au bout de sept minutes, et je ne m'en cache même pas. Les photos sont fades à pleurer, on est à des kilomètres d'accomplir quoi que ce soit. Je prends le temps de réfléchir devant l'assemblée qui me regarde, à présent intriguée. Ethan a fait en sorte de s'occuper après avoir passé les cinq premières minutes à ruminer en observant la scène, mettant tout le monde mal à l'aise. Réalisant maintenant qu'il ne se passe plus rien, il reporte son attention sur nous. Tout le monde se tait. Abigaël ne sait pas quoi faire de sa peau, jetant des regards mi-inquiets, mi-gênés sur Ethan. C'est là que je comprends qu'elle n'est pas vraiment intimidée, elle est en pâmoison devant sa gueule d'ange.

Mon Dieu, j'espère que « Don Juan » ne couche pas avec les mannequins prépubères…

Puis Ethan, ayant usé le peu de patience qu'il lui restait, se dirige vers moi et me prend à part.

– Je sais qu'on ne se connaît pas, mais dis-moi, s'il te plaît, que tu ne couches pas avec les mannequins de 16 ans… soufflé-je avant qu'il ouvre la bouche.

Cette fois, Ethan n'est pas juste étonné, il est carrément pris de court par ma question. Mais encore une fois, il semble finalement s'en amuser… Y a-t-il quelque chose qui ne l'amuse pas, avec son visage parfait, son air de gamin satisfait et ses yeux moqueurs ?

– Non, je ne couche pas avec les mannequins. Elles ne sont généralement pas en âge de comprendre les plaisirs du sexe, selon mes critères. Du moins, leur carrière s'arrête avant, pour la plupart d'entre elles… Tu as d'autres questions sur ma vie sexuelle ?

– Non. En revanche, on a un problème, précisé-je en pointant le « studio » d'un geste de la tête.

– Un seul ? renchérit-il.

– C'est qui, les clients ? C'est quoi, le slogan ?

– Une bande de vieux cons ringards qui, eux, ne se gêneraient pas pour s'envoyer une mannequin. Et le slogan, qu'ils ont insisté pour garder, c'est : « *What's Next* ? Tic tac ».

– Ça veut rien dire…

– Tu as remarqué ? se désole-t-il.

– Je peux essayer quelque chose ?

– Vas-y, Frenchy, tente ce que tu veux…

Le trouble que je ressens pendant une petite seconde, alors qu'il me regarde dans les yeux, avec son charme à faire tomber une sexagénaire frigide, me donne une idée.

– Je vais avoir besoin de ton aide.

Sans attendre sa réponse, je fonce vers Abigaël, la dépasse et retire le drap derrière elle, devant les yeux sceptiques de l'équipe. Puis je vais éteindre l'un des deux spots, repositionne le second de façon à adoucir la lumière artificielle et à remettre en valeur la lumière naturelle. Lorsque je demande si quelqu'un peut trouver une chaise qui serait visuellement acceptable, la maquilleuse, le coiffeur qui ne s'était pas encore levé, et un troisième type dont je n'ai pas compris la fonction se mettent à analyser tous les sièges, puis m'apportent le plus « propre ». Ethan intervient alors, regarde le siège en plastique sans cacher sa consternation et se dirige vers une pile de chaises pliantes qui traînent dans un coin du hangar. Celle qu'il m'apporte est tapissée de velours rouge un peu élimé, tout à fait poussiéreux, et son pourtour de fer a perdu jusqu'à sa dorure.

Parfait pour le décor…

Le fait qu'il ait compris ce que je cherchais me rassure. Je propose à notre mannequin de s'asseoir sur le siège posé devant le mur de briques ocre, maintenant visible. Je profite de ce que le coiffeur a le dos tourné pour passer ma main dans ses cheveux et ébouriffer un peu son brushing trop parfait, devant le regard amusé d'Ethan. Puis je rejoins mon complice et lui parle à voix basse.

– J'ai besoin que tu flirtes avec elle…

Il lève un sourcil.

– Gentiment, juste de façon à la faire un peu « exister »… Ne sors pas le grand jeu, l'idée, ce n'est pas de la mettre dans ton lit.

– Je n'ai pas besoin de grand jeu pour mettre qui que ce soit dans mon lit. Mais oui, je vois.

J'explique alors à Abigaël qu'on change d'angle d'attaque, qu'elle a juste à placer la montre près de son visage et à regarder dans ma direction quand j'appelle son nom. Le reste du temps, elle fait comme si je n'existais pas. Ethan s'installe un genou à terre à côté d'Abigaël, hors champ, et s'adresse à elle à voix basse, comme si leur conversation ne regardait qu'eux. Le subterfuge fonctionne en moins de trente-sept secondes : Abigaël prend vie sous mes yeux, et chaque fois que je l'appelle, le regard qu'elle offre à la caméra est plein de charme et de malice. Elle n'est pas gênée, juste émoustillée au point que ses joues s'empourprent. Le pouvoir de séduction de ce mec est surnaturel, c'est hallucinant…

Dix minutes plus tard, j'ai ce qu'il me faut. J'appelle Ethan, qui me rejoint devant la moue déçue d'une Abigaël qui aurait bien passé l'après-midi à se faire « draguer » par Don Juan. Ce qui assoit ma gêne d'avoir utilisé sa candeur. Je jette un œil aux photos : bon, Abigaël donne l'impression d'avoir au moins 23 ans, comme c'est souvent le cas des mannequins, sous les projecteurs. J'ai tout de même un peu honte d'utiliser le sex-appeal d'une gamine pour vendre une montre. Je présente quelques clichés à Ethan en essayant de me rassurer : le côté brut mais classique du résultat final n'est pas vulgaire, le sous-entendu sexuel donné au slogan « *What's Next* ? » est assez subtil pour être rentre-dedans sans choquer. Je crois voir à son hochement de tête satisfait qu'Ethan est, lui aussi, content du résultat.

– Si tous les jolis minois avaient autant d'audace, ça nous remettrait un peu à notre place, nous les « arrogants misogynes »… me dit-il en guise de félicitations.

Je pourrais m'en contenter.

– On remballe, crie-t-il alors à l'équipe.

Il s'éloigne de quelques pas puis se retourne finalement vers moi.

– Bon travail.

– Merci.

Merde, au-delà d'avoir finalement accompli un miracle, je suis bêtement contente de l'avoir « satisfait », lui. Ce mec est un démon…

***

Le bruit des clés dans la serrure me fait lever les yeux de mon ordi. Enfin ! Je n'ai pas parlé à Isabel depuis plus de vingt-quatre heures. J'ai un peu envie de lui raconter ma journée et la soirée qui l'a précédée.

– Salut, ma belle.

– T'es debout ? Cool, dit-elle en posant son sac.

– Il est dix-huit heures, heureusement que je suis debout…

– Vu l'heure à laquelle t'es rentrée hier, et ta déprime, j'ai eu peur de te retrouver au lit.

Il n'y a pas d'agressivité dans sa phrase, ni de cynisme. Ma cousine s'inquiète toujours sincèrement pour moi… Je la laisse aller dans la cuisine se chercher une bière avant de lui sauter dessus avec mon récit. Quand elle revient dans le salon, je la regarde avec tendresse s'affaler sur le canapé qui me sert de lit. J'adore voir cette blonde éthérée un brin austère boire sa bière à la bouteille en rentrant du travail, ça casse le stéréotype de la fille propre sur elle qu'elle trimbale malgré elle. Je décide que le tri de photos peut s'arrêter là pour ce soir et vais la rejoindre. Je m'assois par terre, de l'autre côté de la table basse, comme je le fais souvent malgré ses réprimandes.

– Faut que je te raconte ma soirée, et qui j'ai rencontré…

– Qui ?! demande-t-elle, étonnée que je « rencontre » qui que ce soit dans cette ville.

– Dans le bar où je suis allée après le vernissage, je suis tombée sur un mec qui travaille dans ta boîte. Un certain Ethan. Je me suis même retrouvée à faire un *shooting* photo pour lui ce matin.

– Hein ?! Ethan ? Ethan Atwood ??

Isabel se redresse, les yeux écarquillés et la bouche ouverte. Je reste un instant déconcertée devant l'excitation de ma cousine. Je pensais l'étonner avec mon histoire, pas la renverser…

– Sûrement, je n'en sais rien. À vrai dire, je ne connais pas son nom de famille. J'imagine que c'est ton patron, techniquement, vu que c'est l'un des associés…

– … Ethan Atwood ? reprend-elle, un peu hébétée, comme si, en répétant son nom, j'allais finir par m'en rappeler.

Le mouvement d'abandon dans lequel elle s'adosse au canapé ne lui ressemble pas, et je commence à me demander ce qui lui prend.

– Un beau gosse très sûr de lui, proposé-je pour resituer.

– Tu veux dire un dieu vivant qui a l'air d'évoluer à dix kilomètres du reste du monde, et de nous, pauvres quidams… ?

Je ris de sa description parfaitement appropriée.

– Donc, tu le connais, c'est bien ton patron ?

– En réalité, c'est le patron de mon patron, et on ne peut pas vraiment dire que je le connaisse. On n'interagit pour ainsi dire jamais, il ne s'intéresse pas beaucoup au département associatif.

Puis Isabel se tait, avale une longue gorgée de bière, et se tait encore.

– Vas-y, crache le morceau, finis-je par lui balancer, trop curieuse de comprendre ce qui la met dans cet état.

À la façon dont elle rougit, je commence à m'inquiéter.

– J'ai un peu un *crush* pour lui, avoue-t-elle finalement, avec un sourire gêné.

– « Un peu un *crush* » ? J'imagine que tout le monde à ton boulot a « un peu un *crush* » pour lui, c'est pas très original.

– Bon, d'accord, j'ai un *crush* massif depuis plus d'un an. J'en rêve la nuit, c'est devenu une obsession…

Ma mâchoire se décroche face à cet aveu complètement inattendu de la part d'Isabel. Ce n'est pas du tout le genre à fantasmer sur un étalon désinvolte pendant plus d'un an. Elle, c'est plutôt le type : « Je cherche le mec parfait qui remplira d'amour le reste de mes jours… » Je suis tellement étonnée que je ne trouve rien à répondre.

– Ça va, me regarde pas comme ça. On a bien le droit de rêver un peu. Alors, il est comment, en vrai ? Je veux dire, dans un bar ? C'est qui, ses amis ? Il était habillé comment ?

Si je continue à manifester mon étonnement, elle va finir par croire que je la juge…

– Il est… exactement comme tu l'as décrit. À mille lieues de tout le monde, impertinent, charmeur. Il porte le jean-tee-shirt avec classe comme il porte le costume avec désinvolture. Je crois qu'il a pas mal d'humour. En tout cas, ses potes sont très sympas, un brin trash-paumés.

– Trash ? Je ne l'imagine pas entouré de punks à chiens…

– Non, la version sales gosses insolents, mais cool, comme lui, quoi.

Le soupir de ma cousine et meilleure amie continue de me sidérer. Du coup, j'endosse mon rôle de « pseudo-grande sœur » – elle est née deux mois après moi…

– Tu dois l'avoir déjà réalisé, mais c'est quand même le genre de mec qu'il faut fuir comme la peste, tenté-je. Il a l'air de s'envoyer en l'air avec tout ce qui passe et, clairement, il n'est pas mû par l'envie de « se caser », ni d'offrir quoi que ce soit à qui que ce soit…

– Je sais, se désole-t-elle. J'ai bien conscience que le coup de foudre pour le patron inaccessible, c'est ridicule au plus haut point. Comme tu dis, je suis loin d'être la seule au bureau. Je ne sais pas ce qui me prend, je pensais que ça passerait, mais ça ne passe pas, ça ne fait que s'aggraver. L'autre jour, j'ai trouvé une excuse pour monter dans les étages de la direction dans l'espoir de le croiser. C'est pathétique.

À la façon dont elle passe nerveusement sa main dans ses cheveux d'or, je comprends que la situation est déjà passée de drôle à trop envahissante depuis un certain temps. J'hésite à tenter de lui briser ce qui me semble être un « délire ». J'ai peur que ça la blesse plus qu'autre chose, alors je me tais. Et puis, avouons-le, je peux comprendre qu'on tombe dans ses filets, même quand il ne les a pas tendus pour vous. J'ai rarement vu un homme cumuler à ce niveau perfection esthétique et assurance. Je ne vais pas juger ma cousine, je suis tombée dans le panneau d'un mec de ce genre et je n'en suis pas sortie indemne… Il faut peut-être expérimenter la douleur pour apprendre à la fuir.

– Tu veux qu'on se mate des épisodes de *The Good Fight* pour se changer les idées ? Y a pas de beau gosse, juste des femmes de pouvoir en colère…

– Haïr Trump avec Diane Lockhart, ça me va. Je vais quand même me prendre une deuxième bière. Tu veux un verre de quelque chose ? me demande-t-elle, connaissant mon aversion pour la bière.

– Non, merci, la soirée d'hier m'a suffi.

Alors qu'elle atteint la porte de la cuisine – en trois pas – elle fait volte-face.

– Tu vas le revoir ? me demande-t-elle, gênée par sa propre question.

– Oui, après-demain, pour faire le choix définitif des photos.

– Je ne t'ai même pas demandé comment était la séance photo…

– C'est pas grave, c'était pas très intéressant.

Tant pis pour le mensonge, mieux vaut s'abstenir de mentionner cet Ethan. Mieux vaut revenir à la vraie vie.

3

BROUILLER LES PISTES

Ethan

– Judith, j'ai besoin du compte rendu de la réunion avec Brown Athletic.

– « Judith, auriez-vous l'obligeance, s'il vous plaît, de m'imprimer le compte rendu de la réunion avec Brown Athletic » ? rectifie ma secrétaire.

– Exactement. Et pendant que vous êtes en pleine « obligeance », je serais très touché si vous pouviez déplacer mon rendez-vous de demain matin, ce qui, je crois, est dans le cadre de vos attributions…

– Je vais voir ce que je peux faire. Et Mlle Darrieux vous attend dans votre bureau.

– Qui ?

Ma secrétaire, toujours aussi conciliante, hausse les épaules. Je pousse la porte, prêt à voir apparaître une actrice française des années cinquante… Mais non, Lola est assise sur mon canapé, le nez dans son portable, nez qu'elle relève à mon arrivée.

– Darrieux ? Un lien de parenté avec l'actrice ?

– Tu connais Danielle Darrieux ? s'étonne-t-elle.

– Mon père a une passion pour le cinéma français qu'il m'a imposée toute mon adolescence. Il a réussi son coup : si je devais aller à Paris, je serais pas contre l'idée de la croiser dans la rue…

– Bon courage pour la rencontrer, elle n'est plus parmi nous.

– Dommage… J'ai un faible pour les vieilles dames distinguées.

– Hormis les mineures inexpérimentées, y a-t-il des femmes pour lesquelles tu n'aies pas un faible ? me demande-t-elle, sans attendre de réponse de ma part.

Et c'est parti… Cette fille ne manque pas de repartie. Je comprends pourquoi Kristen s'est si bien entendue avec elle. Lola se lève et vient s'installer de l'autre côté de mon bureau, visiblement prête à travailler. Elle ne porte pas de maquillage, ce qui est rare chez une femme, et ne semble pas chercher à flirter avec moi plutôt que de bosser, ce qui est encore plus rare, mais m'arrange, présentement. On est en retard sur tous les dossiers, en manque d'effectif, et j'ai bien envie de virer tout le staff du département graphisme. Je lui sors les trois photos extraites des dix qu'elle nous a envoyées hier. En les revoyant imprimées, je les trouve encore plus réussies.

– Tu as un avis ?

– J'ai toujours un avis, me répond-elle simplement. Mais

il n'est pas toujours commercial, alors je vais m'abstenir.

J'insiste en la regardant, regard qu'elle soutient. Ne pas clamer son avis sur tout et n'importe quoi, c'est rafraîchissant, mais si elle veut s'imposer dans le milieu, elle ne devrait pas faire dans la modestie.

– La première est un peu plus « brouillon » que les deux autres et le sous-entendu sexuel est un peu trop appuyé sur la troisième, finit-elle par dire. Après, moi, je sais qu'elle a 16 ans, ça me déprime. Mais c'est peut-être aussi parce que les photos sont « brutes », elles ne ressemblent pas encore à des publicités, du coup, on voit les « ficelles »...

Elle s'y connaît mieux que je ne le croyais. Je décroche mon téléphone, appelle Fred et lui demande d'apposer à la va-vite le slogan et les filtres sur les clichés de la campagne pour les montres. Je lui donne sept minutes et raccroche. Vu la façon dont je viens de l'engueuler, il va probablement en prendre cinq.

Judith me signale que M. Campbell est sur la ligne un. Je le prends, le contrat qu'il pourrait représenter est trop important pour le faire attendre. Entre deux ritournelles pour amadouer M. Campbell, je regarde Lola se balader dans mon bureau, examinant chaque objet avec attention. Je détourne les yeux au moment où la finesse de son dos, sur lequel tombent en cascade des cheveux auburn, me fait perdre le fil de la conversation. Quand je raccroche, elle est venue se rasseoir devant moi.

– Tu flirtes effectivement aussi bien avec les vieux qu'avec les jeunes... me fait-elle remarquer avec un sourire malicieux.

– Tu n'arrives à rien dans la vie si tu ne proposes du rêve qu'aux jeunes femmes. Les photos montées sont arrivées.

Je retourne mon ordi et les lui montre. Je sais déjà laquelle nous allons prendre, mais je suis curieux d'avoir son avis.

– La première, finalement, le côté « brouillon » brouille les pistes, justement…

– Je suis d'accord.

– Pourquoi tu m'as fait venir ? me demande-t-elle de but en blanc. Généralement, on ne demande pas son avis au photographe pour le choix final…

– Parce que ce ne sont pas juste tes photos, c'était ton idée. Tu mérites d'avoir ton mot à dire.

– Tu aurais choisi celle que vous préférez, même si ça n'avait pas été mon choix… non ?

– Bien évidemment…

Je la vois se lever sans attendre que je la congédie. Si tous les gens avec qui je travaille étaient aussi efficaces, ma vie serait amplement plus simple.

– Si tu veux un conseil, lui dis-je sans lever les yeux, tu devrais apprendre à utiliser un peu de ton assurance de photographe en dehors de la prise de photos. Si j'ai bien compris, tu es actuellement au chômage, ça t'aiderait à trouver du travail.

Lola penche la tête, l'air peu convaincu. Alors qu'elle s'apprête à partir, la porte de mon bureau s'ouvre avec fracas.

La tornade Kristen…

À la façon dont elle se réjouit de revoir Lola, au point qu'elle la repousse vers le centre de la pièce pour l'empêcher de partir avant de s'affaler sur mon canapé, je sais qu'elle est trop en forme pour ma journée, trop en forme pour qui que ce soit.

– Il est beaucoup trop tôt, Sunshine, j'ai encore du boulot… lui fais-je remarquer.

– On va se faire toutes petites, avec Lola, en attendant que t'aies fini ton boulot, promis.

– Je dois y aller, moi, la coupe Lola. J'ai promis à ma cousine de passer la voir au troisième.

– Tu connais une Isabel, au troisième, Ethan ? me demande Kristen. C'est la cousine de Lola.

– On approche des trois cents employés. Il y a probablement plusieurs Isabel au troisième. Qu'est-ce que j'en sais, moi, je ne travaille pas aux ressources humaines, lui rétorqué-je, exaspéré.

Je m'installe derrière mon bureau, conscient que ça ne sert à rien d'essayer de virer Kristen. Je ne vais jamais finir ma journée…

– Bon, je vous laisse, je… tente Lola.

– Attends, on organise une soirée à l'appart, ce soir. Tu viens ? propose K. On n'a pas prévu de champagne, mais on peut remédier à cette erreur grossière… Vingt et une heures ? ajoute-t-elle, comme si c'était acté.

– Ça marche, je serai là. Et je peux me passer de champagne…

Je jette un œil dans sa direction tandis qu'elle passe la porte. Définitivement, elle a un très joli dos.

– Avoue, tu l'aimes bien, me lance K une fois que nous sommes seuls.

– Elle est visiblement bien plus futée que la moyenne, ce qui est une réussite en soi.

– Je t'interdis de coucher avec elle, précise Kristen plus sérieusement. J'aimerais bien qu'elle reste dans les parages.

Puis mon amie se tait. Elle en a fini avec son numéro, elle va au moins me laisser taffer pendant quarante-cinq minutes. C'est toujours ça de gagné.

Ne pas coucher avec Lola, donc. Noté.

***

– Déjà fait, t'as aucune chance. Elle les aime un peu brutaux.

– Je peux être un peu brutal, si je veux, s'indigne Mike.

Mon silence suffit à lui faire passer l'envie d'argumenter.

– Alors Natacha ? propose-t-il.

– C'est qui, Natacha ?

– Ethan… c'est la brune qui te drague tous les soirs chez Ruth depuis un mois…

– Trop russe.

– Trop russe ? Comment peut-on être trop russe ?

– Absolument trop russe, renchérit Kristen en apparaissant à mes côtés.

– Ça ne veut rien dire ! s'énerve Mike.

Kristen passe son bras autour de ma taille en se retenant de glousser. Je passe le mien autour de ses épaules.

– Vous avez conscience, les gars, que passer en revue les filles de la soirée, au-delà d'être d'une banalité affligeante, n'a jamais rien changé à l'issue de vos soirées ? Handsome finit toujours avec la plus jolie, et, chaton, tu finis toujours trop défoncé ne serait-ce que pour tenter quoi que ce soit. Ralentis la boisson, tu coucheras plus.

Mike ne répond rien, il sait que Kristen a raison.

Mon œil est alors attiré par la porte de l'appart qui s'entrouvre, laissant apparaître une jeune femme. Je marque un temps d'arrêt avant de réaliser qu'il s'agit de la Française. Elle a les cheveux relevés en un chignon défait, et porte un simple tee-shirt blanc sur un jean brut ; une veste noire rend le tout plus habillé. Sunshine a raison, elle a vraiment ce style *frenchy* qui rend classe le décontracté. Elle s'avance vers nous après nous avoir repérés. Alors qu'elle s'approche, Mike va pour ouvrir la bouche, mais Kristen le coupe.

– N'essaye même pas. Elle est hors liste. Elle est à moi…

– Je veux bien que tu sois une virtuose dans l'art de retourner les hétéros, Kris, mais de là à mettre un veto…

– Je ne compte retourner personne. En tout cas, pas elle, rectifie-t-elle. Juste on ne touche pas, j'en ai marre de traîner qu'avec une bande de queutards.

Sur ce, Kristen se décroche de moi et s'avance pour l'accueillir.

– Tu es venue !

Lola sourit à Kristen, puis à Mike, et m'adresse un geste de la tête. Je remarque seulement que le sac qu'elle porte sur l'épaule se révèle être son appareil photo. Elle n'a donc pas de sac à main, du jamais-vu, pour une fille…

– C'est votre appart ? s'étonne-t-elle avec un brin d'admiration.

– Oui, pas mal, hein ? lui répond Kristen.

Je lance un regard irrité à Kristen.

– Bon, d'accord, c'est le sien, techniquement… lui avoue K. Un détail.

– T'es propriétaire ? me demande Lola.

– Si je n'ai pas envie de m'emmerder avec des patrons, j'ai encore moins envie d'avoir à gérer un proprio.

– Ni Dieu, ni maître… me lance-t-elle.

– Quelque chose comme ça.

– Très français, comme philosophie. On est censés être le berceau de la Révolution, des Lumières et de l'anarchie… Enfin, bon, c'était avant, ça.

Je souris à sa réflexion. Lola, pas vraiment. Elle semble à mille lieues de l'esprit de la fête.

– Tu ne bois pas ? lui demandé-je. Si t'attends que quelqu'un te serve, tu vas attendre longtemps.

– D'ailleurs, si, attends ! J'ai un truc pour toi… nous coupe Kristen en se dirigeant vers la cuisine.

Elle passe derrière le bar, bouscule un mec au passage, ouvre le frigo et revient vers nous avec une bouteille de champagne à la main.

– Si tu comptes nous faire boire du champagne dans des gobelets en plastique, je te vire de l'appart, m'agacé-je. Dix ans d'éducation pour en arriver là…

Je secoue la tête et vais nous chercher des coupes. À mon retour, Mike a disparu, et Kristen et Lola se sont assises par terre sur la marche qui sépare le salon en deux espaces. Je lève les yeux au ciel.

– Et voilà, la révolution des hippies est en marche, vous avez cinquante ans de retard.

– Non, on dépoussière le concept, réplique Kristen. On garde la vie sexuelle débridée, mais le champagne remplace le LSD, et un style vestimentaire décent est exigé.

– J'adhère, renchérit Lola en tendant sa coupe.

Je remarque à quel point le champagne lui va bien, le

sol lui va bien, Kristen lui va bien. Son appareil ne suffit même pas à lui donner un air de gamine qui se veut artiste.

– Tu comptes faire un documentaire photographique sur la nouvelle communauté de dépravés de Cincinnati ? suggéré-je.

– Oui et non. En fin de soirée, les gens bourrés ont tendance à ne pas se rendre compte qu'on les prend en photo. Parfois, ça donne quelque chose d'intéressant.

– En attendant, tu ne veux pas le poser quelque part plutôt que de le trimbaler ? Tu peux le mettre dans ma chambre, personne n'osera y mettre les pieds.

– Si, ça, je veux bien.

J'avance vers l'escalier, et Lola me suit. Je ne me retourne que lorsque nous sommes dans ma chambre. Je regarde alors Lola, postée au milieu, immobile, balayant la pièce du regard. Je ne sais pas ce qu'elle en pense, en revanche, cette fille observe tout avec minutie. Une photographe. Elle me tend l'appareil que je place dans mon placard, au-dessus de mes tiroirs.

– Il sera en bonne compagnie.

– Tu m'étonnes, je pense que le prix de ta collection de montres rivalise avec celui de mon appareil…

– Probablement.

– Je peux laisser ma veste ?

J'acquiesce d'un hochement de tête. Lola retire sa veste et la laisse sur mon lit. Une fois qu'elle est en tee-shirt, on peut discerner ses formes menues sous le tissu blanc et la dentelle de son soutien-gorge. Quand mes yeux passent de la poitrine de Frenchy au lit, dans une sorte de réflexe pavlovien, je fais volte-face pour me soustraire à la vue de la délicieuse Française qui habite ma chambre avec un naturel beaucoup trop charmant.

La Russe me paraît soudainement une bonne idée. Moins d'emmerdes.

4

SUR FOND DE NUIT

Lola

Ainsi assise sur le canapé, j'ai un point de vue panoramique sur l'appart qui le rend encore plus spectaculaire. Ou alors c'est le champagne qu'on a bu avec Kristen et Mike. J'aurais envie de l'appeler un loft, et, en même temps, je dirais qu'il y a au moins quatre chambres, voire plus. La pièce principale, qui fait salon, cuisine américaine et salle à manger, a la hauteur sous plafond de deux étages. Le mur en face de moi est tapissé de fenêtres de haut en bas. Tandis qu'au fond de la pièce, à ma droite, il y a trois portes au rez-de-chaussée, et trois portes au-dessus, auxquelles on accède par un escalier, puis une coursive. La dernière pièce de l'étage est la chambre d'Ethan ; le reste, je ne sais pas. Je n'ai pas osé demander à visiter, même si je suis sûre que Kristen ne s'en offusquerait pas, elle n'est pas du genre à préserver son

« intimité ». Pour l'instant, elle est en train de rouler une pelle à une rousse incendiaire et, si je ne me trompe pas, il y a quinze minutes, elle embrassait un mec en costume trois-pièces et lunettes de soleil – alors qu'on n'y voit déjà pas grand-chose. Hormis Kristen et Mike, j'ai peut-être adressé la parole à deux personnes max. Il faut que je travaille à ma sociabilité, c'est affligeant. Ethan, lui, erre d'une personne à l'autre – d'une meuf à l'autre, plutôt – leur chuchotant des trucs à l'oreille que je serais curieuse d'entendre. C'est quoi, sa recette ? Hormis être beau comme un dieu, habiter l'antre d'un démon de la séduction et organiser des soirées dignes des mille et une nuits ! Car on peut dire que la soirée « bat son plein ». Un plein de tout et n'importe quoi. Le style et l'âge des invités sont aussi éclectiques que le choix astronomique d'alcools et de substances désinhibantes. Ça faisait bien longtemps que je n'avais pas mis les pieds dans un univers aussi déglingué. L'ambiance reste festive, malgré tout… Ça me va.

Je me décale quand Kristen vient s'effondrer à ma droite. J'ai perdu Mike de vue, il a dû tenter sa chance auprès de la jeune fille qu'on lui a choisie tout à l'heure, après maintes tergiversations.

– C'est désespérant, même en ayant le double du choix, je ne trouve personne, se désole-t-elle en me prenant mon verre des mains.

– Ça s'appelle être difficile. C'est plutôt bon signe…

– C'est exténuant, tu veux dire.

Au loin, je repère finalement Mike avec Ethan autour du bar. Mike plonge la tête vers le comptoir, un billet roulé en guise de paille.

– Vous prenez de la cocaïne ? demandé-je, un peu étonnée.

– Non, pas vraiment, répond Kristen, comme si c'était la chose la plus naturelle du monde. Avec Ethan, on en a consommé un peu, à la fac, mais on a très vite arrêté. C'est tellement « pour moi » que ce n'est vraiment pas pour moi… si tu vois ce que je veux dire. À chaque fois que tu me proposes un truc pour arrêter de penser, je tombe dedans la tête la première. Ethan aussi a arrêté, il est trop *control freak* pour accepter d'être dominé par une addiction. T'as jamais essayé, j'imagine ?

– Oh, j'aurais pu, mon ex en prenait pas mal, en soirée. Sauf que j'avais 20 ans, j'étais une gamine, alors qu'il en avait presque 30… J'ai eu la présence d'esprit de l'associer à son côté dépravé pas franchement glamour. Ça m'a vaccinée.

– Ce n'est pas plus mal. Je suis certaine que ça te plairait…

Je souris à ma voisine étalée à côté de moi comme une diva sur un sofa.

– Et Mike ? ajouté-je en le voyant se mettre à danser. J'aurais tendance à penser qu'il paraît un peu trop dépressif pour que la drogue ne soit pas un ersatz de relation… un terrain franchement glissant !

– Parce que se bourrer la gueule tous les soirs n'en est pas un ? me fait-elle remarquer avec un sérieux inattendu. Je te taquine… reprend-elle devant ma tête déconfite. Tu as raison, en vrai. Il ne s'y est mis que récemment, et j'aurais préféré qu'il n'y goûte pas. Mais bon, qui suis-je pour le juger ?

Nous observons les gens vaquer en silence. Certains dansent, d'autres discutent. Un groupe entier est assis par terre, en rond, tout au fond de la pièce. J'ai l'impression qu'ils jouent au jeu de la bouteille, mais je dois me tromper…

– Mais en fait, t'as quel âge ? me demande Kristen.

– 25. Vous ?

– 26 pour moi, 28 pour Ethan et 29 pour Mike, notre vieillard.

– Et aucun de vous n'est maqué ?

Kristen éclate d'un rire amer.

– Je pense que tu as compris par toi-même qu'Ethan ne fait pas dans le « maqué », que Mike a quelques névroses à régler avant qu'une fille bien comprenne qui il est vraiment, et que moi… je sais pas, faut croire que plus tu cherches l'amour, moins tu le trouves.

Je tourne la tête vers Kristen et tombe des nues en réalisant que cette brune un peu destroy, avec sa frange fouillis, ses cheveux noirs qui n'ont jamais vu une brosse et son verbe tranchant, cherche l'amour avec une telle amertume. Les apparences sont trompeuses.

– Si t'as tout plaqué pour venir prendre un poste fantôme à Cincinnati, c'est que tu ne devais pas avoir trouvé non plus… Tu faisais quoi, avant, d'ailleurs ?

– J'étais à l'école d'art de Boston. Après, j'ai eu un poste dans un magazine local.

– T'as fait l'école d'art de Boston ?! Eh bé !

– Tu connais ?

– J'ai une ex qui l'a tentée.

– Y a-t-il un truc pour lequel tu ne peux pas répondre « J'ai une ex qui » ?

– Non, effectivement, s'amuse-t-elle. Ça te montre le cœur d'artichaut que je suis. Allez, je vais nous resservir des verres, j'ai bu le tien.

Elle saute du canapé. Sa démarche assurée mais légère, comme si elle évoluait au-dessus du monde, me fascine. Lorsqu'un mec retire son tee-shirt, à ma droite, sans raison apparente, je me dis qu'il est temps que je sorte mon appareil photo. J'abandonne avec difficulté le canapé, et me dirige vers l'escalier. J'aurais bien prévenu Ethan que je m'apprête à pénétrer dans sa chambre, mais je ne le repère pas dans la foule. Je frappe trois coups à sa porte par acquit de conscience et entre. Ethan, debout au milieu de la pièce, décolle sa bouche de la brune pulpeuse qu'il a dans les bras. Je m'immobilise devant le spectacle. Il jette un œil dans ma direction et, pendant une fraction de seconde, je pourrais presque voir le feu du désir jaillir de ses yeux. Sans un mot, il tend son bras en direction de son placard – comme pour me rappeler où est caché mon appareil – tout en replongeant sa bouche dans celle de sa conquête. La façon dont il l'embrasse, la fougue qu'il y met, la crispation de sa main sur sa nuque rend le tableau déroutant. Je secoue la tête, m'empresse de récupérer mon appareil et de ressortir. En fermant la porte derrière moi, j'imagine une seconde la suite des événements. Une seconde seulement.

Ça doit faire bien trop longtemps que je ne me suis pas envoyée en l'air, car la bouffée de désir qui s'empare de moi me prend de court. Si seulement j'étais comme l'un d'eux, je choisirais un mec de la soirée et rentrerais avec lui. Mais non, je me connais, je suis bien trop difficile, il est rare qu'un inconnu me donne véritablement envie de me mettre à poil dans ses bras… Tant pis, la photo, la danse et les cocktails, ça suffira. Je cherche Kristen et Mike dans la foule d'invités, toujours aussi compacte. Cette soirée est pour le moins haute en couleur. Et, au final, je m'y sens étrangement à ma place.

***

Je sors une cigarette de mon paquet et rigole intérieurement en me rappelant la tête qu'a faite Kristen, tout à l'heure, quand je lui ai demandé si je pouvais fumer dans l'appart. La Kristen en question, sur le canapé d'en face, tend le bras dans ma direction en guise de requête. Ethan est mi-assis, mi-allongé au coin du canapé, tandis que Kristen est littéralement étalée sur lui. La façon dont Ethan accueille le corps de Kristen contre le sien paraît la plus naturelle du monde, et pourtant, je pourrais jurer que peu de gens se permettraient ne serait-ce que de poser une main sur son épaule. Ethan soulève légèrement ses fesses, sort un briquet de sa poche arrière et allume la cigarette de « Sunshine ». Ils ont tous une palanquée de surnoms, je ne crois pas avoir jamais entendu l'un des deux appeler l'autre par son véritable prénom. Puis Kristen tend sa cigarette à Ethan qui, levant un peu son visage pour l'éloigner des cheveux de son amie, tire dessus. Je dépose au plus vite mon verre, attrape mon appareil et saisis l'instant. Les beautés assez différentes de ces deux animaux sauvages sont accentuées par le laisser-aller presque sensuel de leurs corps et par l'étonnante mélancolie qu'ils dégagent. Je n'ai pas besoin de regarder la photo pour savoir qu'elle est réussie. Si je n'avais pas peur de les déranger, je les bombarderais.

J'affectionne particulièrement les fins de soirées :

l'ambiance cotonneuse, les quelques personnes qui errent dans l'apocalypse laissée par les autres, le calme après la tempête. Après avoir écrasé ma cigarette, je me décide cependant à me lever pour partir à la recherche d'un verre d'eau. Mais avant même d'avoir atteint le bar, une fille éméchée se retourne brusquement à mon passage et verse la totalité de son cocktail sur moi. Je reste une seconde hébétée. La maladroite baragouine une excuse peu convaincante. Ses yeux s'écarquillent à la vue d'Ethan qui arrive à notre hauteur. Le regard glacial qu'il lui lance suffit à la faire déguerpir. Ethan jette un œil à mon tee-shirt trempé.

– Suis-moi, dit-il simplement en se dirigeant vers les escaliers d'un pas nonchalant.

Je le suis jusqu'à sa chambre pour la deuxième fois de la soirée. Il sort une chemise blanche de son placard et me la tend.

– Tu peux laisser tes affaires dans ma salle de bains, K te les rendra à l'occasion.

Puis il reste planté devant moi un moment, perdu dans des pensées que je ne saurais deviner. Une lueur d'espièglerie apparaît peu à peu dans ses yeux bruns.

– Tu comptes rester là à me regarder me changer, finis-je par lui demander en penchant la tête.

– Je serais tenté… répond-il en esquissant un sourire.

Sur ces mots, il part et me laisse dans la pénombre de sa chambre sobre et luxueuse. Je devine la présence d'une salle de bains derrière une porte vitrée coulissante. J'enlève mon tee-shirt, puis me résous à retirer mon soutien-gorge qui est tout aussi trempé. Je les dépose au sol, à côté de la douche, et enfile la chemise hors de prix d'Ethan.

Vraiment, c'est tout à fait le genre de mec à qui il faut laisser son soutien-gorge en dentelle…

En repassant par la chambre, je remarque que ses draps sont défaits ; il a donc bien couché avec la brune dans son lit *king size*, le tout entre deux cocktails, tandis que moi, je dansais jusqu'à plus soif.

C'est vraiment la caricature de lui-même, ce mec.

Je retrouve ma veste accrochée à une poignée de porte du placard, et l'enfile. Il est temps de rentrer.

Dans le salon, il n'y a plus que six ou sept personnes, dont Ethan qui a retrouvé sa place sur le canapé et discute avec Mike, et Kristen qui s'est visiblement endormie. Je m'approche d'eux, attrape mon paquet de cigarettes et mon appareil photo que je range dans sa housse. Alors que je m'apprête à les saluer, Ethan lève la tête vers moi.

– Un Uber t'attend en bas.

– Ah, merci. J'aurais pu rentrer à pied.

Sans me lâcher des yeux, il hausse les sourcils comme si j'avais suggéré l'idée la plus incongrue qui soit.

– Merci pour la soirée. Et la chemise… ajouté-je.

– Tu peux la garder, Frenchy, elle te va bien.

– Bonne nuit, beauté, marmonne Mike en esquissant un vague geste de la main.

Et tandis que je me dirige vers la porte, je jette un dernier coup d'œil à ces trois improbables oiseaux. Ils me plaisent bien.

5

L'EXPÉRIENCE DE LA DOULEUR

Lola

– Ma belle, arrête de te remettre en question sur tout. T'as très bien fait de râler. T'as le droit de ne pas vouloir faire le boulot à la place de tes collègues.

Isabel ne répond rien. Elle sait que j'ai raison, mais ne peut s'empêcher de stresser sur… tout. On se connaît si bien, on n'a même plus besoin d'approfondir. Au lieu d'argumenter, elle lève le bras à l'attention du serveur pour nous recommander un verre de blanc. Vu sa beauté de blonde quasi norvégienne, le serveur accourt, tout sourire, et remplit nos verres à ras bord.

– Je suis désolée de t'embêter avec mes histoires de chamailleries entre collègues. Toi, tu viens de te faire virer, c'est quand même plus important.

– Tu vois, tu t'excuses encore. Et techniquement, je ne

me suis pas fait virer, je n'ai même pas eu le temps…

Mon téléphone vibre sur la table. Je le retourne.

[On boit des verres chez Ruth.
Viens.]

Voilà quelqu'un qui ne s'embarrasse pas des formules de politesse.

– C'est qui ? me demande ma cousine en jetant un œil au texto.

Vingt-cinq ans d'amitié, ça laisse certains passe-droits…

– C'est Kristen qui me propose d'aller boire des coups.

Isabel me regarde avec de grands yeux dont je déchiffre mal le sous-texte.

– T'inquiète, je ne vais pas t'abandonner pour aller boire des verres ailleurs. Je vais lui dire que je suis prise…

J'attrape mon portable.

– Attends ! me crie-t-elle, presque désespérée. On peut peut-être y aller ensemble… Je serais curieuse de les rencontrer.

Je me retiens de rire à sa moue faussement détachée.

– Tu veux dire rencontrer un certain Ethan ?

– Non, pas que…

Je réalise seulement que je n'avais même pas envisagé de l'emmener, c'est tellement pas le style de gens qu'elle fréquente.

– T'es sûre que c'est une bonne idée ? Je veux dire, nourrir ses obsessions, c'est rarement la solution la plus pertinente. Et la soirée de la semaine dernière a confirmé qu'il était le stéréotype du séducteur invétéré.

– Assouvir une petite curiosité n'a jamais fait de mal à personne.

J'ai envie de la protéger, et en même temps… elle n'a pas tort. En plus, j'ai la nette impression que ce n'est pas non plus un connard. Au mieux, elle se fera draguer, au pire, elle sera déçue qu'il ne lui offre pas l'attention qu'elle espère. Elle n'est pas du genre à passer dans les lits des mecs pour le fun. Moi-même, je me protège de ce genre-là. Ça n'aide pas l'estime de soi d'être deux centième sur une liste… Tandis que je réfléchis, Isabel me regarde avec des yeux de biche.

– Allez, oui, si tu veux, ça peut être sympa, finis-je par dire en ouvrant mes textos.

[Je suis avec ma cousine.
On passe boire
un verre tout à l'heure.]

Isabel sourit. Et dix minutes plus tard, elle est déjà en train de sortir son portefeuille pour régler la note.

– C'est moi qui invite, annonce-t-elle, toute contente.

***

Il me faut quasiment courir pour suivre Isabel dans les rues de la ville. Mais lorsque nous atteignons la porte de chez Ruth, elle s'immobilise.

– Si j'avais su, je me serais changée en sortant du boulot. Là, j'ai l'air d'une secrétaire bigote, se désespère-t-elle.

– Même avec un habit de nonne, t'as toujours l'air d'une mannequin nordique…

Et c'est vrai, elle a une fraîcheur dans les yeux, une peau laiteuse que la Terre entière lui envie.

– Allez, détends-toi, on va juste boire des verres avec des gens sympas… Un peu originaux.

Je pousse la porte et tombe nez à nez avec Mike, qui ne me salue pas, mais penche la tête pour mieux voir la blonde qui me suit. Avec toute la délicatesse qui le caractérise, il ouvre la bouche en grand. Je me retiens de lui mettre une petite claque derrière la tête – on ne se connaît pas encore assez – mais il l'aurait bien mérité.

– Mike, Isabel. Isabel, Mike.

– Elle est française, elle aussi ? On peut se faire la bise ? propose-t-il en s'approchant.

Isabel lui tend la main, non sans un sourire amusé.

– Je suis franco-américaine. On se fera la bise pour se dire au revoir, du coup…

Elle est en forme, la cousine…

J'aperçois Kristen et Ethan au bar. Ce dernier se retourne à notre approche et sa vue me provoque un petit pincement à l'estomac. Tu m'étonnes qu'Isabel craque pour lui, ça devrait être interdit de ressembler à ça. Le regard qu'il me lance, déjà énigmatique, devient carrément insondable quand il glisse sur Isabel. Il se lève de son tabouret, prend une seconde pour la reluquer, puis lui adresse la parole avec une chaleur que je n'avais pas vue venir.

– Isabel… Ravi de te voir hors du boulot. Tu bois quelque chose ?

Je pensais qu'il ne savait absolument pas qui était Isabel…

Qui, elle, rougit juste ce qu'il faut pour être charmante sans avoir l'air de se liquéfier à l'intérieur – ce qu'elle fait sans aucun doute.

– Oui, avec plaisir. Euh, Lola, prends-moi la même chose que toi, je passe aux toilettes.

Puis elle disparaît. D'accord, elle est encore plus déstabilisée que je ne le croyais. Kristen rigole en regardant Ethan suivre Isabel des yeux.

– Alors là, je m'étonne moi-même de ne pas l'avoir remise tout de suite. Comment j'ai pu oublier qui c'était… fait-il pour lui-même.

– Donc, tu ne savais pas qui elle était ? lui demandé-je.

– Absolument pas. Je l'ai croisée au bureau mais je ne l'aurais probablement pas reconnue dans la rue. Ça ne manque pas de jolies filles chez Pearson ; je ne les liste pas toutes.

– Moi, je l'aurais pas oubliée, rétorque Kristen. Quoiqu'un peu trop lisse pour moi.

Ils vont vraiment passer la soirée à commenter ma cousine ?

– Ruth, une bouteille de chianti blanc et deux verres… commande Ethan.

– Si tu veux t'envoyer la jolie blonde, tu devrais rester au champagne, lui fait remarquer la patronne d'un air goguenard.

– La jolie blonde s'avère être ma cousine… m'exclamé-je finalement.

Ruth hausse les épaules, Kristen ricane, Mike demande un autre verre, et Ethan ne relève absolument pas ma réflexion.

OK, j'abandonne...

La bouteille arrive en même temps qu'Isabel, qui a remis du rouge à lèvres. Le demi-sourire que lui offre Ethan me fait lever les yeux au ciel. Kristen me sert un verre et me tire par la manche pour nous faire prendre une table, pas loin de là. Bon, d'accord, on est censés les laisser flirter tranquilles. En même temps, c'est pour ça qu'on est venues, je peux bien laisser à ma cousine le plaisir de se faire draguer par le plus beau mec du bar... de la ville... des États-Unis ?

Mike nous rejoint quatre minutes plus tard, visiblement lassé d'être témoin du jeu de jambes de son pote. J'essaye de ne pas regarder dans la direction d'Ethan – qui ne semble même pas faire plus d'efforts que ça – et d'Isabel – qui semble faire beaucoup d'efforts pour avoir l'air de ne pas en faire. Au deuxième verre, je me suis détendue et j'assiste, fascinée, au dernier pari en date de Mike et Kristen sur le métier potentiel d'un jeune type, à la table d'à côté. L'un est persuadé qu'il est dans le marketing, l'autre dans la finance. Kristen attrape les billets, hilare, lorsque le mec en question commence à parler du cours de la Bourse pour draguer sa voisine. Puis j'apprends au fil de notre conversation que les trois amis ont un quatrième coloc qui n'est presque jamais là, un certain Alexander qui a une meuf à Chicago, et y passe le plus clair de son temps. Je me rends compte aussi que je n'ai pas la moindre idée de ce que Mike et Kristen font dans la vie, alors que c'est la troisième fois que je les vois. Plutôt que de demander, je joue le jeu : ils n'ont pas l'air de faire beaucoup de cas de la vie professionnelle des gens, hormis pour s'en moquer et lancer des paris.

Finalement, Ethan et Isabel nous rejoignent à la table. À la façon dont Ethan reste debout devant moi, sans un mot, je comprends qu'il attend quelque chose, mais il pourrait faire l'effort de formuler une phrase pour le demander.

– Tu veux ma place, peut-être ? lancé-je d'un air sarcastique.

– Décale-toi, ça suffira ; c'est pas comme si t'en prenais beaucoup, de la place…

Je me pousse un peu vers Kristen, et Ethan s'installe, tandis qu'Isabel s'assoit en face, à côté de Mike.

– Elle a toujours eu une grande gueule, inversement proportionnelle à son corps, lance Isabel, visiblement un peu pompette. Elle brûle tout de l'intérieur.

Je souris à sa réflexion, que personne n'a comprise.

– Depuis qu'on est petites, on a établi que j'étais le feu, et elle l'eau, expliqué-je. Le feu a besoin d'eau pour être parfois contenu, l'eau a besoin de feu pour être réchauffée.

L'idée semble laisser Ethan perplexe. Il tourne la tête vers moi et me regarde un instant – ou me reluque, plus précisément.

– Bref, elle est blonde, et toi brune à reflets roux, quoi.

– Aussi.

Il ne décroche pas son regard. Je m'étonne qu'il ait même noté ma couleur de cheveux.

– Tu n'as besoin d'aucun feu pour être réchauffée, fait remarquer Mike à Isabel, dans une tentative maladroite de lui faire un compliment.

– Et toi, ce serait bien dommage que l'on contienne ton feu, renchérit Kristen en me resservant.

Après quelques analyses complètement farfelues sur les éléments et leur signification symbolique, Ethan est retourné au bar, et Isabel a trouvé une excuse pour le suivre. Alors que je reviens des toilettes, cette dernière m'attrape et, de l'excitation plein les yeux, m'annonce qu'Ethan vient de lui proposer de rentrer boire un dernier verre chez lui. Je ne peux m'empêcher d'écarquiller les yeux, ce qu'elle s'efforce de faire semblant d'ignorer. Je voyais venir le jeu de flirt, pas qu'elle rentre avec lui…

– T'es sûre ? finis-je par balbutier. C'est quand même un mec qui… Enfin, je veux dire, tu vas peut-être le regretter, non ? Les coups d'un soir, c'est pas ton genre… Et puis, c'est ton boss, techniquement…

– Oh, ça va, tu vas pas te mettre à faire dans le discours moral, pas toi. Et puis t'es pas obligée de me protéger de tout, je ne suis plus une gamine.

– Je sais, mais c'est juste que tu me disais toi-même que ça faisait un certain temps que tu craq…

Je m'interromps face à son regard de glace. Après tout, qui suis-je pour lui conseiller de ne pas aller s'amuser un peu ? Elle aussi a le droit de faire ce genre de folie, ce n'est effectivement plus une enfant. Encore moins la mienne.

– OK. Du coup, amuse-toi bien…

Isabel me sourit et se dirige vers les toilettes, me laissant à ma perplexité. Une partie de moi a vraiment envie de la retenir. Lorsque j'atteins la table, Kristen est en train de lancer un regard faussement sévère à Ethan.

– Je croyais que tu ne couchais pas avec les gens du bureau, que c'était ta seule limite…

Ils parlent de ça, donc.

– Il faut toujours une exception à la règle, sinon la règle ne vaut rien, rétorque-t-il.

Je m'assois et attrape le verre de Mike pour boire une gorgée de quelque chose. N'importe quoi pour ne pas donner l'impression que j'ai un point de vue, que je suis mal à l'aise avec l'idée – car au fond, je n'ai aucune raison légitime de m'y opposer. Je perçois du coin de l'œil un regard d'Ethan. Peut-être s'attendait-il à ce que je me scandalise. Je ne lui donnerai pas cette satisfaction-là. Lorsque Isabel réapparaît, Ethan se lève, lui demande, pour la forme, si elle est prête, et nous lance un : « Bonne soirée, les enfants ». Il part aussitôt, ne laissant même pas le temps à Isabel de nous saluer. Je ne peux m'empêcher de les regarder s'en aller, sceptique, mal à l'aise. À la façon dont Kristen me ressert, j'ai la nette impression qu'elle l'a remarqué. Mais elle ne commente pas, elle nous relance sur notre conversation : les pires métiers au monde – grutier, secrétaire de Poutine, nounou d'enfant star… Et moi, je fais rideau sur mes émotions. J'en ai toujours eu trop, alors, avec les années, j'ai appris à les mettre sous un couvercle.

***

Ethan

Elle a définitivement un corps sublime mais une fausse pudeur qui n'en fait pas un coup d'enfer. Réalisant que je la regarde, debout au milieu de ma chambre, Isabel tire un peu sur le drap pour couvrir son corps dénudé.

Exactement ce que je voulais dire…

J'attrape les vêtements épars laissés au sol et lui lance. Puis je chope mon propre jean, et l'enfile. Lorsque je lève la tête, elle n'a pas bougé d'un millimètre, elle tient son pantalon contre elle comme une peluche, et je n'arrive pas à interpréter l'expression presque incrédule qui se dessine sur son visage.

– Tu veux prendre une douche avant de te rhabiller, peut-être ? tenté-je.

– Euh, non, balbutie-t-elle.

Puis, enfin, elle sort de sa torpeur et enfile un à un ses vêtements.

Elle attrape finalement son sac laissé par terre et s'apprête à sortir de la chambre. Je la suis pour l'accompagner jusqu'à la porte, puis m'arrête.

– Attends une seconde.

Je fais un saut dans ma salle de bains, récupère le tee-shirt et le soutien-gorge que Lola avait laissés à la soirée et reviens à Isabel.

– Tiens, c'est à ta cousine, tu pourras lui rendre, dis-je en lui tendant les vêtements.

Isabel reste un instant interdite, puis du feu jaillit de ses yeux.

Pour une meuf censée être l'eau, je la trouve plutôt volcanique…

D'un geste précipité, elle m'arrache le tee-shirt et le soutif des mains, les fourre dans son sac et part comme une furie, sans attendre que je la raccompagne. Cette fois, il est évident qu'elle est en colère. Je serais tenté de l'arrêter pour comprendre pourquoi, mais la flemme l'emporte sur la curiosité. Sérieusement, je n'en peux plus des femmes qui imaginent qu'une invitation à la maison doit être suivie d'une demande en mariage. Je ne mens jamais sur la marchandise, je ne fais jamais miroiter quoi que ce soit pour les induire en erreur, encore moins pour les attirer dans mon lit. J'ai juste l'honnêteté de ne pas dormir avec un coup d'un soir, ni me taper des *dates* qui ne mèneraient à rien… En plus, j'ai même fait particulièrement attention à ne pas la bousculer, conscient que ce n'était pas dans ses habitudes de s'envoyer en l'air avec un inconnu… Qu'est-ce que je suis censé faire de plus ?

Faut que j'arrête les jeunes femmes un peu fleur bleue ; même si elles ont une fraîcheur que j'aime bien, c'est pas gérable…

Je regarde l'heure et réalise qu'il est à peine vingt-trois heures passées. J'ai le temps de répondre à quelques mails. Les autres ne vont pas rentrer tout de suite.

6

LE VOLCAN

Lola

Je pose mon ordi sur mes genoux et ouvre Netflix, sachant pertinemment que je vais prendre plus de temps à choisir ma série qu'à la regarder. Il doit être presque minuit, ce serait une heure pour aller se coucher, pour quelqu'un de normal…

Déjà, j'ai réussi à abandonner Mike et Kristen à leur énième bouteille et à ne pas déraper jusqu'au bout de la nuit…

Je lève la tête au bruit de la porte qui s'ouvre. Au deuxième pas que fait Isabel dans la pièce, je sais que quelque chose ne va pas. Elle fait deux pas de plus, évite mon regard, semble hésiter, puis lève finalement vers moi des yeux de Furie que je ne lui connaissais pas – en tout cas, pas dirigés sur moi. La curiosité de savoir comment sa soirée s'est terminée se transforme immédiatement en panique.

– Franchement, merci. Vraiment, quelle amie tu fais ! J'aurais jamais cru ça de toi, me dit-elle d'une voix tremblante. C'est pour ça que t'essayais de me retenir, hein ?! Pour pas que je l'apprenne ? Pour pas que j'empiète sur ton territoire ?!

Je reste bouche bée face à la froideur avec laquelle elle me parle, puis ferme mon ordi et me lève. Alors que je vais ouvrir la bouche, elle me coupe d'un geste de la main.

– Sérieusement ! hurle-t-elle alors. On est censées être les meilleures amies du monde, des cousines, des sœurs, et tu m'envoies me faire tringler par ton amant du moment !! T'as pas trouvé pertinent de me le dire, que tu te l'étais déjà fait ?!

– Hein ? Mais je… balbutié-je sans comprendre d'où sort tout ça.

– Tu vas nier ?! Sérieux ? Putain, vous êtes faits l'un pour l'autre ! crie-t-elle de plus en plus fort. C'est quoi, ce connard qui se fait toute la famille et vire les meufs à coups de pied au cul quand il a eu sa dose ?! Franchement, je te le laisse, le connard prétentieux ! Vas-y, casse-toi, va le retrouver ! Si c'est le peu de cas que tu fais de notre amitié, je préfère que tu partes tout de suite !

– Mais, Isa…

– … J'en veux pas de votre vie de dévergondés hypocrites ! Va vivre en squat avec tes junkies échangistes, ça t'ira très bien !

Puis elle se tourne et fonce vers sa chambre. À la dernière seconde, elle fait volte-face, fourre sa main dans son sac et en sort des vêtements.

– Ah, tiens, les voilà, tes fringues ! Le pire, c'est que j'avais bien remarqué la chemise d'homme apparue dans le linge sale… Quelle conne je fais !

– Attends Isabel, qu'est-ce qui…

Le temps que je coure jusqu'à elle, Isa a claqué la porte, me laissant face à un mur blanc qui ne m'explique pas mieux ce qui vient de se passer. Lorsque je baisse la tête et reconnais mon tee-shirt et mon soutien-gorge, je commence à comprendre… Je me rapproche de la porte et tente de prendre la plus douce voix possible.

– Isabel, ce n'est pas ce que tu crois, laisse-moi t'expli…

– Casse-toi ! Je ne veux pas de tes explications ! Je ne veux plus te voir ! Sors de chez moi !

Au vibrato dans sa voix, je me demande si elle n'est pas en train de pleurer. Je reste un long moment interdite, debout devant sa chambre. Je pourrais pousser sa porte, la pousser elle, l'obliger à m'écouter. Et en même temps, je ne l'ai jamais vue dans cet état. La gorge serrée, je ramasse les fringues. Je sais que derrière sa personnalité très calme se cache un ouragan, mais je ne l'avais jamais expérimenté contre moi. Je sais aussi qu'elle n'entend plus rien dans ces cas-là, qu'il lui faut redescendre avant de pouvoir parler. Mais je ne vais pas la laisser là et partir, si ? En même temps, je suis chez elle, je ne vais pas non plus rester. Qu'est-ce qu'elle va dire si elle se lève demain et me voit dans son canapé-lit comme si de rien n'était ?

Complètement déboussolée, je fais un tour sur moi-même, puis, sentant la panique monter, je me mets à réunir mes affaires dans le sac qui me sert pour l'instant de penderie. J'y fourre à la va-vite mon ordinateur, mon appareil photo et les vêtements qui traînent. Je vais lui laisser un peu d'espace. Après, on pourra s'expliquer et éclaircir ce malentendu.

Lorsque je prends la porte, je ne suis toujours pas certaine de ce que je suis en train de faire. Et lorsque je me retrouve dans la rue, une colère sourde éclate en moi. Qu'est-ce que ce salopard d'Ethan a bien pu lui faire ou lui dire pour la mettre dans cet état… ? Comment s'est-elle retrouvée avec mes vêtements dans les mains ? Je marche un moment dans la nuit noire. La pluie, d'abord crachin, se fait de plus en plus drue, puis, une fois que des seaux d'eau se mettent à me tomber dessus, je me rends compte que je ne sais même pas où je vais. Que je ne sais plus ce que je pense, ni ce que je ressens. Les émotions se bousculent en moi comme une bille dans un flipper. J'accélère le pas, noyée dans mon errance. Je devrais me trouver un hôtel, mais à la dernière minute, et dans ce quartier-là, ça va coûter un bras. Bras que je ne suis même pas sûre d'avoir sur mon compte… Au bout d'un moment, je finis par reconnaître l'enseigne d'un restaurant qui m'aide à repérer où je suis, dans quel quartier j'ai débarqué. Mes cheveux trempés dégoulinent sur mon tee-shirt, j'ai froid et ma rage contre Ethan ne fait que grandir.

Prise de folie, je fonce en direction de leur appart. Je ne vais pas me gêner pour l'affronter, et il a intérêt à avoir une bonne explication. Et un lit pour moi. Merde.

***

Marcher vingt minutes sous la pluie diluvienne, ça calme un peu. Et tandis que je frappe à la porte, je me demande – pour la dix-septième fois, ce soir – ce que je suis en train de faire, comment j'en suis arrivée là, comment ma vie en est arrivée là. La porte s'ouvre et laisse apparaître un jeune homme que je ne connais pas. Il fronce les sourcils à ma vue.

– Oui ?

– Ethan est là ? Ou Kristen… ajouté-je, incertaine.

– Kristen, non, mais Ethan, oui, répond-il en me laissant entrer.

À la manière dont il crie : « Ethan, y a une meuf pour toi », le tout en se dirigeant vers l'escalier comme s'il était chez lui, je comprends qu'il s'agit du quatrième coloc.

Ethan apparaît, là-haut, sur la coursive. Il me regarde un temps, surpris par ma présence, probablement, ou par mon allure de vagabonde. Puis il descend jusqu'à moi. Il porte en tout et pour tout un jean, dont le bouton n'est même pas fermé.

– Qu'est-ce que tu fais là, Frenchy ? me demande-t-il, sincèrement étonné.

– Qu'est-ce que t'as fait à ma cousine ?!

– Comment ça, qu'est-ce que j'ai fait à ta cousine ? Tu veux que je te dessine un croquis ?

– Non, ça va, j'ai une vague idée… quoique, franchement, dans le cas présent, je serais curieuse, m'agacé-je. Comment t'as fait pour la mettre dans cet état-là ? Elle vient de me virer de chez elle après m'avoir hurlé dessus, clamant au passage qu'on aurait couché ensemble et que tu es le pire des connards. Ce que je n'ai pas trop de mal à croire.

Plutôt que de répondre, Ethan me regarde avec l'air de ne rien comprendre mais de trouver la situation presque distrayante. Ce qui devrait m'énerver au plus haut point, sauf qu'entre la fatigue et le fait qu'il soit présentement torse nu, je n'ai pas vraiment les idées claires…

Je n'arriverai jamais à m'habituer à sa gueule de dieu grec. Contrairement à ce qu'en dit Kristen, c'est affligeant.

– Je ne lui ai rien fait de plus ou de moins que ce qu'on fait d'habitude dans ces circonstances… finit-il par dire. On a couché ensemble, puis je lui ai demandé de partir.

– Tu lui as demandé de partir ? Genre : c'est bon, casse-toi, maintenant, j'ai pris ce que j'avais à prendre, on se rappelle ?

– Oh, ça va, tu ne vas pas me faire un sermon sur ce qui est approprié ou pas, je pensais que tu étais moins moralisatrice que ça. Et en plus, non, concrètement, je ne lui ai pas demandé de partir, je lui ai juste très poliment tendu ses vêtements. Je lui ai même demandé si elle voulait prendre une douche, si tu veux tout savoir… En revanche, je ne lui ai pas proposé qu'on se rappelle. À quoi bon lui donner de faux espoirs ?

– Et je peux savoir comment elle s'est retrouvée avec mon soutien-gorge en main ?! ajouté-je avec un sourire crispé.

À la façon dont il ouvre les yeux, légèrement, je vois qu'il a compris.

– Ah, oui, effectivement, maintenant que tu le dis, ça prête à confusion.

– T'es quand même pas le mec le plus rapide au monde…

Au lieu de s'offusquer, Ethan affiche un demi-sourire aussi adorable qu'exaspérant.

– Écoute, si elle pète un plomb parce que je ne partage pas mon lit avec les femmes avec qui je couche, et qu'elle a supposé qu'on avait déjà couché ensemble – ce qui n'aurait pas été la première fois, je n'ai rien contre les cousines – c'est son problème. Au fond, je suis sûr que t'es d'accord avec moi, ça ne vaut pas le coup de s'énerver. Du coup, je ne comprends pas, t'es venue jusqu'ici sous la pluie au milieu de la nuit pour me faire la morale ?

– Non, pour que tu me loges, petit con, balancé-je.

Je laisse tomber mon sac à terre dans un geste emphatique. Ce qui fonctionne et le déstabilise une seconde.

– Je ne fais pas foyer pour jeunes filles en détresse, *chérie*.

– Ne m'appelle pas chérie ! Et si je suis à la rue, c'est à cause de toi. Si tu n'avais pas des principes à deux balles concernant qui dort ou pas avec toi et que tu avais eu la décence de ne pas balancer le soutien-gorge de sa meilleure amie à la figure de ta dernière conquête, on n'en serait pas là !

Nous restons un instant silencieux, lui, beau et sceptique, moi, fatiguée et rongeant mon frein. Puis j'en rajoute une couche :

– Mais sinon, vas-y, mets-moi dehors, proposé-je en écartant grand les bras. Je pèse quarante-huit kilos, ça ne devrait pas être difficile.

La lueur amusée mais quelque peu décontenancée qui danse dans ses yeux me fait comprendre que je suis en train de gagner la partie.

– Très bien. Je t'en prie, il y a une place dans mon lit, me dit-il alors.

Il accompagne sa fausse proposition d'un bras tendu vers sa chambre, comme pour répondre à ma provocation.

– J'imagine qu'ils ne s'ouvrent pas, tes canapés ? tenté-je.

– C'est des sofas Mies van der Rohe, pas des clic-clac Ikea, se désespère-t-il. Mais tu peux aller te coucher dans le lit de Mike ou de Kristen, ça leur fera une bonne surprise quand ils rentreront.

– Non, ça me va très bien, un bout de ton lit…

Cette fois, Ethan est vraiment déstabilisé, chose qui ne doit pas lui arriver souvent. Il me regarde sans comprendre. Il ne s'attendait visiblement pas à ce que j'insiste pour rester, et encore moins à ce que j'accepte réellement de dormir dans son lit.

– Je sais pertinemment que t'es un connard de base, pas un violeur, balancé-je, comme pour me justifier.

Ma réplique lui arrache finalement un demi-sourire. Après ce qui me paraît être une éternité, il se retourne sans un mot et se dirige vers sa chambre. Moi, j'attrape mon sac et le suis, absolument hallucinée par ce que je viens de faire. Je sais que j'ai plutôt du caractère, mais de là à m'imposer dans le lit d'un mec… Un mec comme lui, qui plus est. Et tandis qu'on s'approche de son antre, j'essaye de me convaincre que : un, ça lui fera les pieds, deux, je n'ai techniquement nulle part où dormir, trois, on est deux adultes, on peut bien partager un lit de la taille d'une penderie.

La chambre en question est plongée dans la pénombre, ce qui rend la silhouette impeccable d'Ethan encore plus… spectaculaire. Il entre dans sa salle de bains et en ressort avec une serviette qu'il me lance.

– Sèche-toi, tu vas attraper la mort.

Je me rappelle que je suis effectivement trempée et que je dois avoir l'air d'un épouvantail. Je ne suis plus à ça près, cela dit, il doit déjà me croire cinglée. Il se dirige alors vers la porte.

– Je te dirais bien de faire comme chez toi, mais il semblerait que tu n'aies pas besoin qu'on te le dise.

Le potentiel blessant de sa plaisanterie est adouci par le ton badin et par la façon dont il secoue la tête en sortant de sa chambre.

Oui, soit il me croit folle, soit j'ai réussi à le pousser dans ses retranchements, ce qui est déjà une victoire en soi.

Une fois seule, et complètement paumée, je m'empresse de me sécher et d'enfiler un semblant de pyjama dans sa salle de bains. Un jogging et un tee-shirt devraient me permettre de rester décente. Puis je me glisse dans les draps au plus vite. Mieux vaut que je dorme et que je laisse cette soirée improbable derrière moi. Demain sera un autre jour. Je me réveillerai peut-être dans un monde où je ne suis pas dans une ville inconnue, sans meilleure amie, sans job, sans thune, sans logement, obligée de m'imposer dans le lit d'un homme qui n'a pas l'air d'aimer partager quoi que ce soit avec les femmes, hormis le sexe.

Sauf que, de très longues minutes plus tard, je ne dors toujours pas. Les yeux clos, perdue dans un semi-sommeil assiégé de pensées envahissantes, je l'entends rentrer dans la chambre, puis le sens se faufiler dans le lit. L'effort que je dois fournir pour ne pas ouvrir les yeux est herculéen. Je ne vais jamais dormir…

***

Quand j'ouvre finalement les yeux, il fait toujours nuit. Le réveil m'indique qu'il est quatre heures et demie du matin.

J'ai donc dormi. En revanche, Ethan, lui, n'est pas là. Je le sais sans avoir à me retourner, car sa présence à côté de moi a été assez difficile à ignorer, tout à l'heure. Sans trop savoir pourquoi, je me lève, entrouvre la porte de sa chambre et mets un pas sur la coursive. La lumière bleue de son ordinateur posé devant lui éclaire son visage impassible dans la nuit noire du salon. Il tape sur son clavier, assis sur le canapé. Je recule tout doucement pour ne pas me faire repérer et referme la porte. Il doit être plus insomniaque que moi pour se relever au milieu de la nuit. Quel étrange spécimen…

7

OÙ LE VENT NOUS MÈNE

Lola

Cette fois-ci, il fait jour. Mais toujours pas d'Ethan. Je m'assois sur le rebord du lit, passe ma main dans mes cheveux et renonce à me regarder dans une glace. J'imagine à quoi doit ressembler ma chevelure après avoir été trempée par la pluie puis séchée sur l'oreiller. Pour l'instant, je n'en ai rien à secouer de mon apparence, j'aimerais juste récupérer une vie normale. Je me lève et me décide à affronter le salon et ses occupants, dont je devine la présence aux bruits de vaisselle. Debout sur la coursive, j'observe en contrebas Mike, Kristen et « Alex » autour du bar de la cuisine. Enfin, non, ce sont plutôt eux qui m'observent, qui me dévisagent, la bouche ouverte…

Ma présence ici va être facile à expliquer, tiens.

Une fois que j'ai atterri au salon, Mike affiche un grand sourire narquois.

– Eh bé, se faire les deux cousines la même nuit ! Même lui, je ne l'aurais pas cru capable d'une telle prouesse…

Je secoue la tête et m'installe sur le tabouret libre. En guise de bonjour, Kristen me tend le panier de pain.

– Y a un grille-pain, si tu veux, et du café prêt. Je vais essayer d'attendre que tu aies un truc dans le ventre avant de te demander ce que tu fais là…

– Bah, c'est quand même pas difficile à deviner, fait remarquer Mike.

J'attrape un muffin en remerciant intérieurement Kristen de ne pas partir du principe que j'ai passé la nuit avec Ethan – même si, techniquement, c'est ce que j'ai fait.

– T'en vois beaucoup, des filles sortir de sa chambre au petit matin pour partager le petit dej, toi ? répond-elle à Mike, presque agacée.

– Faut bien une première à tout, lance Alexander en se levant. Je vous laisse, vous me raconterez plus tard le mystère de la jeune fille débarquant trempée au milieu de la nuit avec sa valise.

– T'as une valise ? ! s'étonne Mike.

– Non, pas une valise… tenté-je.

– Laisse-la tranquille, Mike.

J'offre un sourire à Kristen, un petit sourire fatigué. Alex attrape son sac et disparaît, tandis que Mike s'empresse de me servir une tasse de café, puis s'assoit et me fixe en silence dans l'espoir de me faire sortir de mon mutisme. Il y a quelque chose de tellement touchant chez ce type qu'au lieu de m'agacer, il m'attendrit.

– Je n'ai pas couché avec Ethan, si c'est ça que tu veux savoir…

– Bah, qu'est-ce que vous avez fait de votre nuit, alors ?

– On a dormi. Enfin, moi, j'ai dormi. Lui, je n'en suis pas si sûre.

– C'est pas la question, intervient Kristen. Comment t'es arrivée là ?

Je me résous, un mug à la main, à leur raconter mes déboires de la veille. Le pétage de plombs d'Isabel, mon soutien-gorge qui s'est retrouvé entre ses mains, sa déduction erronée, ma colère, mon arrivée épique au milieu de la nuit. La seule chose qui les surprend, qui leur fait quasiment perdre la parole, c'est quand j'en viens à Ethan qui accepte, bon gré mal gré, de m'accueillir dans son lit.

– Sérieusement ?! Il t'a laissée dormir avec lui ? Juste comme ça ? Juste dormir, quoi ? bégaie Mike.

– Je peux fumer une cigarette à la fenêtre ? demandé-je, plus pour éviter d'avoir à répondre qu'autre chose.

– Tu peux fumer dans la salle de bains si ça te chante, me répond Kristen.

Je crois que sous ses airs je-m'en-foutistes, Kristen a bien compris que j'étais un peu secouée par les événements. Ses yeux lancent des éclairs en direction de Mike pour le dissuader d'ouvrir la bouche et de me poser une énième question. Je vais chercher mes clopes dans la chambre, puis reviens m'installer au salon. À la lumière du jour, l'appartement est encore plus vaste, encore plus classieux. Il n'y a quasiment pas de décoration, hormis les meubles sobres et peu nombreux qui habillent la pièce avec élégance. Ils doivent valoir le prix d'une voiture à eux seuls. Je vérifie mon portable dans l'espoir illusoire qu'Isabel m'ait écrit. Rien. Je lève la tête, Kristen et Mike ont disparu dans leur chambre et Ethan n'est visiblement pas là. Peut-être est-il allé travailler un samedi… ? Je reprends mon téléphone, en désespoir de cause. Malgré les articles de presse que je parcours distraitement, essayer de ne pas me demander ce que je vais faire de ma peau et ce qui va advenir par la suite est pour le moins difficile. Retourner vivre à Boston, où j'ai plus de réseaux ? Trouver un squat de punks à chiens qui m'accueillerait à Cincinnati ?

Ne pas désespérer. Ne pas désespérer…

Une demi-heure plus tard, on sonne à la porte. Kristen va ouvrir. Derrière la porte, j'aperçois trois armoires à glace.

– Comment ça, un canapé-lit ? leur demande Kristen.

– On est censés livrer ce canapé-lit chez M. Atwood et l'installer dans « le bureau au fond à droite », réexplique le mec, un peu agacé. On est bien chez M. Atwood ?

– Oui.

– Très bien.

Sans plus attendre, l'homme fait signe à ses gars d'attraper le canapé et nous dépasse, nous bousculant au passage.

– C'est par où, le « bureau au fond à droite » ?

Kristen, toujours perplexe, leur indique la pièce à l'extrémité droite du rez-de-chaussée, en dessous de la coursive et de la chambre de *M. Atwood*. Nous les accompagnons en silence et les observons tandis qu'ils retirent le plastique de protection du canapé et l'installent dans ce qui, visiblement, doit être le bureau d'Ethan. Leur tâche terminée, les trois hommes s'empressent de partir après avoir demandé une signature à Kristen. Nous restons une seconde interdits, à l'entrée dudit bureau, jusqu'à ce que Mike, comme à son habitude, dise tout haut ce que tout le monde pense tout bas.

– Eh bé, au moins, t'es sûre qu'il n'a pas envie de réitérer l'expérience…

J'ouvre la bouche, puis la referme, consciente du message que crie cette arrivée soudaine d'un lit supplémentaire – quoiqu'un peu hallucinée par la radicalité du geste. Cela veut-il dire aussi que je peux rester squatter quelques jours ? Je remarque alors que Kristen m'observe avec attention. Le sourire tendre et amusé qu'elle affiche me laisse perplexe. Puis elle s'en retourne au salon, non sans conclure, avec une certaine grandiloquence :

– Bienvenue chez les fous.

8

I LOVE ROCK'N' ROLL

Lola

Je repose mon téléphone sur la table basse, dépitée qu'Isabel ne me réponde toujours pas. Je jette un œil à mon énorme sac qui trône à côté de la porte du bureau. J'ai récupéré toutes mes affaires dans la chambre d'Ethan, nettoyé toute trace de ma présence. Mais je n'ai pas osé mettre mon sac dans le bureau. Après une balade, un sandwich, une douche, une heure de discussion avec Kristen, je suis à court d'idées pour m'occuper et arrêter de penser. Ce n'est pas comme si j'étais chez moi, ni même certaine d'être une invitée. À vrai dire, les autres se comportent comme si ma présence ici allait de soi. Mike vaque mollement à ses occupations – ce qui a surtout consisté à faire une sieste –, Kristen est sortie voir une amie, puis revenue déprimée par « la bêtise humaine », et Ethan est finalement rentré du travail vers dix-huit heures… Il m'a honorée d'un : « Bien dormi ? » parfaitement cynique et assumé, puis a disparu dans sa chambre. Aucune mention du canapé-lit miraculeusement apparu dans son bureau, aucune réflexion sur ma présence ici.

La façon dont Kristen me lance une pomme et vient manger la sienne à côté de moi est tout aussi détendue que son comportement général envers moi. Je ne crois même pas qu'elle fasse l'effort de me mettre à l'aise.

– C'est pas l'heure de manger une pomme, c'est l'heure d'une olive dans un martini, à la rigueur, nous balance Mike.

– On attend que tu nous le fasses, chaton.

– Vous pouvez toujours attendre, moi je me sers un whisky.

– Mets-en deux, demande Ethan en apparaissant au salon.

– Trois ! Avec une olive, s'il te plaît, renchérit Kristen.

Mike secoue la tête et sort des verres.

– T'en veux un, Lola ?

– Non, merci, je n'aime pas le whisky.

À ces mots, Ethan me lance un regard consterné.

– Tu n'aimes pas le whisky, tu n'aimes pas la bière… Tu aimes quoi, hormis le champagne et le blanc ?

– Le rouge, le cognac, le rhum, la vodka, la poire, le bourbon, la tequila, l'eau-de-vie de prune, de myrtille, de… bref…

Kristen rigole, puis jette son trognon de pomme jusque dans la cuisine, manquant de peu les bouteilles sur le comptoir. Personne ne relève ce geste improbable.

– Mike, il y a une bouteille de pinot noir cachée quelque part dans le bar, lui dit Ethan. Je la gardais pour la prochaine femme sophistiquée qui aurait le plaisir d'entrer dans mon lit. Il faut croire que ça fera l'affaire pour une bohème chic qui en sort…

Je souris à sa réflexion, un brin surprise par la désinvolture avec laquelle il fait référence à mon escapade dans son lit.

Bon, rien ne les choque, rien ne les gêne ; c'est à moi de me détendre.

– Ça vous arrive de manger quelque chose ? finis-je par demander, une fois nos verres servis.

– Quand Ethan se décide à appeler un resto qui livre à domicile…

– Vous voulez que je vous fasse à dîner ? proposé-je alors.

– Tu veux dire que tu es vraiment française ? Au point de savoir cuisiner ? rigole Mike.

– S'il y a autre chose que de la bière et de la vodka dans votre frigo, je peux essayer…

– En vrai, on est mauvaises langues, chaton cuisine bien quand ça lui prend, avoue Kristen.

– Et ça ne lui prend pas souvent… précise Ethan, le nez dans son portable.

– Si tu te lances, je peux te filer un coup de main, d'ailleurs, me propose Mike.

Je me lève d'un bond, ravie de pouvoir contribuer à quelque chose pour cette tribu qui m'accueille. Mike me suit. Après avoir fouillé le frigo, je me décide à faire un risotto avec le reste de poulet et l'huile de truffe sur laquelle je suis tombée, curieusement, entre la liqueur de curaçao et un paquet de feuilles à rouler. J'en profite, tandis que je suis en train de couper, hacher et faire rissoler avec Mike, pour lui poser des questions. J'apprends qu'il est comptable dans la boîte d'Ethan, que c'est comme ça qu'ils se sont rencontrés. Qu'il aime son job autant que ses parents, c'est-à-dire pas beaucoup. Qu'Alexander est déjà reparti à Chicago. Qu'il ne fait pas vraiment partie de la coloc, c'est juste un cousin d'Ethan à qui il rend service en le logeant depuis quelques mois. Que la dernière fois que Mike ou Kristen ont dû payer leur part du loyer à Ethan remonte probablement à Mathusalem. Ce qui signifie qu'en réalité, il loge tout le monde gratuitement, en plus de payer la note chez Ruth. Il se révèle encore plus généreux que je ne le croyais, et gagne donc beaucoup d'argent. Mais ça, je l'avais deviné à ses fringues, ses montres, son appart, son flegme. Il faut en avoir beaucoup, du fric, pour faire preuve d'une telle désinvolture vis-à-vis du monde. Ce qui n'explique pas ce qui les pousse à vivre ensemble alors qu'ils n'en ont pas concrètement besoin… Être moins seuls, peut-être ? Préférer affronter la vie à plusieurs, je peux comprendre…

– Tu crois vraiment que c'est pour moi, le canapé-lit qui a été livré ce matin ? Je devrais voir avec lui, non ? finis-je par lui demander, un peu perdue face à leur fonctionnement…

– Si Ethan ne dit rien quant à ta présence, c'est qu'il est d'accord ; il n'est pas du genre à s'imposer quoi que ce soit. Et je peux te jurer que s'il a fait livrer un canapé-lit à l'appart, ce n'est pas pour lui… Il déteste ça ; il trouve ça vulgaire.

– OK, mais vous ? Ça vous dérange pas ?

– Qu'est-ce qui nous dérange pas ? demande Kristen en arrivant à la cuisine pour chaparder un truc à manger pour la dixième fois.

– Que je squatte…

– T'es con, ou quoi ? Au contraire, ça fait pas de mal que

le taux d'hormones soit un peu rééquilibré…

– Voilà, elle m'a enlevé les mots de la bouche, me dit Mike. On est très branchés équilibre hormonal, harmonie des chakras et feng shui…

Je regarde Kristen retourner à Ethan, lui grimper à moitié dessus pour lui reprendre la cigarette qu'ils fument à deux – ce qu'ils font systématiquement – puis se resservir. Ethan ne bronche pas. Ils me donnent définitivement l'impression d'exister dans une bulle hors du temps, hors des convenances, hors des conséquences, malgré un mode de vie qu'on ne pourrait pourtant pas appeler sain… c'est le moins qu'on puisse dire.

Au fond, ça s'accorde parfaitement à ma propre déroute.

Finalement, ils n'en font qu'une bouchée, du risotto, en se pâmant devant ma cuisine.

– Moi, je propose qu'on la paye pour vivre avec nous afin de nous nourrir. Avoir une cuisinière française, ça ferait chic, lance Kristen en reposant sa fourchette.

– Ce serait beaucoup plus décadent de la réduire en esclavage, propose Mike.

– Perso, je n'ai rien contre payer les services en nature, fait remarquer Ethan sans lever les yeux sur moi.

La façon qu'il a de ne quasiment jamais me regarder, hormis du coin de l'œil, me déstabilise. La façon cavalière dont il manipule les sous-entendus sexuels sans en avoir l'air aussi. Sans parler de la façon dont son tee-shirt laisse deviner le torse que je lui connais… Je n'arrive plus à savoir si je suis en colère à cause de ce qu'il a déclenché chez ma cousine ou reconnaissante qu'il m'accueille de cette manière :

sans que cela me pèse. Enfin, non, je suis exaspérée contre moi-même que le second ait pris le pas sur le premier si vite.

Lorsqu'ils se mettent à débarrasser, puis à faire la vaisselle tous les trois – en m'interdisant de lever le petit doigt –, je réalise pour la première fois qu'ils « vivent » réellement ensemble. Ils ne font pas que boire et fumer sur le canapé en disant des conneries, ils ont un quotidien, tiennent l'appart, dînent ensemble, partagent leurs problèmes, leur machine à laver, leurs danses, leur argent même. Ils donnent l'impression d'avoir « fait tribu » contre le monde, avec leurs sacs respectifs de colère, de cafard, de difficulté à grandir… Au fond, ils partagent une coloc qui me donnerait presque envie.

Une fois passé au digestif – Ethan me servant un bourbon sans me demander mon avis –, Mike propose d'aller faire un tour à la soirée années quatre-vingt de la nouvelle boîte branchée du coin.

– Mettre le mot branché et années quatre-vingt dans la même phrase, ce n'est pas loin de l'oxymore, lui rétorque Ethan.

– Moi, je suis pour, dit Kristen. Ça fait des semaines qu'on dit qu'on va y aller.

Elle passe sa main dans les cheveux d'Ethan pour les ébouriffer. Évidemment, ça lui va très bien.

– Voilà, t'es prêt.

Comme Kristen et Mike partent se préparer, je suppose que l'absence de réponse d'Ethan vaut consentement. Sauf que moi, je ne sais pas quoi faire. Ils ne m'ont pas proposé directement de venir avec eux, même si je me doute que ce n'est pas leur genre de faire dans les invitations formelles. Je me demande juste si je ne devrais pas leur laisser la soirée, ne pas m'imposer plus que je ne le fais déjà. Un peu paumée, je me dirige vers mon portable, sur la table basse, afin de vérifier pour la centième fois si je n'ai pas un message au lieu d'aller me préparer et retirer le jogging que j'ai gardé sur moi toute la journée. Une présence juste derrière moi me fait faire volte-face et je tombe nez à nez avec Ethan qui me regarde d'un air sceptique. Il est si près que je peux sentir son odeur.

– Tu comptes aller en boîte habillée comme ça ? me demande-t-il en me détaillant de la tête aux pieds. Remarque, c'était bien le problème avec les années quatre-vingt, toutes les bévues vestimentaires étaient permises…

– Non, je…

Je referme la bouche. À quoi bon lui faire part de mes tergiversations, il trouverait le moyen de s'en moquer. Et puis, il partait donc du principe que je venais avec eux, ce qui me touche plus que je ne veux bien l'admettre.

– Je te verrais plus dans le style grunge que rap *East Coast*, mais c'est toi qui vois.

– J'ai pas ça dans mon placard…

– Dans le sac que tu as laissé devant l'entrée du bureau, tu veux dire ?

Le sérieux de son regard me donne un mal fou à déchiffrer ce qu'il cherche à sous-entendre. Il est aussi bien du genre à se moquer de mon embarras criant qu'à râler parce que je laisse traîner mes affaires dans son salon.

À quoi bon chercher ?

– Ça marche, je vais faire un effort, lui dis-je pour rester aussi énigmatique que lui.

Je fonce vers le bureau, attrape mon sac en chemin, et le

pose sur le canapé. Je réalise que des draps et un oreiller y sont apparus, pliés en pile. Je fouille ledit sac à la recherche du seul jean troué que je possède, enfile une marinière et décide que ça suffit largement pour jouer le jeu. Mes cheveux longs sont déjà largement assez mal coiffés pour s'accorder avec le reste. Évidemment, quand je sors de la chambre, je suis épatée de la tenue punk de Kristen, qu'elle n'a pas dû avoir du mal à concocter, vu son style vestimentaire habituel. Mike et Ethan, eux, ressemblent à Mike et Ethan.

Lorsque nous passons la porte, un sourire se dessine malgré moi sur mon visage.

***

« I love rock'n' roll
So put another dime in the jukebox baby… »

Mes bras se lèvent, la lumière scintillante enflamme mes jambes, l'alcool alanguit mon corps… J'adore danser. Il y a peu de choses qui me procurent une telle exaltation. Et il semblerait que Kristen soit d'accord avec moi. Sa façon de danser est exactement à l'image de sa personnalité, complètement lâchée sans être exubérante pour autant. C'est la soif, d'eau, qui me fait faire un signe à Kristen en direction du bar. Bien sûr, c'est là que l'on retrouve Mike et Ethan, accoudés. Autant Mike a essayé d'engager la conversation avec deux-trois jolies filles, autant Ethan n'a pas adressé la parole à qui que ce soit. Visiblement, il y a des soirs où il ne drague pas à tire-larigot. Ce qui ne change pas grand-chose, car, du coup, ce sont les femmes qui viennent tenter leur chance auprès de lui. Il en a déjà éconduit au moins quatre, toujours avec une certaine délicatesse, toujours avec un sourire charmeur qui leur fait regretter encore plus de ne pas y être parvenues.

Je viens me placer contre le bar, à la droite d'Ethan, dans l'espoir d'obtenir un verre. Bien sûr, il y a dix personnes qui attendent la même chose. Un colosse s'immisce à mes côtés, me bousculant au passage, si bien que mon corps vient se coller contre celui d'Ethan. Ce dernier se retourne à mon contact. Si, tout à l'heure, je le trouvais trop proche, là, autant se prendre directement dans les bras… Comme toujours, il me regarde du haut de son mètre quatre-vingts, parfaitement amusé, conscient que je me débats pour obtenir l'attention du serveur. Au bout d'un moment, il sort son portefeuille, en tire deux billets de cent dollars et tend son bras au-dessus du bar, le tout sans me quitter des yeux. Le gérant du bar, qui jusque-là errait derrière le comptoir, laissant le serveur se débrouiller avec la foule, s'empresse de venir nous servir.

– Quatre bourbons…

– … et un verre d'eau.

Ethan se penche légèrement vers moi pour ne pas avoir à crier.

– Les barmans qui n'accourent pas pour servir une fille comme toi sont soit homos, soit aveugles, soit attardés. Parfois les trois à la fois.

– Tandis que tout le monde aime l'odeur de l'argent, tu vas me dire.

– Exactement. Mais c'est là où ils ont tort : l'argent est un outil, pas un but en soi.

– Un outil pour appâter les filles, justement, proposé-je avec un sourire sardonique.

– Pas les plus intelligentes, mais oui…

J'attrape le verre d'eau enfin obtenu et réalise seulement le compliment qu'il vient de me faire. Du coup, j'avale une gorgée de bourbon dans la foulée. Kristen apparaît devant Ethan, saisit ses deux mains et l'attire jusqu'à elle. Après lui avoir chuchoté je ne sais quoi à l'oreille, elle le tire jusqu'à la piste. Je les observe danser comme ils font tout le reste : en parfaite harmonie.

Et en plus, il danse bien…

– Ah, ces deux-là… souffle la voix de Mike, à ma gauche.

Prise en flagrant délit d'espionnage, je lui souris.

– Ça lui arrive de danser avec quelqu'un d'autre ?

– Ethan ? Non. Enfin, quand il le fait, ça signifie qu'il va finir avec la fille avec qui il danse. Et encore, c'est rare qu'il prenne la peine de danser.

Je ris et lui tends la main en guise de proposition.

– Tu viens danser ? Je te promets que je n'essayerai pas de coucher avec toi.

– Si tu promets, alors…

C'est pas mon genre d'essayer de coucher avec le premier venu. Ni les potes, ni les étalons qui font vibrer.

Non, non, c'est pas mon genre…

9

ANTIDOTE

Ethan

Les fumoirs de boîte de nuit ont ce côté *backroom* de club gay qui m'a toujours plu. J'aperçois Frenchy qui, visiblement, aime passer ses soirées entre la piste de danse et le fumoir. Dans l'un comme dans l'autre, elle habite l'espace avec une aisance faussement discrète assez charmante. Elle est très clairement en train de se faire draguer par un mec trop bourré et trop banal pour elle. Je fends la foule, m'approche et me poste à ses côtés. Le mec lève la tête dans ma direction, puis se fige. Il prend un temps infini à partir – il doit être vraiment ivre. Pour renforcer mon message, je place ma main en bas du dos de Lola. Le soubresaut léger de son corps me fait poser les yeux sur elle. Je pourrais jurer qu'elle est troublée, mais avec elle, c'est difficile à dire. Elle serait bonne, au poker. Le mec s'éloigne en lui offrant un sourire « désolé d'exister ».

– T'es le meilleur antidote au dragueur de fin de nuit ! Je n'avais pas envisagé cette fonction pour toi, me dit-elle. Même si celui-là avait le mérite d'être gentil.

– Gentil ? Ça fait pas rêver…

– Non. Mais qu'est-ce qui fait véritablement rêver, dans ce genre d'endroit ?

– L'alcool, la drogue, les corps, le désir… et j'en passe. En tout cas, c'est ce qui fait venir la plupart des clients.

À ces mots, Lola se décale très largement, s'arrachant ainsi à mon contact. Son haussement de sourcil semble cependant signifier qu'elle est d'accord.

– Qu'est-ce qui te fait venir, toi ? lui demandé-je, curieux de sa réponse.

– Avant, je ne sais pas, mais la prochaine fois, ce sera pour regarder le monde s'inverser en ta présence. Regarder les filles essayer d'attirer ton attention, c'est très divertissant…

Je ris devant son insolence rafraîchissante. Elle éteint sa cigarette.

– Je retourne danser. C'est probablement ça qui m'attire le plus, ajoute-t-elle en traversant la pièce.

Je la laisse partir, puis, après un tour d'horizon des occupants du fumoir, retourne dans la salle principale. Mike, agrippé au bar, m'accueille avec mon verre. Nous observons un moment les danseurs, dont K et Lola qui se déchaînent un peu plus chaque heure.

– Elle danse bien, en plus, la Française.

Je ne réponds rien. Oui, elle danse bien. Son déhanchement a exactement ce qu'il faut de retenue et de lâcher-prise pour émoustiller n'importe quel homme normalement constitué. Et depuis le début de la soirée, je ne peux m'empêcher de remarquer que quand le spot de lumière tombe sur elle, on peut deviner l'absence de soutien-gorge sous son tee-shirt. Je n'ai pas encore décidé si cette pratique, qu'elle a en commun avec Kristen, devrait être interdite ou obligatoire. Chez K, je m'en fiche, mais chez quelqu'un comme Lola, après un certain nombre de verres, c'est de la torture. Je me soustrais au spectacle et me retourne côté bar. J'ai dit que je ne chercherais pas à coucher avec elle. Maintenant qu'elle squatte un lit dans mon bureau, j'ai encore plus de raisons de m'y tenir. Ça sent les complications à plein nez.

Penser à autre chose.

La jeune femme blonde qui se poste à ma droite attire mon attention. Elle jette un œil dans ma direction, rougit, mais n'essaye pas de m'aborder. Parfait. Voyant qu'elle tente sans succès d'interpeller le serveur, j'attrape le verre plein prévu pour Kristen et le pose devant elle.

– Il n'a pas encore été touché. Vous aimez le bourbon ?

– J'aime à peu près tous les alcools de qualité.

– Parfait, j'ai un bourbon hors d'âge à la maison, vous voudriez le goûter ?

Même pour moi, y aller si franco, c'est osé. Mais la fille hésite à peine une seconde, puis je vois se dessiner sur son visage un « pourquoi pas » qui ne demande pas plus de tergiversations. Je pose un billet de cinquante sur le comptoir, à côté de nos verres vides, salue Mikey d'une tape dans le dos et suis la jeune femme qui a pris les devants. En passant dans la foule, je jette un dernier regard sur la piste, où Lola et Kristen se donnent à fond. J'accélère le pas.

10

LA VÉRITÉ EST PLUS CRUE SOUS LE SOLEIL

Lola

Je l'ai bien méritée, cette gueule de bois. Remarque, quand je vois mes voisins de table, je ne suis visiblement pas la plus à plaindre. Je remercie ma vieille tante de m'avoir transmis cette astuce de survie : boire de l'eau toute la soirée, en parallèle des verres qui défilent. Kristen, affalée sur son siège, lunettes de soleil sur le nez, donne l'impression d'attendre que le ciel la sauve. Mike, lui, semble chercher à disparaître, à cacher son existence au reste du monde, ou au moins à la terrasse sur laquelle nous sommes attablés. Tandis qu'Ethan a quasiment l'air frais. S'il n'est certainement pas au mieux de sa forme, il donne le change de manière stupéfiante. Pour la septième fois en quinze minutes, son téléphone vibre. Il le regarde, s'agace, pianote ce que j'imagine être un texto, puis le repose.

– Qu'est-ce que tu fous ? finit par lui demander Kristen.

– La meuf d'hier, je ne sais pas comment elle a fait, mais elle a récupéré mon numéro quelque part…

– Ah… commente simplement Kristen.

– Et alors ? demandé-je naïvement.

Ethan reporte son attention sur moi. Putain, ces yeux sont un vrai appel au crime.

– Alors, elle me harcèle pour qu'on se revoie. Pourtant, j'ai été aussi clair que d'habitude, même plus, peut-être. J'apprends de mes erreurs.

Je prends un instant pour réaliser qu'il fait référence à l'expérience avec ma cousine. Toute ma rancœur remonte d'un coup, contre lui et sa désinvolture ; et contre moi, pour avoir complètement oublié que je lui en voulais.

– T'es con, se désole Kristen en secouant la tête.

– Con d'être honnête sur ce que j'ai à offrir ? De ne pas me mentir à moi-même, ni aux autres en nous donnant des illusions sur des couples perdus d'avance ?

– Non. En revanche, faut que t'arrêtes de leur faire l'amour comme si on était dans un conte de fées, tu les induis en erreur…

– Faut que je devienne un connard, même au lit, en gros. C'est ça ?

– Bah, au moins, y aurait moins d'attente et moins de déception.

– « Si on peut plus baiser tranquille… », intervient Mike d'une voix faussement grave, visiblement destinée à imiter Ethan.

– Exactement… appuie Ethan, ignorant volontairement la moquerie. Je crois que j'ai fait le tour des femmes de Cinci susceptibles de ne pas se noyer dans l'hypocrisie des conventions et du sentimentalisme. Il est temps que je parte pour New York.

Sur ces mots, il lève un bras et demande l'addition. Ce faisant, son tee-shirt se soulève légèrement et laisse apparaître le début de son ventre. Moi et ma gueule de bois imaginons une toute petite seconde ce que ce doit être de coucher avec ce corps de rêve, avec ce mec qui, manifestement, fait plonger les femmes « dans un conte de fées ». Puis je chasse l'idée aussi vite qu'elle est apparue. Je n'arrive pas à comprendre ce qui, dans son discours et dans son attitude, lui évite de passer pour un vrai connard, mais plutôt pour un mec excessivement honnête avec des convictions un peu trop désillusionnées, mais valables…

Bon. Ça fait aussi de lui le mec pour qui il ne faut absolument pas craquer. Donc, si j'ai bien compris, avec qui il ne faut pas coucher non plus…

La note arrive, Ethan règle – pour changer – puis se lève.

– Allez, on bouge, Mikey.

– Ah bon ? geint ce dernier.

Ethan ne répond pas et s'en va, suivi d'un Mike qui traîne la patte.

– Ils vont où ?

– À une convention automobile. Ethan veut se racheter une caisse.

– Pour partir vivre à New York ? plaisanté-je.

Kristen rit.

– Pour continuer à nourrir l'idée… Ça fait des années qu'il parle de partir, mais je ne pense pas qu'il le fera. En tout cas, pas tout de suite. Pourtant, à la vitesse où avance sa carrière, il trouverait les opportunités pour.

– Il a trop d'attaches ici… suggéré-je.

Kristen baisse ses lunettes et me jette un regard étonné.

– Ne dis jamais ça devant lui, mais oui.

– Il arrive vraiment à ne jamais s'attacher aux femmes avec qui il couche ? Il n'a jamais été en couple ?

– Avant, ça lui arrivait de « fréquenter » des filles quelques mois. Mais ça fait bien longtemps qu'il n'a pas même fait ça.

– Il doit être bien seul, au final.

Encore une fois, Kristen paraît étonnée par ma réflexion, mais ne répond rien. Je pense qu'au fond, elle est d'accord avec moi.

– Et toi ? finit-elle par demander.

– Moi ? La seule fois où je me suis vraiment attachée, j'aurais mieux fait de m'abstenir…

– C'était le trop vieux pour toi consommateur de substances stupéfiantes ?

Je rigole à sa description tout à fait appropriée.

– C'était un des intervenants de l'école d'art de Boston. Mathew, l'artiste bellâtre et torturé par excellence, qui flambe la vie par les deux bouts… Disons que j'ai flambé moi aussi, au passage.

– T'as pas eu un mec sérieux depuis ?

– Vraiment sérieux, non…

– Je ne sais pas comment tu fais, moi j'arrive à tomber dans le panneau deux fois par an. Je cours après un truc auquel je ne suis même pas sûre de croire.

– L'amour ?

– Oui, cette connerie-là…

À la façon dont ses épaules s'affaissent un peu, je comprends qu'il y a une vraie mélancolie chez elle.

– C'est toujours des meufs ?

– Oui, plutôt. J'aime bien coucher avec des mecs de temps à autre, mais les humains qui me brisent le cœur ont toujours un vagin, semblerait-il. J'ai jamais su si c'était une histoire « d'absence de choix », comme on dit, ou de hasard des rencontres. Je m'en fous, j'aime pas les cases. T'es bien une des rares personnes à ne pas m'avoir demandé d'office si j'étais lesbienne, bi, indécise, pansexuelle ou je ne sais quoi encore…

– Ça ne change pas grand-chose à la sortie. Soit on court après l'amour, soit on s'en protège. Dans tous les cas, on déprime quand on n'en a pas assez, et on souffre quand on a trop.

– C'est pourquoi je vais finir par croire que c'est Ethan qui a raison, et nous qui sommes cons.

Oui, parfois, je me demande…

11

L'ERRANCE N'A PAS DE PARFUM

Lola

Ça fait plus de trois semaines que je suis à Cincinnati et que je ne fais absolument rien. Ça suffit. Et depuis que j'habite avec eux, c'est pire. Errer dans l'appart la journée, puis errer chez Ruth la nuit, ce n'est pas une vie… Je sors de moins en moins mon appareil photo, ce n'est pas bon signe, chez moi. Heureusement que Kristen a l'activité professionnelle la plus foutraque que je connaisse, ça nous a permis de faire toutes les expos de la ville. J'ai enfin appris que son métier était plus ou moins codeuse. Sauf que je n'ai compris qu'à moitié ce qu'elle faisait pour de vrai, car elle a l'air de travailler pour une petite start-up, mais pas vraiment, elle bosse visiblement aussi en tant qu'indépendante. Parfois, il s'agit de construire des sites, mais aussi des applis, des jeux, parfois de rédiger « du contenu Web », sans que je sache trop ce que c'est. Et parfois, elle va au « bureau », parfois pas... Bref, c'est aussi bordélique que sa personne. Tandis que Mike et Ethan travaillent en réalité comme des brutes. Surtout Ethan, qui rentre entre dix-neuf et vingt et une heures le soir, reste discuter et parfois boire des coups jusqu'à pas d'heure quasiment tous les jours et se couche, puis recommence le lendemain. Jamais je ne pourrais tenir un rythme pareil. Je les ai même abandonnés, l'autre soir, sous leur regard circonspect, hallucinés que j'aille me coucher alors même que je ne fais rien de ma vie.

Je ne peux pas continuer à ne rien faire, justement, à attendre désespérément un coup de téléphone de ma cousine, ce qui ne changerait rien à mon statut professionnel... Statut qui conditionne ma vie aux États-Unis. Mon dernier visa de travail court encore, mais à terme, il me faudra un poste pour le renouveler. Avoir fait une prestigieuse école d'art ne change rien au fait que je suis techniquement une étrangère. Et puis, dans tous les cas, je ne suis pas ce genre « d'artiste » qui aime contempler la vie se dérouler devant soi. Sans compter qu'il est bien mignon, Ethan, à tout nous payer tout le temps, mais j'ai besoin de gagner mon propre argent... Je ne suis pas partie de chez mes parents à 18 ans pour me retrouver à 25 à vivre aux crochets d'un homme que je connais depuis moins d'un mois.

C'est une fois dans la rue, après avoir déposé trois CV et obtenu le numéro de téléphone d'un responsable RH en charmant une standardiste, que mon portable se met à vibrer. En voyant le prénom de ma cousine apparaître sur l'écran, mon cœur se serre.

– Allô ?

– Allô.

Sa voix n'est pas ce qu'on pourrait appeler enjouée…

– Tu fais quoi ? me demande-t-elle sans préambule.

– Je… Je cherche du travail, là. T'as eu mes messages ?

– Oui.

– On peut parler ?

– …

Son silence est aussi froid que son ton, ce qui me déroute encore plus.

– T'habites où ?

– Je… Chez… Chez Kristen… bafouillé-je, soudain consciente du piège qu'elle me tend sans le vouloir.

– …

– J'avais personne vers qui me tourner, alors, je…

– T'habites chez Ethan, tu veux dire ?!

– Non, c'est pas…

– Sérieux, moi qui t'appelais parce que je m'inquiétais que tu sois à la rue ! Je vois que ce n'était pas la peine, tu te débrouilles très bien sans moi… Je te laisse à tes amants.

– Isabel…

Elle a raccroché.

Putain de merde.

Je l'avais pas vue venir, celle-là. Et en même temps, je suis stupide, comment ne me suis-je pas demandé à quoi allait ressembler la situation ? Aussi, elle est con, à la fin, de ne pas me laisser parler, de ne pas écouter ce que j'ai à dire, d'effacer, probablement, tous mes messages sans les lire ou les écouter, de rester sur ses présomptions… Merde.

Je fais demi-tour, abandonne la quête d'un boulot et fonce

à l'appart. Il me faut un verre avec des gens qui ne compliquent pas tout. Ma vie est un bordel sans nom, et je suis en train de glisser avec…

***

Ethan

– Bah, oui, bien sûr, c'est ça, m'agacé-je. Et puis je pourrais aussi aller m'occuper de ses chats. Parce que j'ai pas assez de boulot comme ça. Compenser pour la bande d'incapables qu'on a sous la main, ça ne suffit pas, faut aussi faire le taf des autres… ?!

Mon associé se tait, à l'autre bout du téléphone. Je n'ai pas besoin de voir sa tête pour savoir qu'il a peur que je les abandonne à leur merdier. Ce que je devrais faire, de temps à autre, ça leur apprendrait la vie.

– C'est bon, ne nous fais pas une crise de panique, finis-je par cracher. Un AVC dans la boîte, ça suffit. Je vais rattraper sa connerie.

Je raccroche, hors de moi.

Kristen et Lola se sont arrêtées de parler à mon arrivée dans l'appartement. Je jette mes clés sur le comptoir et fonce dans mon bureau. Il faut que je retrouve le dossier avant d'appeler le client. Dossier qui n'est pas à moi, client qui n'est pas à moi… En poussant la porte, je me rappelle que mon bureau n'est même plus mon bureau. Le canapé-lit ouvert m'oblige à faire un détour pour accéder à la bibliothèque. Je tire mon étui à dossiers, sans grand espoir, et n'y trouve rien. Je sais que je les ai vus quelque part, ces contrats.

Judith me les avait imprimés. Lorsque mon regard se pose sur la table de verre qui me sert de bureau, je réalise que lui non plus n'est visiblement plus ma propriété. Des vêtements de Lola pliés en pile en occupent la moitié. Je me retiens de les balancer par terre, fouille les papiers qui traînent à côté, jette un œil au casier en dessous... sans succès. Si, pour couronner le tout, rendre service me demande de passer la soirée à chercher un putain de papier, je vais éviscérer quelqu'un. Quand soudain, je revois lesdits contrats dans ma tête. Je soulève une première pile de vêtements, une seconde, puis, enfin, tombe sur ce que je m'échine à chercher depuis dix minutes.

En rage, j'attrape les fringues en question, reviens au salon et les dépose sur les genoux de Lola. Ou plutôt les balance, devant ses grands yeux devenus des billes rondes. Elle se lève, incertaine, puis s'approche de moi.

– Je suis désolée, je vais aller ranger.

– C'est plus la peine, j'ai fini par trouver ce que je cherchais entre deux soutiens-gorge, dis-je en serrant les dents.

– Je... Tu veux un verre ?

Pour appuyer sa proposition, qui se veut être un mea culpa, elle pose sa main sur mon biceps. Je dois avoir l'air fou de rage, car elle retire sa main comme si elle s'était brûlée. Au lieu de me calmer, ce geste tendre, suivi d'une appréhension flagrante, me fait vriller. Je ne veux pas de son contact, je ne veux pas sentir son odeur, ni contempler son désarroi.

– Franchement, faire l'artiste sans le sou, c'est charmant, mais ça n'oblige pas à être une gamine bordélique. Surtout quand on n'est pas chez soi.

Plus elle me regarde sans rien dire, plus la colère monte en moi.

– Je peux partir, si tu veux… répond-elle finalement, d'une toute petite voix.

– Ah bon ? Pour aller où ? Avec quel argent ?

Même quand elle se décompose, elle arrive à être belle, c'est exaspérant. Je détourne les yeux, me dirige vers mon sac, en sors mon chéquier et reviens jusqu'à la table basse où je tente de ne pas remarquer le regard noir de Kristen. Accroupi, je remplis le chèque et lui tends.

– Tiens, pour le boulot que t'as fait pour nous. Ça devrait couvrir, dis-je froidement.

Lola attrape ledit chèque d'une main qui essaye de ne pas trembler. Son état de fébrilité ne s'arrange pas en regardant le montant, qui doit représenter trois fois la somme due. Puis ses yeux changent, et la froideur qui s'en dégage me surprend. Sa mâchoire serrée me fait comprendre qu'elle se retient avec peine d'exploser. Je tourne la tête.

– Euh, Ethan, ça ne va pas passer, du côté de la compta, si tu te mets à payer les gens de ta poche… fait remarquer Mike.

– J'en ai rien à branler de l'avis de monsieur le comptable.

Je me retiens de le regarder, de regarder qui que ce soit, pour ne pas dire des choses que je vais regretter. Il vaut mieux pour tout le monde que je me casse. J'attrape ma veste et prends la porte.

***

Ruth n'a même pas osé me faire une réflexion quand je lui ai pris la bouteille des mains. C'est pas bon signe quant à mon état. Rien ne la retient, normalement. Quand K s'assoit à côté de moi, je n'ai pas besoin de tourner la tête pour savoir que c'est elle. Avec les années, je reconnais sa silhouette du coin de l'œil, et je savais qu'elle finirait par venir me chercher. Je ne sais pas si je suis d'attaque pour une remontrance de Kristen, cela dit. Les whiskies m'ont un peu calmé, mais l'alcool ne fait pas de miracles.

– T'es vraiment qu'un petit con, dit-elle après un temps.

– Je sais.

– Lola n'est pas responsable de tes problèmes de merde au boulot…

– Je sais.

– En plus, elle se fait hyper discrète depuis qu'elle est là, elle fait tout pour ne pas « s'incruster », justement. Elle ne méritait pas que tu lui tombes dessus.

– …

– Franchement, tu te rends compte de la violence du geste de lui filer de la thune ?

– Je sais.

– Ça fait de toi un petit con. De le savoir, justement…

– Par opposition à un gros con, tu veux dire ?

Elle est vraiment remontée, car elle ne s'attendrit pas de ma tentative grotesque de cabriole. Elle prend mon verre et en boit une gorgée.

– En plus, c'est vraiment à cause de toi et de ce genre de geste irréfléchi qu'elle est à la rue… Et, Luce, si tu me réponds : « Je sais », je verse l'intégralité de ton verre sur ton costume à mille balles, ajoute-t-elle.

Je ne réponds rien, elle est capable de le faire. Je l'aurais probablement mérité, mais tout de même. Au fond, je ne sais même pas pourquoi j'ai réagi comme ça. Pourquoi Lola m'a fait partir en vrille… plus que de raison, du moins. Je revois son visage déconfit, puis sa fureur étouffée, et secoue la tête pour effacer l'image.

***

Lola

J'ai tout tenté : boire un verre de plus, fumer une cigarette, fumer une deuxième cigarette, et maintenant prendre une douche ; rien à faire. La boule que j'ai dans la gorge ne fait qu'enfler. Si Kristen ne m'avait pas retenue de force, je l'aurais fait : je serais partie dans la minute. J'étais déjà en train de remplir mon sac quand elle m'a interdit de « laisser un connard m'intimider ». Sauf que je suis effectivement en train de squatter dans l'appart du connard en question, dans son bureau ; le tout sans même en avoir réellement discuté. En enfilant une culotte et un tee-shirt, je parcours la pièce des yeux. Maintenant, plus rien ne dépasse. J'ai remis toutes mes affaires dans mon sac, fermé le canapé. Je n'ai pas grand-chose d'autre à ranger. En réalité, ce n'était même pas vraiment le bordel…

Je me fige lorsque je surprends la voix d'Ethan dans le salon.

Il est rentré.

– Elle est sous la douche, lui dit la voix de Mike à travers la porte.

Puis la porte s'ouvre. Ethan reste cloué sur place lorsqu'il me voit, à moitié dénudée, dans *son* bureau, alors qu'il me croyait, donc, sous la douche… Il me dévisage un instant, puis balaye mon corps sans la moindre gêne. Cependant, il n'affiche pas ce sourire espiègle qu'il a toujours. Quand il ressort sans avoir ouvert la bouche, je prends peur. J'enfile un jean à la hâte, et le suis au salon. Je l'aperçois alors, une caisse vide à la main, entrer dans la chambre d'Alexander qui, comme toujours, n'est pas là. Kristen, Mike et moi, on se regarde sans comprendre. Lorsque Ethan, toujours de marbre, réapparaît, descend l'escalier, se dirige vers son bureau et en ressort avec mon énorme sac de fringues sur l'épaule, ma peur se transforme en panique mêlée de rage ; c'est pas une façon de faire ! Kristen se lève d'un bond. Ethan, sans nous prêter la moindre attention, refait le chemin inverse et retourne dans la chambre d'Alexander. Cette fois-ci, on le suit tous les trois, Kristen visiblement prête à lui sauter à la gorge, Mike sincèrement intrigué, moi sincèrement perdue. Cependant, on se fige à la vue d'Ethan qui attrape le tiroir de la commode et renverse son contenu dans la caisse qu'il avait montée, puis ouvre mon sac et en sort une pile de fringues qu'il « range » plus ou moins dans le tiroir maintenant vide.

Il se tourne vers nous et plante son regard dans le mien.

– Ça suffit, les conneries. Alex vient de m'appeler pour me dire qu'il va l'épouser, sa dulcinée. Tu prends sa chambre, annonce-t-il avec autorité.

Sans attendre, il ressort. Moi, j'ouvre la bouche, puis la referme, perdue entre la stupeur et le résidu de panique. Quand je lève la tête sur Mike et Kristen, l'un comme l'autre sourient jusqu'aux oreilles.

12

LE DIABLE SE CACHE DANS LES DÉTAILS

Lola

Ruth me dévisage, puis dévisage Ethan. Je pourrais jurer qu'elle se retient de faire une remarque, ce qui, venant d'elle, est plus inquiétant qu'autre chose. Alors je me tourne vers lui et l'observe un instant. Je ne sais définitivement jamais ce que pense ce type. Ça fait trois jours qu'il m'a filé une chambre dans son appartement, après avoir été à deux doigts de m'en virer. Trois jours que j'essaye d'aborder la question et qu'il l'esquive. À vrai dire, s'il est redevenu à peu près « lui-même » – sans que je sache bien ce que cela veut dire –, j'ai la nette impression qu'il m'évite. Maintenant conscient que je le dévisage, il tourne son visage parfait vers moi. J'ai de plus en plus de mal à le nier : parfois, quand il me regarde – juste ça – ça me file des frissons.

– Tu n'as pas encaissé le chèque.

Parfait, c'est lui qui met le sujet sur le tapis.

– Bien sûr que je n'ai pas encaissé ton chèque… Je ne vais pas prendre ton argent, prendre une chambre chez toi et ne pas payer de loyer par-dessus le marché. Tu as conscience que pour l'instant, je ne peux pas te payer de loyer ? ajouté-je.

– Pour l'instant, encaisse le chèque que t'as *gagné* et, je sais pas, moi, achète-toi un vélo. Ou des denrées solides plutôt que liquides pour l'appart, contrairement aux deux autres.

– Qu'est-ce que tu veux que je fasse d'un vélo ?

Je n'essaye même pas d'argumenter. Je verrai avec Mike pour obtenir mon véritable règlement et déchirerai le fameux chèque, celui qui se voulait plus une gifle qu'un paiement. Kristen arrive, elle se place devant lui, et grimpe sur la pointe des pieds pour lui chuchoter un truc à l'oreille. Ethan sourit. Kristen est contente d'elle. Quand je les regarde évoluer, ce n'est pas tant leur proximité qui m'étonne, c'est à quel point Ethan ne la partage avec personne d'autre. Il n'a visiblement aucun contact physique avec qui que ce soit – même quand il drague, il joue de ses regards et de ses mots, mais garde une distance de sécurité. Et j'ai appris à mes dépens qu'il ne fallait pas tenter le diable…

Cet homme se révèle encore plus compliqué que je ne l'imaginais. Il dégage quelque chose d'incroyablement suffisant, et à la fois… de profondément mélancolique. Comme si une part de lui, enfouie profondément, avait été un peu fissurée. Un sauvage secrètement trop tendre, un marginal beaucoup trop beau. Exactement le genre de mec pour lequel je suis susceptible de craquer, exactement le genre que je dois fuir.

Quand je réalise que Kristen et Ethan sont en train de blaguer autour de la question d'une « blonde », pour changer, je repense à Isabel. À vrai dire, je pense à elle chaque fois que je vois une blonde de dos. J'ai beau être touchée que ces trois spécimens m'aient quasiment accueillie dans leur coloc, j'ai beau m'y sentir étrangement à ma place, ma cousine me manque horriblement. Ma meilleure amie, surtout, celle avec qui je n'ai jamais été brouillée de ma vie… Une immense peine s'empare de moi. Je regarde mon verre à peine entamé sur le comptoir. Aucun verre ne pourra noyer mon chagrin, ni la faire revenir. Et encore moins le fait d'habiter chez Ethan.

– Je rentre, annoncé-je à Kristen et à Ethan.

– Ah bon ? s'étonne cette dernière.

Je pars avant d'essayer d'analyser le regard qu'Ethan pose sur moi, tandis que j'attrape mes affaires et quitte le bar.

Encore un regard…

***

J'ai tenté de laver ma désolation et enfilé le jogging gris. Maintenant, il est temps que je m'oblige à manger quelque chose… Mais en mettant un pied sur la coursive, je suis surprise par la présence d'Ethan dans le salon, seul, assis à même le sol, devant la table basse. Il s'est changé, lui aussi, il a quitté son costume et porte son éternel jean brut un peu troué avec un tee-shirt blanc, l'un comme l'autre assez près du corps pour être douloureusement sexy, mais pas moulants. Et puis il a cette façon de passer du classe au décontracté qui, selon moi, offre un aperçu touchant de son contraste intérieur.

– Ils sont pas là, les deux autres ?

– Non, ils sont restés chez Ruth.

– Pas assez de blondes pour toi, ce soir ?

– J'ai jamais compris cette obsession pour les blondes, fait-il remarquer en attrapant une feuille à rouler et du tabac. Et surtout, les hommes qui préfèrent les blondes ou les brunes n'ont rien compris au plaisir.

Je reste debout devant lui, persuadée que je devrais le laisser tranquille ; une seconde de trop, car il lève sa tête vers moi.

– Reste pas plantée là. Assieds-toi.

Son téléphone sonne. J'en profite pour aller me chercher un jus de fruits. Tandis qu'il est en plein jeu de ping-pong avec son interlocuteur, lançant repartie sur repartie, il réussit ce tour de force de rouler sa cigarette, de me faire signe pour que je lui rapporte un verre de smoothie banane-kiwi-mangue, de suivre une conversation à propos du boulot et de manipuler son collègue au passage afin que ce dernier culpabilise et aille livrer un contrat en plein milieu de la nuit… Quand il raccroche, je ne peux pas m'empêcher de commenter.

– T'es vraiment un phénomène…

– T'es pas mal non plus, Lovely.

Mon cœur saute un battement. Je remarque mon appareil photo sur la table basse, l'attrape et me mets à photographier Ethan. J'ai tout le temps envie de le photographier, de capturer quelque chose de lui au-delà de sa beauté évidente. Au départ, il me laisse faire, puis il se penche vers moi, tend son bras d'homme, se saisit de l'appareil et le repose sur la table. Ses gestes sont plus lents que d'habitude, encore plus sensuels, si c'est possible. À l'odeur que je perçois de lui, c'est-à-dire sa véritable odeur, je sais qu'il n'a pas encore pris de douche, qu'il ne s'est pas caché derrière un déodorant ou un after-shave. Les magazines ont tort, l'odeur naturelle des hommes est bien plus troublante que l'odeur synthétique qu'on leur vend… Je tente de chasser cette idée, toute mention de son parfum.

– Merci pour la chambre, lui dis-je, sorti de nulle part.

– Il paraît que c'est ma faute si t'es à la rue…

– J'ai tendance à penser qu'on part souvent du principe que tout est ta faute. Mais là, j'avoue, aller lancer le soutien-gorge d'une autre à la figure de la fille avec qui tu viens de coucher…

– Ce n'était pas ma meilleure idée, certes. Après, tu dois bien l'admettre, elle est un peu susceptible, ta cousine…

– Ça n'empêche pas qu'elle me manque.

Ethan se tait à ces mots que je n'ai enveloppés ni d'humour, ni de fausse résilience. Je suis fatiguée de faire semblant. Fatiguée de tenir alors que tout s'effrite. Je réalise qu'Ethan s'est tourné et scrute mon visage. Il me tend finalement sa clope. J'adore cette façon qu'ils ont de tout partager, y compris les cigarettes.

– Je ne sais pas par quelle pirouette judéo-chrétienne, mais je suis sûr que t'arrives à culpabiliser à propos de la situation. Or, y a un moment où tu ne peux rien faire pour les paranoïaques coincés.

– La parano coincée en question reste ma cousine.

– Oui, enfin, les liens du sang imposés, ça se saurait si ça fonctionnait à tous les coups. L'important, c'est la vie que tu te construis, pas le passé que tu trimbales.

Je le regarde m'exposer sa philosophie de vie avec son air mi-sage, mi-blasé. Elle vaut ce qu'elle vaut, mais pour l'instant, je n'ai pas du tout envie qu'Isabel fasse partie de mon passé, moi. Je me retiens de lui rétorquer que je ne suis pas lui, que les choses ne me glissent pas dessus quand ça m'arrange, mais j'ai la forte intuition que tout ne glisse pas sur lui comme il le prétend.

– Tu peux essayer autant que tu veux de paraître désabusé quand il s'agit de *lien*, finis-je par lui balancer. Mais en vrai, c'est toi qui vis en coloc à presque 30 ans, entouré de gens cabossés que tu entretiens. Et dans le genre protecteur, tu te poses là… J'ai bien le droit de m'inquiéter un peu de perdre ma plus vieille amie, cousine ou pas.

Ethan me lance un regard intrigué. Il n'a visiblement pas l'habitude qu'on le mette face à ses contradictions. Et je pourrais jurer à son regard que ça lui plaît… Finalement, je préférais l'époque où il n'était qu'un don Juan sans scrupules, à mes yeux. Le fait qu'il me touche ne m'aide pas à garder mes distances.

Puis, soudain, c'est lui qui fait exploser toute distance. Sans crier gare, il se penche de façon à atteindre la bouteille d'eau à ma droite. Ce faisant, son corps fait irruption devant moi, son visage à trois centimètres du mien. Et plutôt que de faire au plus vite, il s'immobilise, les yeux plantés sur moi, la main posée sur la bouteille. Sa bouche juste là… Il ne rit pas, ne sourit pas, il semble réfléchir sérieusement. Pourquoi regarde-t-il mes lèvres ? Pourquoi ne bouge-t-il plus ? Envisage-t-il de m'embrasser ? Pourquoi ma respiration s'est-elle arrêtée, elle aussi ?

Lorsque, finalement, il se redresse et fait voler en éclats

cet instant suspendu, je remplis mes poumons d'air le plus discrètement possible. Mon esprit, embrouillé, n'arrive pas à définir si je suis déçue ou soulagée.

C'est l'arrivée de Kristen et Mike qui me sauve. Joyeux, boute-en-train comme toujours, ils sautillent dans notre direction et s'installent autour de la table basse. Dix minutes plus tard, tout le monde déconne, réinventant la politique selon des critères pour le moins décalés, voire scabreux, puis nous nous mettons à faire l'inventaire de ce que l'on déteste le plus au monde : les trottinettes électriques, les épilations intégrales, l'ananas sur les pizzas, la coupe mulet des footballeurs allemands... Même Ethan rit à gorge déployée. On a sélectionné la pire malbouffe des placards et on grignote tout et n'importe quoi. Kristen a même sorti le pot de glace, qu'elle mange à la cuillère.

– Avant d'habiter aux États-Unis, je pensais sincèrement qu'il n'y avait que dans les films qu'on mangeait la glace à même le pot, fais-je remarquer.

– Le problème avec le cinéma américain, c'est que tout ce qu'il montre de nous est vrai, même le pire, répond Mike.

– Contrairement au cinéma français, ajoute Ethan. On se doute que vous ne passez pas réellement votre vie à faire de grandes tirades philosophiques dans des dîners mondains.

– Si. D'ailleurs, c'est pour ça que j'ai changé de continent, j'en avais marre de comparer Foucault à Deleuze en mangeant des cuisses de grenouille, blagué-je.

Tout le monde rit.

– Luce, file-moi les M&M's, réclame Kristen en tendant son bras vers Ethan.

– Pourquoi *Luce* ? finis-je par demander. Handsome, je veux bien, mais Luce, je vois pas…

Les trois amis se taisent. Ethan, la tête baissée, reste illisible, tandis que Kristen et Mike sont clairement amusés par la question.

– Pour son pouvoir démoniaque… explique Kristen.

Ethan lève la tête vers moi, et je comprends qu'il s'amuse, lui aussi, de la blague que je ne saisis pas. Avec un sourire en coin, il me transperce littéralement de son regard, comme toujours sans ciller, dégageant une intensité difficilement soutenable.

– … de faire jaillir les désirs les plus inavoués en regardant quelqu'un dans les yeux, ajoute Mike avec emphase.

– Hein ?

– Luce pour Lucifer, chérie… conclut Kristen.

Et là, toujours aimantée par ses yeux noisette, par son magnétisme hors du commun, l'évidence me percute : j'ai peur de lui, de ce qu'il provoque chez moi. Après mon histoire avec Mathew, je me suis promis de ne jamais retomber dans les filets d'un homme sublime qui n'a rien à offrir.

Et ce n'est pas maintenant que je vais succomber au Diable en personne.

13

IL FAUT ÊTRE DEUX POUR DANSER LE TANGO

Ethan

Quand les portes de l'ascenseur s'ouvrent, je réalise que je ne mets jamais les pieds dans le secteur communication publique et associative. Heureusement que Judith m'a donné le fichier des employés, je ne l'aurais jamais retrouvée, la jolie blonde.

Je frappe au bureau 320, puis pousse la porte. Je parcours la minuscule pièce du regard. Isabel lève des yeux étonnés sur moi ; son malaise grandissant est de plus en plus mal dissimulé.

– Monsieur Atwood ? finit-elle par dire après un silence interminable.

– Je crois que quand on couche avec quelqu'un, on gagne le droit de l'appeler par son prénom, même quand c'est son patron.

Évidemment, Isabel rougit comme une pivoine à la mention de notre coït. La conversation va être encore plus difficile que prévu.

– Je voulais éclaircir un point avec toi, si tu veux bien.

Comme je ne m'assois pas, Isabel se lève. C'est quand même une très belle femme qui n'a pas l'air con, c'est dommage pour elle qu'elle soit si banalement compliquée.

– On a couché ensemble, donc. Si je ne me trompe pas, on était tous les deux consentants, tous les deux adultes. C'est ce que font nombre de grandes personnes au XXIe siècle, sans qu'il y ait de conséquences – la plupart du temps, du moins. Je n'ai jamais proposé ni même sous-entendu rien de plus. C'est comme ça que je fonctionne, je n'ai rien à offrir d'autre que ce que j'offre dans un lit ; pas même de le partager après coup. Je ne vais pas me mettre à dormir avec toutes les femmes avec qui je couche. En revanche, contrairement à ce que tu crois et à l'impression que ça a donné, Lola est une des rares jolies filles avec qui je n'ai pas couché…

Je fais une pause pour lui laisser l'opportunité d'intervenir, ce qu'elle ne semble pas en mesure de faire.

– Tout ça pour dire que, même si je ne comprends pas bien pourquoi, ta cousine est particulièrement affectée de t'avoir perdue, et que tu ne lui laisses pas la possibilité de s'expliquer. Si tu dois être en colère contre quelqu'un, tu peux être en colère contre moi, ça ne change rien, en ce qui me concerne.

Je me tais, abandonne l'idée qu'elle ouvre la bouche et décide donc de partir. À la porte, je fais cependant volte-face, me rappelant soudain pourquoi je m'étais imposé la règle de ne pas coucher avec mes employées.

– Ça ne change rien non plus à ton poste, à ta place dans la boîte, à ton avancement, ni à je ne sais quoi. Même si pour moi, c'est une évidence, je préfère le préciser ; dans ce monde d'hommes, vous n'avez quand même pas la tâche facile. Alors tu continues ta carrière, je continue la mienne, sans que personne y trouve à redire.

Je ferme la porte derrière moi, laissant Isabel à son hébétude. Si chaque coucherie demande que je fasse de grands discours derrière, je vais me faire prêtre.

***

Évidemment, Sunshine et Frenchy sont aux anges. Hormis pour le spectacle inestimable de Mike faisant danser Ruth, je ne suis pas certain de savoir ce que je fous là.

– Arrête de faire ta tête de con, y a pire que la *cumbia*, comme musique. Même si, en vrai, personne ne sait vraiment ce que c'est… m'apostrophe Kristen en fronçant les sourcils.

– Le problème, ce n'est pas la musique, c'est le concept même de « soirée *cumbia* ». C'est le concept de la soirée à thème tout court… La prochaine fois, tu vas m'embarquer où ? Dans une soirée déguisée ?

– Tiens, ça ne m'étonne pas que t'aies quelque chose contre les soirées déguisées, intervient Lola.

Pour l'occasion, Lola a tressé ses cheveux sur le côté. Ils paraissent encore plus longs, comme ça, tombant nonchalamment sur son sein gauche. La vision de ses cheveux mouillés étalés sur mon oreiller me revient alors. Cette nuit de l'enfer remonte déjà à un certain temps, et pourtant, cette image ressurgit encore, malgré moi. Un peu trop souvent à mon goût. Il faudrait que je trouve quelqu'un pour m'envoyer en l'air, ça fait bien trop longtemps.

– Vous croyez peut-être que je ne remarque pas quand une bouteille a changé de place dans MON bar ? rugit Ruth. Bande de sales gosses.

– Arrête, tu vas me faire faire un arrêt cardiaque au milieu de ta soirée *cumbia*. Ce serait dommage de gâcher la fête, lui dis-je avec un de ces sourires ironiques qu'elle déteste tant.

– Toi, tu vas me faire le plaisir d'inviter une jeune fille à danser au lieu de rester accoudé au bar. Et je ne te parle pas de ta « moitié ». Je te parle d'une fille respectable ! ironise-t-elle. Tiens, une Lola, par exemple…

Kristen s'esclaffe. Lola secoue la tête.

– Dans le genre fille respectable, on a fait mieux, lui rétorque Kristen en se marrant.

Je jette un œil à Lola, qui a le mérite de ne se vexer de rien. Effectivement, sous ses airs plus sages que nous, elle a un feu qui brûle en elle. Un feu qui me plaît bien, car elle ne le dissimule pas derrière une hypocrisie bien-pensante. Elle a la modestie de ceux qui se connaissent.

– Allez, viens danser, mademoiselle bien-sous-tous-rapports, lui dit K en la tirant par le bras.

– En vrai, elle est bien, cette fille, non ? me chuchote Ruth à l'oreille.

Je ne prends pas la peine de répondre. Je ne cherche pas de fille « bien », ni de fille tout court. Je cherche des corps. Et si son corps ferait largement l'affaire – c'est un doux euphémisme – c'est bien parce que c'est une fille bien, *trop bien pour moi*, qui habite sous mon toit, qui plus est, et que je ne vais pas jouer au con.

Mike me rejoint et se désole – pas très discrètement – de ne faire danser que Ruth… Toute son éducation est à refaire, et j'ai beau y travailler depuis quatre ans, il est indécrottablement noyé dans ses complexes, dans son image de comptable.

Entre deux morceaux, je remarque Tyler, sur la piste, un habitué du bar, qui se dirige vers Lola d'un pas décidé. Ce mec est un pauvre con de la pire espèce, systématiquement trop ivre et trop bête pour ne pas peloter les meufs sans leur accord, se faire rabrouer et recommencer le lendemain. Alors qu'il est déjà en train de chuchoter je ne sais quelle platitude à son oreille, je m'approche, attrape Lola par la taille et la déplace d'un mètre, devant la tête de veau vexé de Tyler. Cette fille est une plume. Une plume cependant surprise par mon geste. La musique démarre, je lui tends la main gauche et la rapproche de moi. Lola se laisse embarquer dans la danse mais ne me lâche pas des yeux, attendant probablement une explication.

– C'est un petit con aux mains baladeuses.

– C'est me faire peu d'honneur que d'imaginer que je ne l'avais pas remarqué, rétorque-t-elle. On vient tous les soirs depuis des semaines, je sais repérer les connards.

– Maintenant que tu le dis, je n'en doute pas.

Je la fais tourner, puis la ramène à moi.

– Au moins, j'aurai fait danser une fille « bien », ça fera plaisir à Ruth.

Lola se détend un peu et je réalise qu'elle sait vraiment danser. Même la *cumbia*. Je ne peux m'empêcher de sourire quand nos pas s'accordent, et que je regarde son déhanché subtil, son visage amusé et ses yeux qui pétillent.

– Et bien sûr, tu sais aussi danser, me dit-elle, faussement agacée.

– Tu m'ôtes les mots de la bouche.

Quelques tourbillons plus tard, Lola jette un œil au bar.

– Sur quoi ils parient encore, ces deux-là ? me demande-t-elle.

Effectivement, Kristen et Mike ont sorti les billets sur le comptoir et regardent dans notre direction.

– Ils parient sur la probabilité qu'on couche ensemble, je dirais.

Ma réponse, probablement véridique, lui fait rater un pas. Contrairement à la plupart des filles, c'est assez charmant quand une pointe de gêne lui monte aux joues malgré elle.

– En même temps, Mike a cette théorie qui prétend que tu ne fais danser que les filles que tu comptes te faire, m'explique-t-elle.

– Ce n'est pas faux...

J'hésite une seconde, tandis que mon nez capte l'odeur de ses cheveux.

– Tu veux jouer ? lui demandé-je subitement en la regardant dans les yeux.

Elle fronce d'abord les sourcils, puis la curiosité l'emporte. Elle penche la tête en guise d'acquiescement. D'un geste franc de la main sur le bas de son dos, je la tire jusqu'à moi. Nos corps sont maintenant collés l'un à l'autre, et nos pas encore plus en harmonie. Après m'être remis du contact – je n'avais pas vu venir ce que ça provoquerait en moi – je chuchote à son oreille, là, juste à côté de ma bouche.

– Dans cinq secondes, Mike met un second billet sur le comptoir... Cinq. Quatre. Trois. Deux. Un.

Mike sort un billet de sa poche. Je nous fais faire demi-tour de façon à ce qu'elle ait vue sur le bar. J'aperçois son sourire. Je devrais la lâcher, mais le jeu semble lui plaire.

Ou alors c'est à moi qu'il plaît...

– Qui parie quoi ? me demande-t-elle.

Je la fais tournoyer une nouvelle fois, puis la récupère. Ce faisant, j'ai un aperçu de son visage légèrement empourpré.

– Mike parie que oui, Kristen parie que non.

– Qui te connaît le mieux ? s'enquiert-elle avec malice.

Je suis pris de court par sa question, et déboussolé par la sensualité de la danse que nous partageons. D'habitude, je n'y mets pas grand-chose. D'habitude, c'est moi qui chasse.

– Kristen, sans aucun doute, finis-je par dire. Mais il lui arrive d'être naïve, c'est un de ses nombreux défauts.

Je sais ce que je viens de sous-entendre avec ma réponse. Je sais à quel point je ne devrais pas.

C'est la fin du morceau qui m'arrache à elle. En se détachant de moi, je l'entends m'offrir un petit « merci pour la danse » qui ne s'assume pas complètement.

– Tout le plaisir était pour moi, Lovely.

Au moins, ma réponse était sincère...

Lorsque nous atteignons le bar, K me lance un regard noir que j'ignore. Le téléphone de Lola sonne. À la tête qu'elle fait quand elle voit qui l'appelle, je soupçonne que c'est sa cousine. Elle s'éloigne pour répondre. Elle revient, un sourire éclatant au visage, et explique à Kristen que c'était Isabel, et qu'elles ont rendez-vous dans quelques jours. J'ai donc réussi mon coup, ce qui, comme souvent, a simplement consisté à être honnête.

J'observe cette fille aussi ravissante que subtile recommander à boire. Elle va se noyer dans ses émotions, un jour, ça ne fait aucun doute. Si ce n'est pas déjà fait. Kristen me sort de ma rêverie en m'attrapant par le bras. Elle me tire à l'écart et me lance un regard sérieux.

– Qu'est-ce que tu fous ? me demande-t-elle.

Je ne lui réponds rien, prétendant ne pas comprendre la question. Sauf que c'est Kristen, je sais très bien de quoi elle parle.

– Avec Lola, qu'est-ce que tu fous ? insiste-t-elle.

– Calme-toi, Sunshine. Je ne fais rien de mal. Contrairement à ce que tout le monde pense, je sais me retenir.

– Mouais…

K m'abandonne, peu convaincue. Je me remémore alors soudain l'autre soir, autour de la table basse, cet instant où j'ai failli l'embrasser, où j'ai failli ne pas me retenir. N'arrivant pas à me résoudre à les rejoindre, je les observe tous les trois au bar, regarde Lola rire à une blague de Mike en posant sa main sur son épaule dans un geste de tendresse sincère.

Non, sérieux, qu'est-ce que je fous ?

14

LA VALEUR DE L'AMITIÉ

Lola

– On va vous prendre une salade César et un cheeseburger à point, s'il vous plaît.

À regarder ma cousine commander à ma place, je réalise à quel point elle m'a manqué. Elle me connaît jusqu'au bout des doigts. On a beau être différentes l'une de l'autre, elle sait ce que j'aime, ce que je mange, ce que je cache. Elle sait pertinemment, par exemple, que là, présentement, je ne sais pas par où commencer. Que j'ai peur de dire une connerie. Alors elle pose sa main sur la mienne.

– Je suis désolée, vraiment, j'ai complètement déconné…

Si Isabel a toujours été capable de se remettre en question, je ne m'attendais pas à ça.

– J'ai tout surinterprété. À un point proche du ridicule, ajoute-t-elle.

– On peut dire que tout était sujet à interprétation, cela dit.

– Oui, enfin, bon, j'aurais pu t'écouter, te laisser donner ta version des faits. Le pire, c'est que je ne t'ai pas crue quand tu m'as expliqué par texto. Ça paraissait si gros… J'étais si vexée, ajoute-t-elle d'une toute petite voix.

Je la considère, avec sa moue un peu gênée et ses beaux cheveux blonds, sincèrement désolée pour elle.

– Et ne me balance pas un : « Je t'avais prévenue », reprend-elle.

– Ce n'est pas mon genre…

– Pourtant, c'était effectivement à prévoir. Il faut croire que ce n'est pas dans mes cordes, le coup d'un soir, surtout avec le patron excessivement beau pour lequel je craque ; ce qui est déjà stupide en soi. Tout est ridicule. Et tu veux savoir le pire du pire ? Au lieu de passer, l'obsession s'est aggravée ! se désole-t-elle. L'autre jour, quand il a débarqué dans mon bureau, je n'ai même pas réussi à ouvrir la bouche, je suis restée plan…

– Il est venu te voir ?!

– Oui… Il ne t'a pas dit ? Vous n'êtes pas censés habiter ensemble ?

– Non. Il n'est pas du genre à raconter quoi que ce soit.

– La semaine dernière, il est arrivé dans mon bureau sans crier gare et m'a fait un long monologue sur le fait qu'il était ce qu'il était, qu'il ne partageait pas son lit et n'avait rien à offrir. Et que vous n'aviez pas couché ensemble. En gros, il m'a traitée de gamine puérile sans le formuler tel quel. J'avais besoin de l'entendre, probablement.

– C'était quel jour ?

– Mardi, je crois.

Le lendemain de notre soirée sur le tapis… Moins de vingt-quatre heures après m'avoir expliqué que ce n'était pas utile de se prendre la tête pour les paranoïaques coincées. Je reste une seconde sans rien dire, stupéfaite qu'Ethan ait pris la peine d'aller lui parler. De régler la situation pour moi. Touchée, aussi.

Ce mec ne cessera jamais de me surprendre.

– À quoi tu penses ? me demande ma cousine, consciente que je bugge.

– À rien. Juste, ça ne lui ressemble pas.

– Je ne sais pas si ça lui ressemble, en tout cas il a été très correct, dans son genre. Il a même précisé que ça n'aurait aucune conséquence sur mon poste, chose à laquelle je n'avais même pas pensé, noyée que j'étais dans mes gamineries. Et il a fini sur une phrase qui, je crois, se voulait féministe…

– Arrête de te flageller, Isa. T'as bien droit à tes faiblesses. Surtout vu le mec…

– Alors, c'est comment, d'habiter avec lui ?

Je ne sais absolument pas quoi répondre à cette question. C'est tellement de choses à la fois. Il est tellement multiple, contrairement à l'image qu'il donne.

– C'est… « haut en couleur »…

Nous sommes coupées par l'arrivée de nos plats. La conversation dévie un temps sur son travail, sur mon absence de travail. Puis Isabel revient à Ethan, dès sa salade terminée. Moi aussi, je la connais par cœur, je vois bien à quel point ça la perturbe, je vois bien que l'obsession est effectivement loin d'être envolée.

– Tu ne me demandes pas comment c'était, le sexe ? finit-elle par me balancer.

Non, je ne veux pas particulièrement savoir comment est le sexe avec Ethan…

– C'était comment ? demandé-je à contrecœur.

– C'était juste incroyable… lâche-t-elle, aussi émue que désespérée. Il est vraiment beau, et je ne sais pas comment dire, mais tu vois… il… il se force à prendre son temps… On sent bien qu'il s'applique à satisfaire la partenaire avant de se satisfaire lui. C'était génial de ne pas se retrouver avec un mec malhabile qui ne pense qu'à jouir dans sa position préférée. Même si je t'avoue que j'aurais aimé être celle qui lui fait perdre la tête, qu'il se jette sur moi, éperdu de désir, qu'il y mette des sentiments…

Isabel, stop, par pitié…

Je suis à deux doigts de me boucher les oreilles si elle ajoute un mot sur sa nuit avec Ethan. Ma cousine doit sentir ma réticence, car elle se reprend :

– Enfin, tu vois le genre… Je comprends pourquoi c'est le tombeur de la ville. En plus, contrairement à ce qu'on pourrait penser, il est respectueux. Ce qui ne m'a pas aidée à garder mon sang-froid après coup, à vrai dire. C'est dur de ne pas en vouloir plus.

Je me souviens alors de la remarque de Kristen, lui reprochant de faire l'amour comme dans un conte de fées, induisant les filles en erreur. Je m'efforce de chasser l'idée d'Ethan en train de faire l'amour ; d'autant que sa sensualité, ça fait un certain temps qu'elle me saute au visage. Il en dégage toute la sainte journée, c'est presque fatigant.

Le visage crispé d'Isabel me fait revenir à elle.

Mince, elle douille vraiment.

– Je dois avouer, honteusement, être quand même soulagée

que tu n'aies pas couché avec lui. Non pas qu'il m'appartienne ou quoi. Juste, ce serait bizarre. Je sais que je suis la énième d'une liste infinie, mais tout de même.

Mon estomac se noue sans que je comprenne bien pourquoi. J'aimerais qu'on passe à autre chose, qu'on change de conversation.

– Tu ne vas pas coucher avec lui, hein ?

– Non, bien sûr que non… Je ne te ferais pas ça. Et puis c'est mon coloc, maintenant. Dans le genre compliqué… D'autant que, comme tu dis, il n'a rien à offrir d'autre. C'est un danger sur pattes, tu es bien placée pour le savoir.

Je m'arrête de parler, consciente que je déblatère, que je me suis mise à lister beaucoup trop d'arguments, consciente que je suis en train de me noyer dans une confusion émotionnelle que je m'explique mal. Bien sûr qu'il m'attire, mais de là à me faire perdre mes moyens, sérieusement…

– Ça va ? Tu n'as pas l'air en forme, me demande ma cousine.

Elle capte tout… c'est insupportable.

– Ça va. Je suis juste un peu fatiguée. On mène une vie un peu folle, pour ne pas dire franchement débridée…

– Tu veux revenir vivre chez moi ? me propose-t-elle sincèrement.

– Non, ça va, t'inquiète. Je ne vais pas venir squatter ton studio alors que j'ai une chambre ; gratuite, qui plus est.

– Ils ne te font pas payer ?

– Non, Ethan paye absolument tout. Mais tu me connais, je n'aime pas être dépendante de qui que ce soit. Va falloir que je reprenne ma vie en main.

Là-dessus, nous dévions du sujet principal et revenons à

nos conversations habituelles, faites d'encouragements et de plaintes. À un moment donné, je regarde Isabel analyser la carte en silence, à la recherche d'un dessert, et une évidence me frappe : il est hors de question que je couche avec Ethan. Au-delà de toutes les raisons évidentes de ne pas me laisser aller à la superficialité d'une coucherie sans lendemain, je ne vais pas lui faire ça, à elle. Je ne vais pas risquer de la perdre une deuxième fois.

Voilà, c'est dit.

15

GLISSER SUR UN SOL DE VERRE

Lola

Je mets la clé dans la serrure, ravie de rentrer à un horaire correct et avec une alcoolémie raisonnable, pour une fois. En fermant la porte derrière moi, je suis surprise d'entendre du bruit dans le salon, je ne m'attendais pas à ce qu'il y ait quelqu'un à l'appart. La surprise se transforme en effarement à la vue d'Ethan. Il est assis au sol, au pied du canapé, comme souvent. Il tient une bouteille de vodka dans sa main droite, et je crois percevoir du sang sur sa main gauche, posée, inerte sur la table basse. Sa posture, le dos courbé, la tête baissée, ne lui ressemble pas. Je m'approche à grands pas, puis ralentis quand je repère le verre brisé au sol et le sang qui dégouline effectivement de sa paume, formant une petite flaque sur la table de verre.

Je fais deux pas de plus, m'accroupis en face de lui, le

plus doucement possible. Il ne lève pas la tête.

Il lève toujours la tête quand on pénètre son espace.

– Ethan ?

Un sourire acide, presque inquiétant, se dessine sur son visage.

– Oui, c'est moi.

OK, il est complètement ivre.

– Ça va ?

– Ça va toujours. Pourquoi ça n'irait pas ? Il marche dans la rue, là, librement. Pourquoi ça n'irait pas ?

– Qui marche dans la rue ?

– T'en veux ? me dit-il en me tendant la bouteille.

Ce faisant, il pose ses yeux sur moi. Un feu de colère en jaillit. Par automatisme, ma main entame un mouvement vers lui, puis s'arrête avant de le toucher.

– Ta main ?

Ethan reste là, à me regarder comme s'il mesurait des possibles. Ses cheveux sont bien plus broussailleux que d'ordinaire, ses yeux légèrement rouges de fatigue. Et plutôt que de l'enlaidir, ça le rend encore plus beau que d'habitude. La désolation qui émane de lui me troue l'estomac. Il pose la bouteille, puis, subitement, approche sa main de mon visage et se met à caresser mes lèvres du bout des doigts, provoquant un frisson tout le long de ma colonne vertébrale. Je ne comprends pas ce qu'il fait, mais je ne bouge pas, pétrifiée par la sensation autant que par l'étonnement. Je ne comprends pas non plus comment il arrive à rester aussi sensuel dans un état pareil. Qu'est-ce qu'il lui arrive ?

Finalement, d'un même mouvement, il retire brusquement sa main et détourne la tête. Il reprend une gorgée de vodka.

Je serais tentée de lui retirer la bouteille, mais avec lui, je me méfie des gestes intrusifs qui ont tendance à le faire flamber. Je décide alors de simplement m'installer à côté de lui. Ce qui est certain, c'est que je ne vais pas le laisser comme ça; même s'il l'exige.

– Tu te rends compte? À quel point la société est bien faite, à quel point elle nous protège des méchants? On a de la chance, l'Amérique est là pour nous.

Le sarcasme dans sa voix est encore plus glacial que d'habitude.

– De qui elle nous protège?

– De mon beau-père, voyons. Ce mec bien, ce doux agneau, cette enflure.

Il a un beau-père?

J'ai entendu parler de ses parents, qui vivent en banlieue, mais il me semblait qu'ils étaient encore ensemble…

Il me retend la bouteille.

– Désolé, j'ai pas de verre à te proposer, il semblerait qu'il ait volé en éclats. En éclats… répète-t-il pour lui-même.

Cette fois-ci, j'accepte et en prends une petite gorgée. Je me sens complètement impuissante devant l'air dévasté d'Ethan, face à cette fragilité que je n'envisageais pas chez lui, du moins pas à ce niveau… Il se penche alors au-dessus de moi et, de sa main valide, je le vois galérer à ouvrir le tiroir de la table basse. Lorsque j'entame un geste pour l'aider, il m'envoie balader d'un léger coup de coude. Étrangement, il ne met aucune distance entre nos corps. Une fois les cigarettes et le briquet trouvés, il s'en allume une, tire dessus, puis me la tend, comme il fait avec Kristen.

– Ta main, Ethan, il faudrait faire quelque chose…

– C'est rien, balaye-t-il.

Pour accompagner sa réponse, il se met à essuyer le creux de sa main ensanglantée sur son tee-shirt blanc. J'envisage alors la possibilité que des bouts de verre y soient encore plantés, et l'arrête en agrippant son poignet. Le contact le surprend.

– Ça suffit, maintenant. Viens, ordonné-je avec une autorité qui m'étonne moi-même.

Au lieu de lui rendre la cigarette, je l'éteins dans le cendrier et vais pour me lever, sans lâcher son poignet. Il résiste une seconde, puis je crois que ma détermination fait tomber ses résistances. Je le tire par le bras et il me suit dans l'escalier, sur la coursive, dans sa chambre, puis dans sa salle de bains. J'hésite une seconde. Finalement, je le pousse délicatement de façon à ce qu'il s'assoie au sol, à l'entrée de sa douche. Je m'accroupis devant lui, un genou à terre, entre ses jambes. Je sais qu'il ne me lâche pas des yeux. L'effort nécessaire pour rester concentrée et ne pas lui retourner son regard est colossal. J'allume l'eau du bout des doigts, attrape le pommeau de douche qui traîne, récupère sa main et la place sous le jet. Le sang s'écoule doucement. Ethan ne dit rien. Je ne dis rien. Je sens cependant son genou qui rencontre ma cuisse. Je sens sa présence, juste là, à quelques centimètres. Une fois la main à peu près nettoyée, je me penche pour y chercher des bouts de verre. La lumière tamisée de sa salle de bains ne m'aide pas, mais a priori, je ne vois rien. De toute façon, le sang se remet à couler.

– Vous avez des pansements, quelque part ? Un désinfectant ?

En guise de réponse, Ethan lâche un petit rire sarcastique.

Cette fois, je n'arrive pas à me retenir et plante mes yeux dans les siens, yeux qu'il n'a pas détournés de moi depuis que je m'occupe de lui. Maintenant, il y a de la tendresse dans son regard, dans ses cheveux fous, dans sa perdition. Un quelque chose qui me dépasse complètement. Je vois apparaître un demi-sourire un tant soit peu rassurant sur son visage. Je ne pense pas qu'il soit si ivre que ça, finalement. Surtout déboussolé.

Puis, alors que je ne sais plus quoi penser, il retire son tee-shirt ensanglanté de sa main droite, en tirant sur le col, comme font les hommes. Il en attrape un bout avec ses dents et tire dessus, déchirant un pan entier au passage.

– Il était fichu, de toute façon, commente-t-il, un peu blasé, un peu joueur.

Lorsqu'il me tend le bout de tissu, je ne peux m'empêcher d'esquisser un sourire en secouant la tête. Ce mec est un sauvageon… beaucoup, beaucoup trop sexy. Je bande sa main. Il se laisse faire. Je n'ose pas scruter son torse parfait, mais remarque qu'il a une cicatrice, en bas à droite, longue comme un doigt. Puis, épuisée moi aussi, je viens m'asseoir à côté de lui. Nous sommes tous les deux adossés à la paroi pavée de carreaux, les jambes repliées, silencieux. Cette fois, je n'ai pas gardé de distance de sécurité, et nos deux corps se touchent. En jetant un œil sur lui, je remarque qu'il s'est de nouveau assombri. Je ne sais définitivement pas quoi faire pour l'apaiser, comment le soutenir. Aux grands maux, les grands remèdes. Sans trop savoir ce que j'espère accomplir, je soulève légèrement ma jambe droite, assez pour la passer par-dessus sa jambe gauche. Je le sens se raidir une seconde, puis abandonner le combat avant même de l'avoir entamé.

– Qu'est-ce que tu fais ? me demande-t-il, les yeux plantés dans le vide.

– Je te réchauffe.

– Je n'ai pas froid.

– Bien sûr que t'as froid, Ethan. À l'intérieur. T'as toujours froid…

Au lieu de m'envoyer balader, comme je l'aurais imaginé, il pose sa main bandée sur ma cuisse, provoquant une décharge dans tout mon corps. Je n'ai pas le temps de m'en remettre qu'il a déjà tourné sa tête vers moi, avancé sa main droite vers mon visage qu'il fait tourner dans sa direction. Ses yeux sont embrasés, mais brûlent maintenant d'un autre type de feu.

– Tu n'aurais pas dû, me déclare-t-il à voix basse.

Il parcourt alors les quelques centimètres qui nous séparent et m'embrasse. D'abord tout doucement, comme s'il goûtait mes lèvres. Puis je sens sa main glisser sur ma nuque, l'agripper, et son baiser se transforme en tornade. Mon corps entier se met quasiment à vibrer. J'ai l'impression que je vais m'envoler, perdue dans nos lèvres qui se rencontrent pour la première fois, perdue dans l'intensité du moment.

Plus on s'embrasse, plus nos corps se rapprochent, irrémédiablement attirés l'un vers l'autre. Bientôt, Ethan place sa deuxième main de l'autre côté de mon cou. J'ai littéralement le sentiment qu'il va me manger, et que je vais le laisser faire. Sans quitter mes lèvres, sans nous laisser respirer, il abandonne ma nuque, m'attrape fermement les hanches, me soulève et m'installe sur lui. Ainsi placée à califourchon, je le surplombe presque, et j'en profite pour reculer la tête, pour faire une pause. Mais la vue de son visage provoque l'effet inverse. Ses jambes repliées que je sens dans mon dos, le résidu de chaleur de ses lèvres sur les miennes, tout concourt à me retourner. Le salaud profite de ma position pour retirer mon tee-shirt en le faisant glisser au-dessus de moi, puis il me regarde. Il ne lorgne même pas mes seins nus, il me regarde, moi.

Je ne pensais pas pouvoir avoir autant envie de quelqu'un un jour, encore moins après un simple baiser. Ethan n'a pas l'air prêt à s'arrêter non plus, car, par une pirouette que je ne comprends pas moi-même, deux secondes après, je suis allongée à même le sol et Ethan est sur moi. La sensation du carrelage glacé dans mon dos, au lieu de me calmer, accroît mon désir. Il embrasse alors mon cou, puis mon décolleté, puis le creux de mes seins, puis le haut de mon ventre. Quand il arrive au-dessous du nombril, je me cambre sans le vouloir. À l'infime pause qu'il fait, je comprends que c'est ce qu'il cherchait à provoquer, et que ça lui plaît. Il descend encore de quelques centimètres, défait le bouton de mon jean, descend encore. Ses deux mains se sont placées sur les rebords de mon jean et je redoute ce qu'il va faire ensuite. Pourtant, il replace sa tête au-dessus de mon visage et me foudroie du regard.

– Tu n'imagines pas depuis combien de temps j'ai envie de faire ça.

Dans la foulée, il se redresse et tire un coup sec sur mon pantalon, qu'il me retire alors avec une dextérité déconcertante. Lorsqu'il revient à moi, je l'enlace de mes deux mains et l'embrasse de nouveau. Je suis électrisée par la sensation de son torse nu contre le mien, de ses mains qui se baladent à l'aveugle au creux de ma taille, le long de mes hanches, puis sur mes cuisses. Il les relève et je peux alors sentir son membre contre mon entrejambe, à travers le jean qu'il porte encore. Tel un réflexe, son bassin fait un à-coup, comme s'il s'apprêtait à me pénétrer. Je retiens ma respiration, Ethan recule la tête et contemple ma réaction une seconde, une seconde qui me paraît une éternité. Il se lève soudain d'un bond et me tend le bras.

– Désolé.

J'attrape sa main et me redresse sans comprendre. Une fois debout, il me tire jusqu'à sa chambre en me tenant par la main.

Si je pensais un jour tenir Ethan par la main...

Puis, sans crier gare, il me bascule sur le lit. Au lieu de me rejoindre, il se déshabille complètement, là, debout devant moi, sans aucune gêne. Une fois nu, il revient se placer sur moi. Sa main droite caresse mon sein au passage de sa descente, puis se glisse en dessous de ma culotte. Je sens son doigt atteindre mon intimité et me demande si je ne vais pas jouir, là, après une seule caresse. C'est sa voix qui me fait revenir sur terre.

– Désolé, répète-t-il. D'habitude, je prends mon temps, mais là...

Je ne sais pas ce signifie son « là » à lui, en tout cas le mien flambe d'un feu surnaturel. Ce qui ne s'arrange pas lorsque, subitement, l'un de ses doigts entre en moi, me faisant fermer les yeux et me mordre la lèvre inférieure. Quand je les rouvre, Ethan affiche un demi-sourire encore plus craquant que d'habitude. Sa main gauche est fourrée dans le tiroir de sa table de nuit. Il en sort un préservatif et le place entre ses dents. Je ne pensais pas qu'un bout d'aluminium dans la bouche d'un homme pouvait devenir si sexy. À vrai dire, je ne savais rien de ce que je suis en train d'expérimenter… Alors qu'il a déchiré l'emballage, mais pas encore enfilé le préservatif, ni retiré sa main de ma culotte, il fronce les sourcils en me regardant. Je mets un moment à comprendre qu'il me pose une question. Incapable de parler, de former le moindre mot, même le plus simple, j'acquiesce d'un hochement de tête et affiche un sourire presque ému. Il me surprend en enfonçant une seconde fois son doigt dans mon sexe. S'il cherche à être sûr que je suis prête, je peux jurer que je le suis. Ce qu'il comprend, vu qu'il arrache ma culotte, met le préservatif et remet son corps parfait au-dessus de moi. C'est le genre de mec que j'aurais bien imaginé inventer des positions abracadabrantes, mais non : il va me prendre en missionnaire…

Au préalable, il m'embrasse, encore et encore et encore. L'attente fait monter la température de dix degrés. Puis je le sens placer son pénis à l'entrée de mon intimité et, sans quitter mes lèvres, en intensifiant son baiser plutôt que de le calmer, il me pénètre d'un mouvement lent mais franc. L'explosion, je la ressens en moi comme en lui, et elle nous fait arrêter tout mouvement, arrêter le temps. Ses dents viennent mordre délicatement ma lèvre inférieure, puis il démarre. Ce n'est pas un, ni deux, mais une dizaine de gémissements que je suis obligée de ravaler, un pour chaque mouvement de hanche, chaque collision. Au bout d'un moment, même lui n'est plus en mesure de m'embrasser. Je m'oblige à ouvrir les yeux une seconde pour voir son visage, me nourrir du plaisir qu'il prend, lui, mais ça ne dure pas, la jouissance est si forte que mes yeux se referment, et je laisse mon corps planer dans un halo de sensations enivrantes. Quelques minutes plus tard, alors que nous n'avons pas changé de position, que nous avons juste baigné dans le va-et-vient de son pénis en moi, le plaisir se fait presque trop fort. Je sens sa bouche se placer contre mon front, je le sens, lui, inspirer de petites bouffées d'air saccadées, et accélérer légèrement le rythme jusqu'à finir par un coup de bassin brusque et définitif. Le final du feu d'artifice est à la hauteur du spectacle, éblouissant ; je suis parcourue de petits tremblements durant ce qui me paraît être un temps infini. Alors que tous les muscles de son corps se détendent finalement, au point qu'il est à deux doigts de m'écraser de tout son poids, Ethan fait une chose à laquelle je n'aurais jamais pu m'attendre : il dépose un baiser sur mon front, un simple baiser, avec une tendresse inouïe. Puis il vient s'effondrer à ma droite.

Au bout d'une minute de silence comblé, j'ouvre les yeux. La chambre est plongée dans la pénombre, la silhouette d'Ethan à ma droite est tout droit sortie d'un tableau de Rembrandt, la plénitude est comme mille particules disséminées dans l'air. Je n'ose pas bouger de peur de faire éclater la bulle dans laquelle lui aussi nage, je n'en ai aucun doute. Finalement, c'est une légère sensation de froid qui me sort de ma torpeur. Après une chaleur pareille, des frissons viennent me parcourir le corps. Je ne sais pas comment il a pu s'en rendre compte, mais Ethan se redresse un peu, va chercher la couette recroquevillée au bas du lit et la remonte sur moi. Une question douloureuse vient alors me tarauder : connaissant ses « principes », vais-je devoir trouver le courage de me lever, de m'arracher à ce lit, à son corps, à son odeur ? Le laisser seul avec sa nuit… ? J'hésite à me tourner vers lui, à échanger des regards qui nous pousseraient à échanger des mots, et à acter la fin. Une fin dont je ne veux absolument pas. Puis Ethan – visiblement capable de lire dans mes pensées – se retourne sur le côté. Mais au lieu d'attendre quelque chose de moi, il m'enlace de son bras dans la foulée. Et quand je trouve le courage de jeter un œil sur lui, ses yeux sont fermés. Tout mon corps se détend immédiatement et, dans une sensation de bien-être parfait, je ferme les miens.

16

LE JOUR APRÈS LA NUIT

Lola

Oh, putain, mon Dieu...

C'est bien la première fois que je me réveille avec une sensation si intense au creux de mes reins. Je me redresse. Ethan n'est pas là. Bien sûr... En même temps, il est déjà plus de midi. Je saute de son lit, enfile mon jean et mon tee-shirt sans même prendre la peine de mettre ma culotte. La main sur la poignée, je me raidis. Sa chambre donne, comme toutes les autres, sur la coursive. Il est hors de question de me faire cramer par Mike et Kristen. Je n'ai pas la force d'affronter leurs blagues, leurs remarques, même leur façon complètement désabusée de voir les choses me paraît insurmontable, pour l'instant. En me concentrant, je perçois le bruit de la douche dans la salle de bains du rez-de-chaussée. Un de moins. Comme aucun son ne me parvient du salon, je tente ma chance. Seul Ethan est présent dans la pièce en contrebas, face à l'évier, dos à moi. Je file discrètement jusqu'à ma chambre et me laisse tomber sur mon lit.

Oh, putain, mon Dieu…

Heureusement que je ne crois pas en Son existence, car je ne pense pas qu'il serait ravi que j'utilise son nom pour m'extasier sur le rapport sexuel surnaturel que je viens d'avoir – avec un homme qui vit dans le péché le plus total. Mais quel péché… Et quel homme… Mes deux mains sur le visage, je m'efforce d'étouffer les sensations, les souvenirs, le trouble. Ça ne fonctionne pas. Décidée à affronter la vie et la situation délicate – pour ne pas dire explosive –, je remplace mon jean de la veille par mon jogging-tee-shirt de nuit et sors. Kristen a rejoint Ethan au salon, très vite suivie par Mike. La première a les cheveux mouillés, le second les yeux ensommeillés. Ethan ne dégage rien, absolument rien, il ne me salue même pas ; mais, à mieux y réfléchir, il prend rarement la peine de dire bonjour. Sauf que, bien évidemment, la vue de sa nuque, de ses cheveux en bataille, de son visage, de ses bras, bref, son existence même m'envoie immédiatement dans un ouragan d'émotions. Il n'y a aucune trace de la veille, pas de bouteille de vodka, pas de verre brisé, hormis le bout de tee-shirt qui lui fait toujours office de bandage. Même ce morceau de tissu entourant sa main me paraît tout à coup érotique. Je décide de me concentrer sur le petit déjeuner que je me sers en prenant garde de ne pas m'approcher d'Ethan. Lui est en train de confectionner un smoothie au blender. Une fois attablée au comptoir, je vois un verre apparaître devant moi. Le temps que je lève la tête, Ethan s'est déjà retourné. Il y a quelque chose de particulièrement touchant dans la symbolique des gestes, et je ne rate pas celui-ci. Pourtant il ne s'agit jamais que d'un jus de fruits qu'il sait que j'affectionne – juste un jus de fruits… Au moins, il n'a pas décidé que je n'existais plus, c'est un bon début. Quand nous passons au café, tout le monde semble avoir un peu émergé. C'est comme d'habitude Kristen qui engage la conversation.

– Alors, c'était bien avec ta cousine adorée ?

Putain ! Ma cousine…

Je me suis promis à moi-même de ne pas lui faire ça, et je lui ai quasiment promis à elle. J'ai tenu ma promesse trois heures, en tout et pour tout ; trois petites heures, c'est affligeant… Et pour couronner le tout, mon cerveau avait même réussi à nier jusqu'à son existence. Je me retiens de laisser tomber mon front sur le comptoir, façon cartoon, pour ne pas avoir à expliquer mon désarroi.

– Oui, c'était très bien. Elle s'est même excusée.

– Encore heureux… commente Kristen.

Ethan, toujours aussi distant, attrape son mug et se dirige vers son bureau. Je ne peux m'empêcher de le suivre des yeux. Maintenant que je le regarde attentivement, il semble encore plus fermé que d'habitude, et je crois percevoir les traces de son cafard dans la noirceur qui voile ses yeux. Non, il n'a pas l'air remis. Est-ce la gueule de bois ? Ce qui le tracassait hier ? Ou le fait d'avoir couché avec moi ? Je déteste ne pas savoir, mais avec lui, il va falloir que je m'y fasse. Il ferme la porte derrière lui.

Je reste seule avec mes doutes et ma culpabilité.

***

Ethan

Les lignes de texte flottent devant moi. Je ferme mon ordinateur et fourre ma tête dans mes mains. C'est pire ; maintenant, je revois la courbe douce de ses hanches, la blancheur opaline de sa peau, le carmin de ses lèvres… Et si je chasse ces images, je me rappelle que l'autre connard est libre. Je ne sais plus sur quoi fixer mes pensées.

À la façon de frapper à la porte et d'entrer sans attendre de réponse, je sais qui se trouve debout derrière moi.

– Qu'est-ce qui se passe, Handsome ? me demande Kristen.

Je réfléchis à sa question, et l'idée de mentionner son existence m'est douloureuse.

– Il est sorti de prison.

… *Et j'ai couché avec Lola…*

– Merde, lâche-t-elle.

Kristen ne bouge pas, ne déblatère pas. Elle sait ce que ça représente pour moi.

– Ça devait finir par arriver un jour, ajoute-t-elle. Viens, on va se regarder un Chaplin. Ou le dernier *Avengers,* au choix.

Comme je ne réponds toujours pas, Kristen reprend :

– Des gens qui se bastonnent non-stop pendant deux heures et demie, c'est ce qu'il te faut. Et on va commander du thaï, ou du jap. Vu l'état de la bouteille de vodka, il faut que tu manges quelque chose.

Kristen se retourne pour partir.

– Si tu n'arrives pas d'ici dix minutes, je viens te rechercher, annonce-t-elle avant de fermer la porte.

Je sais qu'elle va le faire, je sais qu'elle ne me laissera pas me morfondre toute la journée dans mon bureau. Elle n'a probablement pas tort. Cependant, l'idée de retourner au salon, de regarder danser les cheveux de Lola ne m'attire pas. Ou si, justement, c'est bien le problème. Si j'avais été un peu honnête avec moi-même, je me serais douté que j'aurais fini par coucher avec elle. Ce que je ne pouvais pas prévoir, c'est que ça ressemblerait à *ça*. Espérons que l'intensité du moment est à mettre sur le compte de l'alcool, de ces derniers jours durant lesquels je n'ai eu envie de personne et du désespoir, sinon notre cohabitation est mal barrée. Je ne vais pas vivre avec cette soif continuelle de l'attraper, de la toucher, de l'embrasser…

Je secoue la tête dans le vain espoir de faire fuir mes démons, et retourne au salon me confronter à la tentation : une brune aux reflets roux et aux yeux tachetés de vert…

***

Deux blockbusters, un apéro et un semblant de dîner plus tard, Kristen a décidé qu'on devait aller danser. Tous. Lola est revenue de son escapade, pour laquelle elle avait prétendu une expo à voir et quelqu'un dans la photo à rencontrer. J'ai tendance à penser qu'elle a fui. L'appart, la bonne humeur forcée de Kristen… moi ! J'enfile un pantalon, choisis une chemise et une montre sans grand investissement et me retourne vers la porte lorsque quelqu'un frappe. Ce n'est pas Kristen…

Lola se fige devant ma chemise ouverte, les yeux rivés sur mon torse. Je ne suis même pas certain qu'il s'agisse d'envie, peut-être juste de malaise, ce qui est pire. Elle fait deux pas dans la pièce, puis s'arrête.

– Je peux ne pas venir, ce soir, si tu préfères, me déclare-t-elle simplement.

J'aime son côté direct, même si là, je ne m'attendais pas à ça.

– Pourquoi tu ne viendrais pas ?

Cette fois-ci, c'est moi, l'hypocrite. Je me rattrape en lâchant ma montre, lui offrant toute mon attention – à défaut de pouvoir être aimable.

– Bien sûr que tu viens. Tu vas pas me dire que tu n'as pas envie de danser, je ne te croirai pas.

Elle me regarde en silence. Je sais que je devrais dire quelque chose. N'importe quoi. Je n'aime pas les embrouilles, les explications, encore moins m'épancher sur mes émotions ; mais tout de même, ce n'est pas une meuf ramassée dans un bar.

– Tu sais, ça ne chang…

– Ethan, me coupe-t-elle, ne me fais pas un laïus sur le fait que ça ne change rien. Ne t'inquiète pas, je ne vais pas me mettre à t'envoyer des textos passionnés ou implorants. Je n'attends rien de toi.

La froideur avec laquelle elle me dit ces mots – mots qui sont exactement ceux que je serais censé attendre – me scie. La froideur, ce n'est pas son genre. Alors qu'elle s'apprête à sortir de ma chambre sans attendre de réponse de ma part, je parcours les quatre mètres qui nous séparent et l'attrape par le bras. Peut-être un peu trop brusquement, car elle se retourne, interloquée. Seulement, j'en ai marre des mots. Alors, sans réfléchir, je lui offre juste un sourire, un vrai ; Lola met un certain temps à comprendre, à se détendre, puis me rend mon sourire avec une mignonnerie bien à elle.

– Je vais me changer, me dit-elle en sortant.

17

DANSER SUR LA BRAISE

Lola

Troisième verre. Je suis déjà un peu ivre. Après, faut que j'arrête de m'illusionner, je n'ai pas la résistance d'un homme de soixante-quinze kilos ; chez moi, c'est la loterie. Présentement, alors que je vagabonde dans ce bar-boîte fort sympathique, ça ne me dérange pas. Au contraire, j'accueille la légèreté que procure l'alcool avec un plaisir non dissimulé. Plaisir qu'on partage tous, ce soir, car Mike et Kristen sont déjà bien plus saouls que moi, et même Ethan est plus « lâché » que d'ordinaire. Tout le monde danse, sans exception, les bras en l'air et les jambes en feu. Je finis par atterrir aux toilettes, où j'avale de l'eau au robinet. Trois personnes sortent de la même cabine en rigolant. Je n'avais pas réalisé à quel point la cocaïne s'était banalisée, ces dernières années. Mike en a pris, c'est sûr, il parle deux fois plus vite que d'habitude ; Kristen, non, elle n'en a pas besoin pour parler trop vite, et Ethan, j'ai un doute… Mais je m'en fiche, je ne suis pas là pour juger qui que ce soit. Venant de moi, ce serait l'hôpital qui se fout de la charité. Je viens de trahir ma cousine, de m'envoyer en l'air avec le mec le plus interdit de la ville, et chaque fois que je le croise, j'ai la chair de poule et le sang qui me monte aux joues. Et plus la soirée avance, plus ledit Ethan se détend ; et moi avec. Je préfère mille fois ça au froid de cet après-midi… Je préfère tout plutôt que la glace qu'il sait si bien mettre entre lui et les autres.

Quand je reviens sur la piste, Kristen et son Ethan sont en pleine démonstration de débauche, quoique j'aie la nette impression qu'ils ne dansent jamais pour les autres. Je m'assois à la table que nous avons confisquée à des gamins et les regarde ondoyer dans la foule dense. À un moment donné, Kristen lui dit je ne sais quoi, Ethan sourit avec une sincérité désarmante. Leur amitié leur appartient et leur fait du bien à l'un comme à l'autre ; j'en avais rarement rencontré d'aussi touchante. Les deux amis reviennent à la table, Kristen s'affale sur la banquette en face de moi, et je suis obligée de me décaler pour laisser Ethan s'asseoir. Je pourrais jurer qu'il s'installe bien plus près de moi qu'il ne l'aurait fait il y a quelques jours, mais encore une fois, je ne suis plus très objective…

– On a perdu Mike ? s'enquiert Kristen.

– Il roule des pelles à une meuf à la sortie des toilettes, annoncé-je, ravie pour lui.

– Il sait choisir ses endroits… se moque Ethan.

– Tu rigoles, c'est exactement là, dans cette même boîte,

que t'as roulé des palots à un mec pour la première fois, lui fait remarque Kristen.

– Tu roules des pelles aux mecs aussi ? m'étonné-je.

– S'ils sont vraiment très beaux, et que je suis vraiment très ivre… Ce qui, pour l'un comme pour l'autre, est assez rare.

– Ça n'empêche. Ethan est peut-être le seul vrai hétéro que je connaisse à avoir déjà couché avec un mec, m'explique Kristen. Il est le seul hétéro à avoir fait beaucoup de choses, cela dit… ajoute-t-elle pour elle-même.

Ethan n'a pas l'air embarrassé le moins du monde par ce que dévoile Kristen de son intimité. En le regardant nous resservir – en l'admirant nous resservir –, je me dis qu'au fond, c'est cohérent avec le personnage : pas de limite à ce qui s'expérimente, pas de jugement, pas de contrainte sociale.

– Tu devrais te trouver un slogan, un mantra, ou quelque chose pour prêcher la bonne parole, lui suggéré-je.

– Il en a un, s'exclame Kristen. « Je fais ce que je veux, je dis ce que je veux, je baise qui je veux »…

– Non, ça, c'est celui que tu m'as attribué, rectifie-t-il. Mais il me va plutôt bien…

Je rigole. Oui, ça lui va bien.

Une demi-heure plus tard, nous sommes, Kristen et moi, debout sur la table basse en train de danser. À vrai dire, je ne sais plus si c'est de la danse, à ce niveau-là. Toutes vannes ouvertes, nous ondoyons l'une contre l'autre, devant le regard d'Ethan qui, comme d'habitude, ne montre rien de ce qu'il pense ou ressent. Je ne sais même plus quand j'ai bu le verre de trop. Car lorsque Kristen saute de la table et fonce jouer de ses charmes avec un mec qui passe par là, je me tourne vers Ethan et suis prise d'une soudaine folie.

Je mets un pied à terre, lentement, précisément entre ses jambes, puis continue de danser. Le pseudo-*lap dance* que je lui offre s'arrête net lorsque ses deux mains se posent à l'arrière de mes cuisses et que la pression qu'il y met me fait tomber sur ses genoux. L'envie de lui se fait si forte que je fuis le plus délicatement possible la situation. Je ris doucement et tourne sur moi-même de façon à reprendre place à ses côtés. À la façon dont il lève la tête et prend une longue inspiration, je réalise que, pour lui non plus, résister n'est pas si simple. Ça me rassure. Je me suis promis de ne pas être la gamine amourachée qui le harcèle. Et je ne craquerai pas, même si la vue de ses lèvres m'est simplement insupportable. L'existence d'Isabel me revient, telle une vague, comme depuis le début de la soirée. Entre la montée de désir, la culpabilité, l'alcool qui commence vraiment à faire tourbillonner le monde autour de moi et Ethan qui ne cesse d'être là, juste là, tout près, je suis à deux doigts d'imploser. Je décide d'aller faire un tour.

– Je vais fumer une cigarette, annoncé-je sans le regarder.

Le fumoir est beaucoup moins bondé qu'en début de soirée, il doit être vraiment tard. Je vais me placer au fond, sors une clope et un briquet. Le temps de l'allumer, Ethan apparaît à l'entrée de la pièce. Il me repère et, d'un pas beaucoup trop décidé, fonce sur moi. Puis, sans me laisser le temps de dire ouf, il pose ses deux mains sur mon visage et sa bouche contre la mienne. La fougue de son baiser me fait me dresser sur la pointe des pieds et lâcher ma clope par terre. Il s'arrête beaucoup trop vite à mes yeux. J'ouvre la bouche sans trop savoir ce que je m'apprête à dire, mais avant que j'aie le temps de lui sortir une platitude, ou un aveu de trop, Ethan esquisse un sourire – qui ressemble grandement à une excuse de gamin –, puis s'en va.

Je regarde ma cigarette perdue dans la saleté d'un sol de boîte de nuit, et renonce à la récupérer. Je ne suis pas sûre qu'un shoot de nicotine puisse m'aider à me calmer. L'ivresse, qui jusque-là m'aidait à marcher cinq centimètres au-dessus du sol, me pèse soudain. En retournant vers la table, je suis soulagée de voir que tout le monde est aussi décidé que moi à arrêter les frais. Du moins, Kristen nous apprend qu'elle rentre chez une meuf, et Ethan a déjà pris en charge Mike qui est ivre mort, à moitié allongé sur la banquette. Il l'attrape et l'aide à se relever. Je demande à Ethan si on y va, plus pour la forme qu'autre chose. Il acquiesce d'un hochement de tête. Il n'est pas froid, mais ne montre rien de ce qui vient de se passer ; ce mec est un escroc des émotions. Nous fendons la foule après avoir abandonné Kristen à sa trouvaille. Ethan, le bras autour de Mike, le porte quasiment jusqu'à la sortie. Il hèle un taxi qui passe et je le laisse mener la barque. Il est bien plus apte que moi, que nous tous, comme souvent. Je remarque la délicatesse avec laquelle il assiste Mike pour monter dans le taxi. Ethan n'est pas très « délicat » avec Mike, dans la vie de tous les jours, voire un peu brusque. C'est dans les détails que l'on peut remarquer à quel point il tient à lui. Avec Ethan, ce sont les gestes qui comptent, semblerait-il, les demi-sourires, les smoothies, les baisers volés au milieu d'un fumoir.

Une fois installée dans la voiture, je sens sa chaleur à mes côtés, une chaleur humaine qui ne me laisse pas indifférente. Un peu perdue, un peu seule, comme souvent quand la nuit s'achève, je pose ma tête sur son épaule. Pour une fois, il ne réagit pas, il ne se raidit pas, il accueille ma présence.

Nous finissons par arriver, par grimper les trois étages, par retrouver le calme de l'appartement. Pendant qu'Ethan accompagne Mike jusqu'à sa chambre, je retire mes chaussures et m'allonge sur le canapé. Mes yeux se ferment sans que j'y puisse rien. C'est dans un demi-sommeil que je sens les mains d'Ethan passer sous ma nuque et sous mes genoux. Je ne fais pas l'effort de me réveiller tant le contact de son corps est agréable, rassurant. Il monte les escaliers, une princesse française dans les bras. Quand je comprends qu'il s'arrête à la première chambre de la coursive, la mienne, je ne peux m'empêcher d'être déçue ; au fond de moi, j'avais l'espoir qu'il avance de deux portes de plus. Mais Ethan me dépose sur mon lit, remonte la couette sur mon corps alangui, et puis plus rien.

18

S'ASSUMER, QUOI QU'IL EN COÛTE

Ethan

Mais qu'est-ce qui lui a pris, sérieux ? Évidemment, ça lui va hyper bien de servir, elle fait même ça avec une dextérité remarquable ; mais franchement, elle a mieux à faire dans la vie que de filer à boire à des alcooliques aux mains baladeuses. Quand Ruth lui a proposé le taf, il y a quelques jours, je n'ai pas imaginé une seconde qu'elle le prendrait. Je veux bien qu'elle n'ait pas une thune, mais de là à tomber si bas… Abandonner sa carrière de photographe pour gagner dix balles de l'heure dans un troquet…

Lorsque Frenchy lève les bras pour attraper une bouteille, je ne peux m'empêcher de regarder le bout de peau qui se dévoile au niveau de son ventre. Je détourne les yeux. Une semaine sans déraper, ce n'est pas le moment de lorgner son corps gracile. C'est pathétique, je vais me mettre à cocher des cases dans un calendrier : l'abstinence façon Alcooliques anonymes. Si on ne sort pas, si on ne boit pas, si on ne danse pas, on se tient… En gros, si on garde une distance de sécurité d'un mètre, le désir est maîtrisable.

Putain, après seulement un coït et un baiser, c'est du jamais-vu au pays de l'addiction…

Mike la regarde, lui aussi. Je sais qu'il aimerait bien recommander. Il finit par lever un bras à son passage et claque des doigts.

– Eh, bébé, tu nous ressers un godet ?

– Bien sûr, chéri. File-moi un billet sous le comptoir, tu seras le premier servi…

Et voilà qu'elle entre dans le personnage, maintenant… Mike n'a pas de problème à la regarder jouer la serveuse, lui. Il se joue des clichés ; moi, ça m'exaspère. Ce n'est pas parce qu'elles sont belles à tomber qu'on devrait jouir de les voir nous servir. Je sens le regard de Mike me brûler la nuque.

– Qu'est-ce qui t'énerve à ce point ? me demande-t-il. Qu'elle utilise ses atouts pour faire serveuse, ou que des mecs la reluquent au passage ?

Je déteste quand Mike devient perspicace. Finalement, je préfère quand il est saoul et à l'ouest.

– Que les rares humains avec un iota d'intelligence la gâchent, ça me déprime.

– Elle a plus que quelques iotas à son arc, celle-là.

Je le lui accorde en silence. Quand Lola revient enfin à nous, la bouteille à la main, mon exaspération est à son comble. Je ne peux m'empêcher de cracher mon venin.

– Donc, tu comptes faire une carrière de serveuse ? T'as raison, c'est un don rare dans notre société ; photographe professionnel, tout le monde sait faire… contrairement au service, ironisé-je.

– Et en attendant, je fais quoi, je prends tes chèques en silence ? Si je t'écoutais, je devrais faire carrière dans la prostitution. Tu m'entretiendrais sur combien d'années si je t'offrais mes nuits ?

L'acidité de sa réplique me cloue le bec ; surtout maintenant qu'elle m'en a offert une, de nuit…

Même Mike ne répond rien.

– Je suis censée faire quoi, Ethan, franchement ? me répète-t-elle. Vivre à tes crochets pour le restant de mes jours ?

– Arrêter d'avoir honte d'exister, lui rétorqué-je.

Pour une fois, Lola s'offusque et tourne les talons.

– Laisse-la… chuchote Mike. Toi qui te prétends féministe, elle a bien le droit de faire ce qu'elle veut de sa vie.

– Je ne me prétends pas féministe, j'ai juste pleinement conscience que l'intelligence et la bêtise n'ont pas de sexe, grommelé-je.

– Les merdes financières non plus.

Je me retourne de façon à laisser le bar dans mon dos, mais ce faisant, je la vois en train de déposer des verres sur une table d'étudiants déjà torchés à dix-neuf heures. Je n'ai pas besoin de les entendre pour savoir qu'ils lui font des blagues qui se veulent être du flirt. Elle est bien trop séduisante pour être serveuse, ça va être un calvaire. Calvaire qu'elle va affronter sans rien dire, telle que je la connais, ravalant sa fierté pour ne pas rester dépendante de moi. Je fonce sur elle et la chope à mi-chemin entre la table de couillons et le bar. Pour l'arrêter, je lui empoigne le bras. Je n'arrive pas à interpréter le regard noir qu'elle me lance. Je regrette mon geste.

– Demain, rejoins-moi à mon bureau en fin d'aprèm. On va te trouver du travail.

– Je ne veux pas que tu me files du travail, Ethan. Je ne veux pas de ta pitié.

– Je n'ai jamais parlé de te donner du travail. Je ne suis pas pour le piston, c'est humiliant pour la personne qui l'utilise. Le réseau, en revanche, y a que ça qui fonctionne dans le milieu, et tu le sais aussi bien que moi. Et le jour où j'aurai de la pitié pour toi, ça ne ressemblera pas à ça, je conclus.

Lola me regarde sans rien dire. Ses yeux marron-vert me fixent, jugeant de ma sincérité.

– Sois là vers dix-huit heures.

Avant qu'elle trouve une raison de refuser, je me retourne et fonce vers la sortie. De toute façon, je vais faire une connerie si je reste là.

***

– Mlle Lola est là pour vous, annonce la voix de Judith dans le speaker de mon téléphone.

Mlle Lola, ça lui va beaucoup trop bien.

Il est exactement dix-huit heures, elle est définitivement ponctuelle, pour une artiste. Mais surtout, elle est venue.

– Faites-la entrer.

J'entends la porte s'ouvrir. Je ne lève les yeux que lorsqu'elle a atteint mon bureau. Elle porte une chemise en jean sur une jupe noire, découvrant, à mon grand dam, ses jambes sveltes. Je ne crois pas l'avoir jamais vue en jupe.

– Bonjour, mademoiselle Lola.

– Bonjour, monsieur Atwood, me répond-elle en souriant.

La sensualité avec laquelle elle prononce mon nom de famille provoque un tressaillement dans mon bas-ventre. Ce n'est pas le moment de se lancer dans des jeux de rôle, ça va mal finir. Lola s'assoit sur le fauteuil avec sérieux. Elle n'est pas là pour jouer.

– Vous vouliez me voir…

Ah, si…

– Arrête ça, Frenchy, on dirait un porno soft des années quatre-vingt.

Lola rigole.

– Plus sérieusement, dis-je pour couper court, tu veux du boulot dans la photo ? En vrai, il y en a plein. Du moins, si tu sais où chercher et une fois que t'as évincé les *wannabe* photographes qui n'ont pas grand-chose d'autre qu'un appareil hors de prix et de l'arrogance. Et c'est bien ça, le problème : il te manque un peu du second. Faut que t'apprennes à te vendre, c'est tout.

– Si ça veut dire enlever un bouton de ma chemise, tu peux te trouver un nouveau projet, se pique-t-elle.

– À vendre tes photos, Lola, me désespéré-je. Tu n'as pas besoin d'enlever quoi que ce soit pour être déjà beaucoup trop séduisante…

Je tire le tiroir sous mon bureau et en sors la version imprimée en A3 de la campagne de pub qu'on a faite ensemble.

– En réalité, tes photos parlent d'elles-mêmes, faut juste que tu saches où les montrer.

Je la vois jeter un œil à son œuvre, puis lever la tête sur moi.

– Tu ne m'appelles jamais Lola… fait-elle soudain remarquer.

Je bugge un instant, ne comprenant pas où elle veut en venir, puis reprends.

– Y a beaucoup d'argent, dans la com'. En revanche, à Cincinnati, on n'est que deux boîtes conséquentes. Nous et nos concurrents, Randal et Randal. C'est là-dessus qu'il faut que tu joues, sur la rivalité. Tu devrais proposer tes services à M. Randal père. Il déjeune tous les jours au Lavazza Club et me déteste viscéralement. Si tu arrives, que tu lui mets la campagne *What's Next* sous le nez et que tu lui demandes s'il préfère que tu travailles pour eux ou pour nous, je peux te jurer que tu seras sur un de leurs projets dans les deux semaines.

– Tu veux que j'utilise le travail que j'ai fait avec toi pour aller travailler chez la concurrence ?

– Exactement.

– Sérieusement ?

Lola semble véritablement interloquée par ma suggestion. Je me lève, fais le tour de mon bureau et viens m'y appuyer, face à elle.

– Écoute, *Lola,* l'assurance dont tu fais preuve quand tu prends des photos, il faut que tu arrives à la mettre dans le reste de ta vie. T'es douée dans ce que tu fais, et au fond, tu le sais. Tu es juste trop modeste pour le faire valoir. Ce n'est pas le moment d'avoir peur de mettre en avant ce dont tu es capable et ce que tu veux vraiment. Au contraire, affirmer ce que tu désires sans te soucier de questions de morale ou de bienséance, ça te fera le plus grand bien… ajouté-je avec un sourire.

Le visage impassible, Lola semble réfléchir à ce que je viens de lui dire. Puis, tout d'un coup, elle se lève, s'approche jusqu'à se placer entre mes jambes et plante son regard sur moi. Une flamme danse dans ses yeux verts, et je peux sentir sa cuisse contre la mienne. Une bouffée de désir se lève en moi à une vitesse vertigineuse. Je reste cependant sur mes gardes, perplexe devant sa réaction.

– Qu'est-ce que tu fais ?

– J'affirme mon désir sans me soucier de questions de morale ou de bienséance, chuchote-t-elle à quelques centimètres de ma bouche.

Lola pose ses deux mains sur mes cuisses, prend appui, se soulève légèrement et m'embrasse. La surprise est balayée par l'attraction immédiate de nos deux corps. La timidité du baiser qu'elle m'offre est un brasier si intense que j'attrape ses épaules de mes deux mains et la repousse. Je marche du pas le plus calme possible vers la porte de mon bureau en essayant de ne pas croiser son regard. Je m'immobilise un instant, prends une grande inspiration, pose ma main sur la poignée… et ferme le verrou.

Quand je me retourne, je peux voir le soulagement sur son visage. Et le sourire qu'elle entame entérine mon choix, un sourire adorable, à la fois timide et déterminé. Je me retiens de foncer jusqu'à elle, je vais la dévorer si je me laisse aller. Alors je m'approche doucement, et Lola fait de même. Elle continue de me surprendre quand, de sa main délicate, elle fait glisser ma veste le long de mes bras, puis commence à déboutonner ma chemise, en silence. Le bruit saccadé de sa respiration me donne un aperçu de son état d'excitation et fait flamber le mien. Pour une fois, je la laisse faire – je ne laisse jamais les femmes prendre la situation en main, encore moins mon corps – mais ça lui va si bien de

« s'assumer »... Lorsque la chemise est, elle aussi, tombée, Lola parcourt mon torse de ses doigts, descendant la ligne entre mes abdos jusqu'à mon pantalon. Elle dévie alors et s'apprête à caresser ma cicatrice. D'un geste réflexe, trop brusque, j'attrape sa main et la retire. Je ne veux pas la violenter, mais je ne peux pas tout supporter. Elle me regarde, entrouvre la bouche. Je l'arrête dans sa lancée en posant mon index sur ses lèvres. Lorsque je la sens résignée, je les effleure du bout des doigts. Elle frémit, se rapproche de moi, je frémis ; et, déjà, je n'en peux plus. Mes deux bras soulèvent son corps frêle par les cuisses, ses jambes m'enlacent et je l'emmène jusqu'au bureau, où je la dépose. En poussant délicatement sa poitrine, je l'oblige à s'allonger pour me permettre de retirer les boutons de sa chemise. Je ne prends pas la peine de la lui retirer complètement, mon visage plonge entre ses seins nus, puis mes dents viennent chercher un de ses tétons. Elle se cambre. Je m'étais promis de prendre mon temps comme avec n'importe quelle fille, mais mes mains n'en font qu'à leur tête – mon désir n'en fait qu'à sa tête – et elles descendent sous sa jupe, font glisser sa culotte le long de ses jambes, puis remontent, s'arrêtant à la lisière de son sexe. Lola n'a pas l'air de s'offusquer de ma précipitation, ses joues empourprées me font même dire que le sentiment d'urgence est partagé. Je sors un préservatif de mon portefeuille, puis me ravise. La façon dont Lola est offerte, allongée sur le dos, les jambes écartées par mon bassin, maintenant nue sous sa jupe, est une invitation à lui donner le vertige. Je m'accroupis et laisse ma langue jouer avec son clitoris jusqu'à sentir ses jambes trembler un peu. J'entends le bruit adorable que fait Lola quand elle se retient de gémir ; bruit qui me retourne. J'accélère le mouvement, trop pressé de la faire jouir, ce qui arrive rapidement et provoque des saccades dans tout son corps. Voir jouir Lola est parmi les plus beaux tableaux que j'aie eu l'occasion d'admirer. Cette fois-ci, je ne me retiens plus, je déboutonne mon pantalon, ne prends pas le temps de l'enlever, enfile le préservatif et la pénètre dans la foulée. Une fois en elle, je réalise que son corps est bien trop loin, que je veux sentir sa peau, son souffle. Je la redresse alors en tirant délicatement sur sa nuque. Ce faisant, j'aperçois l'expression d'abandon sur son visage, ses cheveux déjà devenus fous. Je fonds sur ses lèvres. Plus je l'embrasse, mon sexe toujours immobile en elle, plus j'ai envie de la prendre, presque violemment. Mais je ne bouge pas le bassin, le temps d'apprécier nos baisers embrasés, d'apprécier le lâcher-prise de son corps. Quand je finis par entamer des va-et-vient, ses mains viennent enlacer mes épaules, et ses ongles se plantent dans mon dos. Plus je mords son cou, plus ses doigts se crispent. Chaque mouvement de mes reins déclenche une avalanche de plaisir en moi, mais c'est peut-être le sien qui me rend le plus fou. La façon dont elle balance la tête en arrière, dont elle s'agrippe à moi comme pour ne pas s'envoler, ses tétons venant effleurer mon torse. Au bout d'un moment, je tire un coup sec sur ses hanches afin de la rapprocher du rebord, ce qui l'oblige à se laisser tomber en arrière. Tant pis pour les baisers, la regarder prendre du plaisir, les yeux fermés, le dos cambré vaut toutes les drogues du monde. Sentant venir l'explosion, je place une main sur la cambrure de ses reins, et la seconde sur son épaule. Je la pénètre avec force tout en prenant garde de ne pas lui faire mal. Une fois, deux fois, trois fois. À la quatrième, un râle s'échappe de ma bouche tandis que Lola cache ses yeux de sa main gauche et se mord la lèvre inférieure.

Je me retire plus vite que je ne le voudrais, me doutant que la position de Lola n'est pas des plus confortables. Mais elle reste là un moment, les yeux toujours dissimulés par sa main, comme si elle ne voulait pas revenir à la réalité. Le pantalon refermé, je souris, tire sur sa main libre pour la redresser et dépose un baiser sur sa bouche. Un point final avant que nos corps reprennent une distance normale. Frenchy a ouvert les yeux, mais semble éviter les miens tandis qu'elle reboutonne sa chemise. Je ne veux pas qu'elle soit mal à l'aise ; pour une fois, je n'ai même pas le cœur à être froid pour signifier quoi que ce soit. Alors j'attrape sa culotte au sol et lui tends aussi délicatement que possible.

– Tu as une manière de t'affirmer pour le moins agréable.

Lola sourit, mais ne me regarde toujours pas. J'enfile ma chemise tandis qu'elle remet sa culotte, puis je reviens à elle. Je soulève son menton afin de l'obliger à me regarder, de tâter le terrain, de comprendre ce qu'elle cache.

– Ça va, Lovely… ?

– Ça va, me répond-elle avec assurance.

Lola est quasiment rouge comme une pivoine, ce qui ne lui arrive pas souvent. Mais ses yeux pétillent de malice. Rien à voir avec le trouble que je lis habituellement chez les femmes qui ont particulièrement pris du plaisir. Et si je sais que c'est le cas ici – plaisir largement partagé – je n'arrive pas à interpréter la flamme qui brûle en elle, présentement. Cette flamme qui me plaît un peu trop.

– OK. Si tu me laisses le temps de fermer mon ordi et de remettre de l'ordre sur mon bureau, je te ramène.

– Ça marche, chuchote-t-elle.

Lola s'éloigne d'un pas, puis s'immobilise.

– Dis-moi qu'elle est plus là, ta secrétaire ?

Je rigole à sa question. Et regarde l'heure.

– Non, elle est probablement partie quelques minutes après ton arrivée, la rassuré-je.

Lorsque nous atteignons finalement la porte de mon bureau, je ne peux m'empêcher d'accompagner sa sortie d'une main sur son dos. Geste que je regrette aussitôt. Je la laisse prendre les devants. Dans quel merdier suis-je en train de me mettre ? Il faut qu'on arrête ça. Il faut que j'arrête ça. Si je ne couche que très rarement plusieurs fois avec la même femme, ce n'est pas pour me mettre à le faire avec celle qui vit sous mon toit. D'autant plus si je considère ce qu'elle provoque chez moi. Il faut que je me change les idées, que je passe à autre chose, n'importe quoi pour ne plus avoir envie de la Française au sourire craquant qui fait sauter mes barrières plus qu'il n'est acceptable.

19

APRÈS LE SOLEIL, LA PLUIE

Lola

Évidemment, le Lavazza Club est aussi chic que je l'imaginais, voire plus. J'arrive à ne pas attirer l'attention de l'homme pingouin chargé de placer les clients et fonce dans la pièce. J'essaye de me rappeler le visage de M. Randal, dont Ethan m'a montré une photo hier soir, et me répète les instructions qu'il m'a assénées plusieurs fois de suite : « Foncer, s'asseoir, dégainer. »

Je repère l'homme à une table au fond, soulagée de le trouver seul devant son steak. Je prends une grande inspiration, hallucinée par ce que je m'apprête à faire.

– Monsieur Randal ?

– Oui, répond-il, sceptique.

– Désolée de vous déranger pendant votre repas, Lola Darrieux, me présenté-je en lui tendant ma carte de visite. J'ai une proposition à vous faire.

Je m'assois d'emblée en accompagnant mon impudence d'un sourire timide. Lui me regarde, un peu étonné, mais visiblement curieux de connaître la raison de mon irruption. Ça sert, d'être jeune et jolie, il m'aurait probablement déjà envoyée paître si j'étais un jeune homme rondouillard… C'est désespérant, mais soit. Sans plus attendre, je sors le portfolio et l'ouvre à la pub *What's Next*.

– J'imagine que vous avez vu cette campagne dans les rues ? J'imagine aussi que vous savez quelle boîte de com' l'a produite ?

– On peut difficilement la rater, elle est partout… commente-t-il avec une pointe d'aigreur dans la voix.

– Ce que vous ne savez pas, c'est qui est la personne qui a pris la photographie qui, pour de nombreuses personnes, est l'atout de la campagne.

J'arbore un sourire entendu qui laisse deviner la réponse.

– Ma proposition est donc la suivante : préférez-vous que la photographe en question offre son savoir-faire à M. Atwood ou à votre entreprise ?

M. Randal, manifestement charmé par mon audace, me considère un moment.

– Et pourquoi voudriez-vous travailler avec nous plutôt qu'avec le fameux Ethan Atwood ?

– Je n'aime pas les séducteurs arrogants qui m'estiment pour mon apparence plutôt que pour mon travail…

J'ai honte de mentir de la sorte, de salir le nom d'Ethan, mais j'imagine que c'est déjà la réputation qu'il a. Et je tombe dans le mille car M. Randal hoche la tête, ravi de ma réponse. Il sort une carte de la poche intérieure de sa veste et me la tend.

– Prenez rendez-vous avec ma secrétaire, je suis sûr qu'un travail vous attend quelque part dans notre boîte.

Abasourdie, je me lève aussitôt. Ce n'est pas la peine d'abuser.

– Merci, je vais faire ça. Bon appétit à vous.

Je fonce vers la sortie, accompagnée de la sensation quasi physique du regard de Randal dans mon dos. Une fois dehors, je suis obligée de m'arrêter une seconde afin de laisser mon cœur se calmer. Je n'arrive pas à croire que j'aie fait ça, encore moins que ça ait marché. Je ne me moquerai plus jamais des idées saugrenues, voire éthiquement limite, d'Ethan ; je comprends mieux comment sa carrière en est là où elle en est. Sans compter le talent que je lui suppose. C'est un magicien de la manipulation, le diable de la séduction et un dieu du sexe. C'est pire que ce que j'envisageais. Il a toutes les tares et toutes les qualités en même temps, tout pour me plaire et me briser au passage.

Je chasse Ethan de mon esprit. C'est aussi ma victoire, après tout. Le soleil de printemps, doux, me caresse le visage tandis que je déambule dans les rues de Cincinnati, euphorique. Je n'aime pas particulièrement travailler dans la pub, mais je me réjouis de gagner de l'argent avec mon appareil photo plutôt que mon savoir-faire de serveuse ; et d'avoir osé m'affirmer, comme dirait l'autre. À un croisement, je crois reconnaître le quartier. J'avance de quelques pas, puis tombe sur la galerie d'art dans laquelle j'ai rencontré Kristen. Je contemple la porte, hésitante, puis la pousse. Pour une fois que j'ai mon portfolio sur moi, ce serait dommage de ne pas tenter le coup. Une femme brune, excessivement distinguée, s'affaire devant une table envahie de documents.

Lorsqu'elle se retourne, je la reconnais : c'est bien la commissaire d'exposition que j'avais repérée la dernière fois, et qui, comme toutes ces femmes très sûres d'elles, me met mal à l'aise. Déterminée à continuer sur ma lancée, je m'approche, sors mon portfolio et le lui tends.

– Bonjour. Ce n'est peut-être pas le bon moment, mais si vous avez une minute, je pourrais vous présenter mon travail.

Pendant une seconde, je suis persuadée qu'elle va me rabrouer. Finalement, sans un mot, elle lève le bras et se saisit de mon classeur.

– Vous êtes photographe ? demande-t-elle en ouvrant le portfolio.

Non, je suis acrobate dans un cirque.

Je lui souris faiblement en guise de réponse. Alors qu'elle feuillette, je tente de décrypter les expressions sur son visage, sauf qu'elle n'en a strictement aucune, et qu'elle passe les photos un peu trop rapidement à mon goût. Puis, quand elle arrive à la dernière session du classeur, elle ralentit. Ce sont les photographies prises depuis que je suis arrivée à Cinci, quelques clichés de la ville, mais surtout des portraits d'Isabel, Kristen, Mike et Ethan. Deux mois de photos volées, d'instants de vie partagés.

– C'est votre travail le plus récent ? me demande-t-elle subitement, me faisant presque sursauter.

– Oui. Ces derniers mois.

– Elles sont bien plus intéressantes que le reste, moins académiques, plus primaires.

– Je suis d'accord avec vous, avoué-je.

– Je ne dis pas que le reste n'est pas de qualité, mais vous avez changé d'objet… Vous avez été formée quelque part ?

– À l'école d'art de Boston.

Ses yeux se posent sur moi, elle est un brin impressionnée, même si elle tente de le dissimuler. J'aurais peut-être dû commencer par ça…

– Vous tombez bien. Un des photographes de notre exposition collective mensuelle vient d'annuler sa participation. Je vous donne sa place. Le thème du mois est « Derrière le voile » ; vos portraits y trouveront leur place, je pense.

Je regarde la photographie de Mike prise lors de la soirée à leur appartement, un portrait qui donne à voir son errance intérieure derrière sa gouaille habituelle, derrière le voile, et je comprends ce qu'elle veut dire.

– J'en serais honorée.

Après avoir réglé les détails techniques d'impression et de tarifs, elle me tend la main pour me saluer, avec maintenant une certaine chaleur dans ses yeux trop maquillés. Moi, j'essaye tant bien que mal de dissimuler mon excitation.

Une fois dehors, je sors mon portable sur-le-champ et appelle Isabel. C'est ce que je fais, dans la vie, quand quelque chose m'arrive ; c'est ce que j'ai toujours fait. Sauf qu'une fois la nouvelle annoncée, une fois les cris d'hystérie passés, nous échangeons quelques mots sur notre vie et la mention de la coloc fait remonter toute ma culpabilité d'un bloc. Non seulement j'ai couché avec Ethan, deux fois, mais en plus je lui cache. Je ne peux même pas partager avec elle le trouble dans lequel ça me met… J'abrège finalement la conversation en lui promettant un café dans la semaine. Et je raccroche en me promettant à moi-même que ça ne se reproduira plus. J'ai craqué, l'autre jour, dans son bureau, soit. Il était tellement séduisant dans son personnage de patron, dans son rôle d'ami qui vous veut du bien… dans sa tentative de me faire sortir de moi-même. Tellement étrangement sincère et attentionné.

Mais je dois pouvoir me retenir. Je dois. Du coup, je reste plantée, debout dans la rue, un peu perdue. Je décide d'aller faire ma Française, d'aller boire un café en terrasse, seule avec mes questions, mes clopes et de quoi me réjouir quand même. Un boulot et une expo, je devrais être en train de sauter en l'air, pas de me morfondre sur mon pseudo-amant, ni sur les mensonges dans lesquels tout ça m'enlise.

***

Kristen, folle de joie, attrape brusquement ses clés et court à la porte.

– J'arrive.

Dix minutes plus tard, elle est de retour, deux bouteilles de champagne à la main, qu'elle brandit tel un trophée. S'il y a une chose sur laquelle j'ai eu une influence dans cette coloc, c'est la consommation de champagne. Tout est prétexte à faire sauter le bouchon de liège depuis qu'une Française a emménagé. Là, je dois avouer que c'est approprié.

– Ils ne sont pas là, les mecs ?

– Non, ils sont à une soirée de boulot. Enfin, une beuverie entre collègues qui prend le prétexte d'épater les clients. Mais ils n'ont pas de champagne, eux…

Quelques heures plus tard, la porte s'ouvre et laisse apparaître Mike. La première bouteille est bien entamée, et Kristen et moi dansons sur les tubes de notre jeunesse. J'ai bien tenté de lui faire découvrir la chanson française, sans succès. Finalement, nous mangeons des sushis en finissant le champagne. Et moi, je ne tiens plus, la curiosité l'emporte.

– Il est où, Ethan ?

– Je l'ai laissé dîner avec la fille d'un client. Ce genre de femme qui s'apprête à reprendre l'empire de papa et suppose que c'est légitime de devenir désagréable avec les comptables.

Je ravale ma réaction intérieure, dont je n'avais pas vu venir l'amplitude sur l'échelle de Richter, et concentre mon attention sur Mike, et ce côté boute-en-train qu'il porte en façade. Il paraît même fatigué, les yeux tirés, le teint blafard.

– Tu sais, des femmes pas snobs et superficielles, ça existe. Et si moi, je peux trouver un taf et une expo dans la même journée, c'est que le vent tourne, pour nous.

– Tu veux dire que je vais trouver une femme sublime et un billet de loterie gagnant dans les prochains jours ? me lance-t-il, du sarcasme plein la voix.

– Quelque chose comme ça, oui.

– Si on suit les préceptes d'Ethan, ajoute Kristen, c'est soi-même qu'il faut aimer en premier lieu. Ou du moins, faut savoir faire semblant… Et après, tout nous tombe sur les genoux.

La mention d'Ethan me fait serrer les dents. Il est donc en ce moment même avec une fille de milliardaire. Peut-être qu'il ne va pas finir dans son lit, peut-être qu'il va se lasser de sa conversation avant…

– Eh bé, je suis bien barré si le secret, c'est de s'aimer soi-même, grommelle Mike.

– C'est pas grave, je t'aimerai pour deux, chaton, propose Kristen en déposant un baiser sur sa joue.

– Je peux rajouter au pot de l'amour, si vous voulez.

Je me penche, et l'embrasse de l'autre côté. Notre cirque réussit à lui arracher un sourire. Ethan et lui sont la preuve vivante que l'assurance est ce qui plaît aux filles, ou du moins l'ingrédient en plus. Mike est plutôt beau garçon, mais il en manque encore bien plus que moi, et se cache derrière un humour acide et de l'autodérision. Ce qui est charmant, mais ne lui permet pas de dévoiler qui il est. Je repense à la photo de lui sur laquelle s'est arrêtée la curatrice.

– Tu sais, c'est grâce à toi si j'ai décroché une exposition. Grâce à une photo de toi, entre autres.

– Y a une photo de moi dans ton illustre portfolio ?

– Y a des photos de vous tous… C'est celles-ci qui ont attiré son attention.

Mike a l'air étrangement ému par mon aveu. Ce que je ne lui dis pas, c'est qu'il y a une palanquée de photos d'Ethan qu'il va me falloir trier. Encore une fois, mes émotions se mélangent, et je ne sais plus si c'est la joie ou le cafard qui l'emporte. À l'approche de minuit, je me résous à aller me coucher. Les épisodes de *Mad Men* que nous avons regardés, entassés sur le canapé, ne m'ont pas aidée à oublier le fait qu'Ethan soit dans la nature, probablement dans les bras d'une autre. Maintenant, il faut que je me rende à l'évidence, à cette heure-ci, ils sont probablement dans un lit. Au moins, il ne l'a pas ramenée ici…

Je ne devrais pas me poser ce genre de questions. C'est terminé, les conneries, il est hors de question que je perde ma cousine et que je me laisse briser par un mec instable au passage. Je vais me sevrer de Handsome, de Don Juan, de Lucifer, d'Ethan sous toutes ses formes.

Déterminée, je me glisse sous la couette, m'efforçant d'ignorer le nœud qui s'est formé dans mon estomac et ne fait que grossir.

20

LE POIDS DES SYMBOLES

Lola

Sa silhouette apparaît dans l'embrasure de ma porte. Il n'a pas frappé. Il prend le temps de me regarder, alors que je suis allongée sur mon lit, mon ordi sur les genoux. Il s'avance finalement, se saisit de l'ordinateur, le dépose à mes côtés, attrape ma main puis tire dessus jusqu'à ce que je sois debout. Il ne porte pas de tee-shirt et son jean tombe sur ses hanches. Sans un mot, il retire l'élastique de mes cheveux puis, satisfait, va pour partir, ma main toujours dans la sienne. Mon sang s'accélère quand je comprends qu'il m'emmène effectivement dans sa chambre, que son intention est exactement celle que j'envisageais, qu'il m'a littéralement kidnappée, sans un commentaire, sans émettre l'hypothèse d'un « non ». Je devrais me dégager, lâcher sa main et repartir dans ma chambre, lui dire que je ne suis pas un objet, qu'il ne peut pas juste disposer de moi quand bon lui semble. Pourtant, je lui emboîte le pas sans la moindre hésitation.

Aussitôt la porte fermée derrière nous, ses mains empoignent mes hanches et me hissent jusqu'à sa taille. Je frissonne devant le regard sauvage qu'il me lance.

– J'ai envie de toi.

Mon cœur tambourine dans ma cage thoracique, puis je suis instantanément happée par l'avidité de ses baisers, par sa beauté à la fois angélique et démoniaque, par la tendresse mêlée d'ardeur qu'il met dans chacun de ses gestes.

Je suis complètement foutue…

***

J'attrape son oreiller à ma droite et, désespérée, enfouis ma tête dedans. Comment notre cerveau peut-il être si incontrôlable ? Comment efface-t-on les images qui défilent devant nos yeux avec acharnement, tel un rétroprojecteur devenu fou ? Dix jours, c'est le maximum qu'on ait tenu sans se toucher. Ne pas lui sauter dessus, j'avais déjà réussi cet exploit, mais dire non à Ethan Atwood alors qu'il vient te prendre en otage avec un visage parfaitement impassible et le boxer qui dépasse, ça, je ne sais pas encore faire… En aurai-je la force un jour ? Surtout, ai-je vraiment envie de dire non quand toutes les parcelles de mon corps crient oui ?

Je retire l'oreiller de mon visage ; m'étouffer ne me mènera nulle part. La chambre d'Ethan est là, douce et étrangement chaleureuse malgré son style dépouillé. Je n'arrive pas à me résoudre à sortir du lit, lit dans lequel j'ai donc dormi une troisième fois, sans bien comprendre ce que signifie ce passe-droit qu'il m'octroie. N'a-t-il simplement pas le courage de me virer ? La façon qu'il a de m'enlacer alors que nous nous endormons est-elle la preuve qu'il apprécie finalement de le partager, ce fameux lit ? J'ai fini par comprendre que derrière sa façade, il a besoin de chaleur humaine autant que tout le monde, voire plus. Mais de là à faire sauter ses principes…

La porte qui s'ouvre avec fracas m'arrache à mes ruminations. La vue de Kristen qui pénètre dans la chambre comme une fleur et sautille jusqu'au lit achève de me réveiller, me sidérant au passage. Elle grimpe sur le lit, tout sourire, et vient s'asseoir à côté de moi, comme si c'était la chose la plus normale au monde. J'ai enfilé le tee-shirt d'Ethan dans la nuit, je ne suis donc pas complètement à poil, c'est déjà ça. Quoique je suppose que ça ne lui aurait fait ni chaud, ni froid. Je tourne la tête vers Kristen, une expression d'incrédulité accrochée au visage mais elle l'ignore.

– T'as vu comme il est confortable, son lit ? déclare-t-elle alors en tapotant autour d'elle. Je crois que c'est les draps à deux cents dollars, ça change tout…

– Tu savais ?

– Bien sûr que je sais. Même Mike l'a cramé, et ce n'est pas comme si c'était un fin limier…

– Et tu t'en fous ?

Elle hausse les épaules.

– C'est toi qui prends le risque de te brûler les ailes. Et c'est pas moi qui vais juger les choix relationnels des autres…

Je laisse tomber ma tête en arrière, contre la paroi. Le bruit que cela provoque fait sourire Kristen.

– Je ne sais pas trop ce que je suis en train de faire, avoué-je d'une toute petite voix.

– Oui, ça, je m'en doute. Prendre du bon temps ? propose-t-elle.

– C'est le moins qu'on puisse dire…

J'ai soudain honte de parler de la vie sexuelle d'Ethan, puis je me souviens que c'est Kristen. Ça ne l'a jamais arrêtée. Rien ne l'arrête.

– Après, ça ne va pas sans son lot de complications, précisé-je, comme trahir sa cousine, mentir, se promettre d'arrêter, puis recommencer. Bref.

– En quoi tu trahis ta cousine ? s'étonne-t-elle.

Je balaye la question d'un geste de la main. Trop compliqué à expliquer, et surtout, je ne pense pas que Kristen comprendrait. Elle est trop libre pour se mettre ce genre d'entrave.

– En tout cas, reprend-elle, je crois que j'ai fait le bon choix : venir me réfugier dans ses draps sans partager le sexe. Beaucoup moins d'emmerdes.

Je lui offre une petite moue approbatrice pour toute réponse.

– Allez, y a pas mort d'homme, reprend-elle. Et puis tu n'es pas exactement une parmi tant d'autres…

– Comment ça ? Je suis exactement une parmi beaucoup, beaucoup d'autres.

– Il n'offre de mi-chemin à personne. En tout cas, ça fait bien longtemps qu'il ne l'a pas fait.

Par mi-chemin, j'imagine qu'elle parle de son lit. Je commence à trouver que tout le monde met un peu trop de poids dans cette symbolique…

– Oui, enfin, il ne me vire pas à coups de pied au cul après avoir joui, mais c'est pas non plus le romantisme, les paillettes et le pays des fleurs roses.

– Il n'y a pas que ça. Vous êtes amis.

Je ne suis pas sûre de comprendre où elle veut en venir. Je ne suis pas sûre que nous soyons amis. Mais je me tais.

– Tu sais, reprend-elle après un silence, il a quand même l'excuse d'avoir eu une enfance franchement compliquée. Il a chopé des super parents adoptifs, mais ça n'efface pas les années de merde.

Je me redresse un peu, surprise par ce qu'elle vient de me dévoiler. À mieux y regarder, je ne sais rien de lui, de sa vie, de son passé. Ça ne fait pas de nous des amis, mais des amants, à la rigueur. Mille questions me brûlent les lèvres, mais je les ravale. Ce n'est pas à Kristen de me raconter son intimité. Puis, alors qu'on parle du loup, celui-ci ouvre la porte et entre dans *sa* chambre. Il jette un œil sur les deux jeunes femmes tranquillement installées dans son lit. Il ne montre cependant pas le moindre signe d'étonnement, et se dirige vers son placard. Avec tout le naturel du monde, il se déshabille entièrement et enfile à la hâte un caleçon, un jean et une chemise.

Alors qu'il s'apprête à ressortir, il fait un arrêt à la porte.

– Vous comptez passer la journée au lit ? Je tiens à préciser que dans le mien, on peut baiser, lire, jouer aux cartes, boire, à la rigueur, mais qu'il est formellement interdit de manger.

Je dois me retenir de rire face au sérieux dont il fait preuve sans perdre cet air espiègle qu'il a toujours. Il nous laisse, ferme la porte derrière lui, et je me remémore alors la phrase qu'avait balancée Kristen le jour de mon arrivée : « Bienvenue chez les fous. »

21

UN CHARME FRANÇAIS

Lola

Alors qu'il est aussi apprêté qu'une ménagère neurasthénique, Mike prend des douches aussi longues que les midinettes qui se veulent branchées. Mes yeux fixent la porte de la salle de bains, comme si ça pouvait le faire se dépêcher. J'ai rendez-vous avec Randal dans une heure, je ne peux absolument pas me permettre d'être en retard. Ni d'arriver en sentant le bouc. Je soupire, me rassois sur le canapé, puis me relève. En grimpant quatre à quatre l'escalier, je m'adresse à Ethan sans le regarder.

– Ethan, je t'emprunte ta douche, je suis trop en retard…

Je l'aperçois en contrebas me lancer un regard aussi noir que stupéfait. Je presse le pas, il serait capable d'avoir quelque chose à redire. Je me déshabille dans sa chambre en chemin, laissant au passage mes vêtements éparpillés au sol. Lorsque l'eau chaude coule le long de mon corps, tous mes muscles se délassent. Puis ils se retendent d'un bloc quand j'aperçois la silhouette d'Ethan à travers la paroi embuée. Il ouvre la porte et, en tenue d'Adam, entre dans la douche. Je suis quasiment chavirée par le charme ravageur qui émane de lui perpétuellement, je ne me lasse pas de sa beauté à la fois sauvage et excessivement parfaite ; de son corps sec mais musclé de la tête aux pieds ; de ses grands yeux bruns ornés de cils fournis. Je ne me lasse pas de lui, et c'est bien le problème. Ethan jette un œil à mon corps nu, entame un demi-sourire, puis attrape le gel douche.

Il est donc vraiment venu se laver… ?

– Tes vêtements éparpillés façon Petit Poucet sur le sol de ma chambre, Lovely, c'était une invitation proprement indécente…

Je ne réponds rien. Je n'ai rien à répondre.

– Tourne-toi.

L'autorité dégagée par sa voix me fait frissonner. Je m'exécute. Je sens alors la paume de sa main emplie de savon se poser sur moi, puis caresser mon dos, ma nuque. Il ajoute alors sa seconde main et parcourt mes bras, mes hanches, mon ventre, effleurant toutes les zones érogènes de mon corps sans jamais s'y arrêter. Ethan me savonne, et c'est peut-être l'expérience la plus sensuelle que j'aie jamais vécue. Lorsqu'il se penche pour attraper le shampoing, je peux sentir son torse contre mon dos, et son sexe tendu contre mes fesses. N'importe quel mâle au monde en profiterait pour me prendre, là, à l'arrache. À l'inverse, Ethan s'occupe de faire mousser le savon en massant mon cuir chevelu avec un doigté aussi expert que lorsqu'il me caresse le clitoris. Puis, son entreprise terminée, il m'enlace de ses deux bras, colle tout son corps contre le mien, puis nous tire jusqu'au jet de douche, sous lequel nous restons, en silence.

Je me retourne finalement, consciente que l'heure tourne. L'envie de l'embrasser est si forte qu'il me faut mordre ma lèvre inférieure pour me retenir. Je crois qu'Ethan s'en rend compte, car, les yeux rivés sur ma bouche, il sourit tendrement.

– Vas-y, file. Ne te mets pas en retard. Et épate-les…

J'acquiesce. Après un moment d'hésitation, je passe ma main sur son biceps. Juste comme ça, juste pour lui souhaiter une bonne journée, ou le remercier, peut-être, et m'arrache finalement à la bulle de buée paradisiaque dans laquelle se trouve l'homme le plus séduisant de la Terre.

Lorsque, en bas de l'immeuble, les rayons du soleil tombent sur ma peau, mon corps entier est encore électrisé.

Merde, à quoi on joue ?

***

Ethan

Elle a ce petit sourire qui trahit qu'elle est contente d'elle, mais qu'elle n'assume pas. Elle a le droit d'être contente d'elle, elle a dégoté un boulot, et pas des moindres. Une campagne nationale. Randal doit vraiment me détester pour donner un projet pareil à une inconnue, il ne peut pas encore savoir qu'elle le mérite amplement. Je vais finir par regretter de ne pas l'avoir gardée pour moi. Les bons photographes, ça ne court pas les rues.

La garder pour moi…

Je détourne les yeux et reviens à la contemplation de l'eau frémissante. Je ne sais pas comment elle a réussi ce tour de force, mais depuis que Frenchy est parmi nous, on se nourrit bien mieux. Même les pâtes sont maintenant accompagnées de sauces et de condiments qui apparaissent régulièrement dans notre frigo habituellement vide. Ce n'est pas pour me déplaire, ça va juste faire un trou dans le compte en banque des restos du quartier. Kristen se plante à ma gauche, et regarde le contenu de la casserole.

– Tu lis l'avenir dans les bulles d'eau ? Qu'est-ce que tu vois, pour moi, ô Grand Mage ?

– Que d'ici trois mois, tu te fais virer de la start-up dans laquelle tu ne mets plus jamais les pieds, que tu vas traverser encore une vingtaine de peines de cœur avant de rencontrer la Vierge, ton véritable amour, et te faire nonne. Ta vie sexuelle n'en sera que plus épanouie.

– Je ne pourrais jamais te faire ça, Luce, tu serais bien trop seul, sans moi…

– C'est pas faux. En plus, je ne saurais plus quoi faire de mon argent si je n'avais plus à t'entretenir.

Je pose un baiser rapide sur le sommet de sa tête. J'entends l'éclat de rire de Frenchy dans mon dos. Mike la fait rire comme personne.

– Ils font la paire, ces deux-là, commenté-je.

– Tu ne vas pas nous jalouser, Mike. Ce serait une première, remarque…

Je lève un sourcil consterné. Je ne jalouse personne. Et puis elle ne m'appartient pas. Elle n'appartient à personne si ce n'est à elle-même, et c'est très bien comme ça. Les humains devraient se défaire de cette notion absurde de possessivité, les femmes ne sont pas des voitures.

– Ça vient, ces pâtes ? nous crie Mike.

– Lance le film plutôt que de râler.

– On reste sur notre rétrospective Godard ? Je trouve ça absurde de faire regarder des films français à une Française. C'est comme ces touristes qui vont dans des restos américains quand ils sont en voyage en Thaïlande.

– Ça n'existe pas, les restos américains, chaton, lui fait remarquer K.

– Par contre, il n'a pas tort, les Français font ça : tester la gastronomie française aux États-Unis… se désole Lola.

– Bon, vous n'avez pas répondu à ma question, ce sera Godard, dit Mike.

Au milieu du *Mépris*, Lola se lève pour débarrasser nos assiettes. Je n'arrive pas à comprendre comment cette fille peut être à la fois si bordélique et si maniaque. En revenant vers nous, elle s'arrête une seconde à côté de l'écran pour attraper ses cigarettes. Lorsqu'elle en met une dans sa bouche, le visage à quelques centimètres de Brigitte Bardot, je me dis qu'il existe définitivement un charme français. Peut-être que regarder une sublime actrice de la Nouvelle Vague se retourner dans un lit n'était pas la meilleure idée. Ça ne m'aide pas à contenir le désir insatiable que j'ai de faire de même avec la tout aussi ravissante Française qui mange, dort, rit et vit à quelques mètres de moi. Cette dernière vient finalement reprendre sa place à mes pieds. Mike et moi avons fait main basse sur le canapé, comme les machos que nous sommes. Lola et Kristen sont installées au sol, sur des coussins, adossées au rebord. Mais le temps que

Lola se lève et revienne, je me suis étalé, et le seul espace qu'il lui reste est maintenant entre mes jambes. Ça n'a pas l'air de la déranger, car elle s'y installe confortablement, posant son épaule contre l'intérieur de mon genou. Je me souviens de ce temps pas si lointain où je la voyais s'efforcer de maintenir une distance de sécurité avec moi, pour ne pas me heurter – elle qui est pourtant manifestement aussi tactile que Kristen. Tout a volé en éclats en un temps record. Je ne comprends pas par quel chemin on en est arrivés là, pourquoi son contact ne me donne pas envie de fuir. Je reporte mon attention sur le film plutôt que sur la réalité.

***

À la fin du film, Lola et moi entreprenons de ranger la cuisine tandis que Kristen et Mike se chamaillent sur la vie sexuelle des actrices, et s'apprêtent à parier sur lesquelles, des grandes actrices françaises ou américaines, ont eu le plus d'amants.

– Un jour, ces deux-là vont parier sur leur vie sexuelle respective et se prendre les pieds dans leurs propres jeux.

Je ris de sa réflexion. Dans la foulée, ma main vient se placer derrière sa nuque, au milieu de ses cheveux soyeux. Lola s'immobilise. Je retire ma main, étonné moi-même de ce geste qui s'est fait malgré moi. Je ne contrôle même plus mes actions. Je vais finir par quoi, lui rouler des pelles au milieu du salon ? Si je ne fais pas attention, je risque de lui envoyer des signaux erronés, et si l'envie permanente de partager le plaisir charnel avec elle est bien réelle, il n'est pas question de lui laisser croire quoi que ce soit d'autre.

Pour moi comme pour elle. Nous finissons de déblayer en silence, puis rejoignons les deux autres avec des bières et du vin rouge pour Lola. Celle-ci prend place sur le canapé d'en face, loin de moi. Je sors mon téléphone pour *checker* mes e-mails.

– Alors, ce vernissage ? T'es prête ? lui demande Mike. C'est dans trois jours, non ?

– Oui, trois petits jours. Et non, je ne suis pas prête. Le perfectionnisme devient très vite un défaut, chez moi… Et je flippe sévère. Vous serez là, hein ?

– Bien sûr, répond Kristen.

– Non, je ne pourrai pas être là, moi, interviens-je.

Le silence de plomb qui règne tout à coup dans la pièce me fait lever la tête.

– J'ai un dîner avec des clients, ajouté-je face aux trois regards qui me fixent.

Celui de Lola est de loin le plus déstabilisant. Si, d'habitude, elle est particulièrement douée pour dissimuler ses émotions, là, son air à mi-chemin entre le choc et la colère me fait penser qu'elle est vexée. Je baisse à nouveau la tête sur mon téléphone. Je pourrais décaler le dîner en question, en vrai, mais je ne vais pas réorganiser mon emploi du temps en fonction de Frenchy, c'est exactement le genre de ligne à ne pas franchir.

– Franchement, Ethan… commence K.

– Franchement quoi ? Je ne vais pas perdre un de mes plus gros clients pour aller regarder trois photos dans un vernissage groupé. Je passerai dans la semaine regarder les tiennes.

Sur ce, je me lève, attrape ma bière et me dirige vers mon

bureau en prétextant un truc à régler. Une fois la porte fermée, je m'y adosse. Je sais que je l'ai blessée ; tant pis, elle a probablement besoin que le réel lui retombe dessus. En revanche, je n'aime pas du tout la sensation que cela me procure. Pas du tout.

22

DERRIÈRE LE VOILE

Lola

Même Ruth est venue. Même Ruth.

Mais pas lui.

La salle est comble. Je n'imaginais pas que leurs expos groupées rameutaient autant de monde. Du coup, le stress a grimpé de trois degrés. Ce n'est pas la première fois que je montre mon travail, je l'ai fait maintes fois durant mes études, mais cette fois, le public ne m'est pas acquis simplement grâce au prestige du lieu, je ne suis plus une élève, ni un disciple, je suis ma propre personne.

Pour l'occasion, Kristen m'a obligée à porter une de ses robes noires. Elle n'avait probablement pas tort, les hommes me sourient encore plus que d'habitude, ce qui ne me fait pas de mal – ce soir en particulier. Mais ce sont les retours sur mes photos qui me touchent vraiment, ceux de mes proches, ceux d'inconnus qui m'abordent pour me féliciter. Beaucoup me parlent de l'honnêteté qu'elles dégagent, de la simplicité troublante des portraits qui disent quelque chose de l'humain sans chercher une conceptualisation que personne ne comprend. Ce sont peut-être les plus beaux compliments qu'on m'ait jamais faits sur ma pratique artistique. Même Kristen et Mike ont été dithyrambiques, et pourtant, ce sont leurs personnes que je dévoile, leurs complexités. Mike a même commencé à vouloir en acheter. Je lui ai dit que je pouvais lui en faire développer, plutôt, mais il s'est lancé dans un grand laïus sur la reconnaissance d'artiste que je méritais, sur la valeur d'une œuvre. Kristen l'a finalement arrêté en lui suggérant d'aller nous chercher à boire. Derrière son air je-m'en-foutiste, elle aussi est émue de se voir en grand format accrochée au mur d'une salle d'exposition. D'autant que son portrait en noir et blanc est l'un des plus réussis. Je ne travaille quasiment jamais le noir et blanc, mais pour elle, ça ne fonctionne que trop bien. On l'y voit de profil, la tête légèrement relevée, la bouche entrouverte, presque en extase, son tatouage à l'avant-bras visible en arrière-plan – un « Kim Novak » typographique, à la manière de *Sueurs froides*.

Maintenant seule, je parcours la salle à la recherche de ma cousine, à qui je n'ai pas encore eu le temps d'adresser la parole. Je la repère finalement. Isabel est belle comme un cœur, elle a sorti une de ses longues robes à fleurs qu'elle seule peut se permettre de porter. Un des photographes, assez beau gosse, est en pleine tentative de flirt. J'espère qu'elle s'en rend compte, au moins, elle est capable de passer à côté des signaux comme personne. Alors que le mec repart, visiblement bredouille, je marche jusqu'à elle. Le temps que je la rejoigne, elle s'est replongée dans un examen minutieux d'un de mes clichés. Je me fige quand je vois qu'il s'agit de la photo de Kristen allongée sur Ethan, une cigarette au bec. C'est peut-être la photo la plus lascive de toutes. De toute l'exposition, même. Ce n'est pas étonnant : Ethan en photographie, c'est une explosion de sensualité, et je n'y suis pour rien. Mais j'ai tout de même peur que ma façon de le photographier, dénuée de toute fioriture, lui mette la puce à l'oreille. J'ai peur de me faire prendre comme une gamine, c'est pathétique.

Elle se tourne vers moi.

– Putain, elles sont vraiment magnifiques, Lola. Toutes.

– Merci.

– Même celle de moi me plaît, ce qui est un exploit. Remarque, tu es la seule personne à avoir jamais réussi à me prendre en photo sans que je ressemble à une poupée de porcelaine.

– C'est parce que je te vois de mille façons, excepté comme une poupée…

Elle sourit à mon compliment.

– Il y a une intimité troublante qui se dégage de tes photos, une émotion qui me filerait presque des frissons.

Une intimité ?

– Pourtant, celle-ci, je l'ai prise lors de la soirée dans leur appart, je ne les connaissais pas encore.

– Je comprends que tu vives avec eux. Ils te vont bien…

Je ne sais que répondre à cette déclaration, alors je me tais. Un brun apparaît dans mon champ de vision et pendant une fraction de seconde, je crois qu'il s'agit d'Ethan.

Fraction de seconde qui a suffi à ce que mon sang cesse de couler dans mes veines. Je m'excuse auprès d'Isabel en expliquant que j'ai besoin d'un verre de champagne ; beaucoup trop d'émotions se bousculent en moi. En la quittant, je réalise que nous nous sommes éloignées depuis que je suis partie de chez elle, depuis notre première dispute. Les mensonges font ça, ils creusent un fossé entre les gens. Je ne veux pas de fossé entre elle et moi, j'espère que le temps reconstruira ce qui a été égratigné. Mais pour l'heure, c'est mon petit moment de gloire, j'ai bien le droit de m'y accrocher… Je regrette que mes parents habitent si loin. Si je me suis habituée à vivre sans eux, c'est pendant ce genre d'événement qu'ils me manquent. Je ne sais pas si cette expo va m'ouvrir des opportunités, si ça va me permettre de construire quelque chose ici, à Cincinnati. En tout cas, ça a fait taire cette idée déprimante qui rôdait dans mon cerveau : celle de tout abandonner pour rentrer chez moi…

Je passe le reste de la soirée à côté du bar, auprès des gens qui y passent. Le même que le soir où j'ai rencontré Kristen, à la différence que le serveur a changé et que c'est de mes photographies qu'on parle, maintenant. Kristen a fini par m'y rejoindre, déplorant qu'on ait perdu notre serveur post-adolescent. Elle n'a plus personne à terroriser. À un moment donné, je jette un œil vers l'entrée, comme je l'ai fait dix fois, depuis le début de la soirée, sans pouvoir m'en empêcher. Mais cette fois-ci, Kristen est là pour me voir faire. Et rien ne lui échappe, à celle-là.

– N'espère pas trop, me dit-elle d'une voix douce. Il est capable de ne vraiment pas venir. Il est ce qu'il est…

Oui, il est ce qu'il est, c'est bien le problème.

Et moi, je suis ce que je suis : beaucoup trop perdue dans mes émotions. Vexée, blessée, déçue et en colère qu'il ne daigne pas venir ; le tout à la fois… Une question me vient soudain à l'esprit, une incohérence dans le tableau, le mystère de Handsome et Sunshine… Je regarde Kristen et penche légèrement la tête.

– Comment ça se fait que tu le connaisses si bien ? Qu'il t'ait laissée entrer dans sa vie ? C'est tellement pas son genre…

– Je n'ai pas vraiment de réponse à cette question. Du moins, je sais comment j'ai mis un orteil dans sa vie, pas comment j'y suis restée.

Je ne la lâche pas des yeux, curieuse d'apprendre comment ils se sont rencontrés. Kristen soutient mon regard un instant, comprend qu'elle n'y coupera pas, et se lance.

– En première année de fac, je ne fréquentais pas forcément les bonnes personnes, pour ne pas dire les pires… Une sorte de bande de connards pervers, manipulateurs et prétentieux. J'étais bien paumée, à l'époque. Un soir, dans un bar étudiant, l'un d'eux a complètement vrillé et s'est mis à m'agresser ; le genre d'accès psychotique qui fait bien flipper. Lorsque ses deux mains se sont posées sur mes épaules, j'ai vu Ethan apparaître derrière lui, agripper le mec et le lancer sur deux mètres. Je le connaissais de vue seulement – tout le monde le connaissait de réputation… Sans me demander mon avis, il m'a attrapée par la main, m'a sortie de là et m'a emmenée dans sa chambre de dortoir. Il m'a interdit de retourner dans la mienne, au cas où. J'étais persuadée qu'il allait tenter quelque chose, me draguer, au moins, mais rien. Il s'est comporté comme un vrai gentleman. On a passé presque deux jours dans sa chambre, à regarder des vieux films, puis, pendant une semaine, il m'a suivie partout, ne me laissant quasiment pas marcher seule dans les couloirs. Il avait entendu parler de ces mecs et avait raison d'être si méfiant : le fou du bar a fini en prison pour agression au couteau… En un sens, je l'ai jamais quittée, cette chambre. Quelques semaines après, je l'ai empêché de foutre sa vie en l'air : il s'apprêtait à passer des exams à la place de quelqu'un d'autre, par pur jeu ; je l'en ai dissuadé. L'étudiant qui l'a fait à sa place s'est fait prendre et s'est retrouvé interdit d'université à vie ! Bref, depuis ce jour, on se protège l'un l'autre de nos propres conneries. Je ne sais pas où on en serait, l'un comme l'autre, si on s'était pas trouvés.

Je réfléchis un moment à son récit… J'avais déjà bien remarqué à quel point ils s'équilibraient, en un sens. Je n'avais juste pas compris ce qui leur avait permis d'ouvrir la « porte ». J'essaye de les imaginer à 19 ans. On pourrait croire qu'ils n'ont pas bougé depuis, mais je pense que c'est faux, que c'est une illusion, du fait de la coloc. Je continuerais bien à la faire parler de leur histoire, d'Ethan, mais je me retiens.

Isabel nous rejoint, nous rigolons toutes les trois un moment. Je suis étonnée de la voir si bien s'entendre avec Kristen. Puis elle nous quitte, car elle a un rendez-vous le lendemain. Kristen et moi, nous regardons les gens partir un à un. À la fin, il ne reste plus que Kristen, encore rayonnante, Mike, beaucoup trop ivre pour ce type d'événement, et quelques inconnus qui, comme nous, comptent bien finir le stock de champagne. Même la commissaire d'exposition a disparu. L'ambiance a pris une nuance chaude et feutrée de fin de soirée. Je suis pompette, heureuse, mais aussi soulagée et déçue à la fois que l'exaltation se dissipe. Puis, tandis que je me retourne pour répondre à Mike, je le vois. Dans l'encadrure de la porte, la silhouette d'Ethan se découpe dans la lumière crue de la pièce, sur le fond noir de la nuit. Mon cœur se met à battre la chamade. Mon cœur a toujours fait ce qu'il voulait.

Il s'approche de nous de ce pas calme mais décidé qui fait son allure. Il porte sa tenue de parrain de la communication, un pantalon et une veste gris sur une chemise, mais avec deux boutons ouverts, et adorablement froissée. Il se pose devant nous, jette un œil rapide sur moi, puis tend son bras, sans un mot, vers Kristen qui lui donne sa coupe. Je me retiens de commenter, de lui balancer un : « Alors, t'es venu ! » qui ne servirait à rien, hormis à le braquer. Le regard qu'il pose sur Mike exprime ce que tout le monde pense tout bas : il est largement trop saoul. Puis il fait glisser son regard sur Kristen qui, bien sûr, déchiffre le sous-texte.

– Oui, je comptais le ramener, il est cuit.

Il y a une tristesse quelque part, dans sa voix, dans l'expression entendue entre eux. Ils savent que leur pote dérive un peu, ces derniers temps. Ils ne le lâchent pas, mais ne savent pas quoi faire de plus… C'est aussi touchant qu'attristant. Kristen se tourne vers moi, et tout son visage s'illumine tandis qu'elle me fait une bise, à la française…

– Encore félicitations, ma belle. Ton talent méritait d'être vu.

– Merci, Kristen.

– On se retrouve à l'appart.

Enfin, une fois Mike tiré par le bras par Kristen, sans ménagement, Ethan et moi nous retrouvons seuls. Et la phrase s'échappe malgré moi.

– T'es venu…

***

Ethan

Je ne m'attendais pas à ça. Ses photographies éclipsent le reste de l'expo sans même le vouloir. Mais ce n'est pas ça qui est confondant, c'est ce qu'elle montre de nous, la façon dont elle nous perçoit. Je sens sa présence à ma gauche, postée à deux mètres, suivant chacun de mes déplacements. Mon silence obstiné doit la faire paniquer, telle que je la connais. Je m'arrête plus longtemps sur le dernier portrait, le mien. Même moi, je ne peux pas ignorer la mélancolie qui s'en dégage. Je sais l'image que je renvoie habituellement, et celle-ci en est à mille lieues. Ma colère gronde en arrière-plan, et fissure quelque chose dans mon regard. Je détourne les yeux, autant pour fuir cette vision déconcertante qu'elle a de moi que pour la retrouver, elle. Elle et sa robe sombre, élégante, qui lui donne un air d'Audrey Hepburn.

Elle réduit la distance entre nous, un peu trop à mon goût.

– Tu nous as déshabillés avec une acuité rare, lui dis-je.

– C'est parce qu'au fond, vous êtes déjà bien plus à nu que la plupart des gens.

– Ou parce que tu vois les personnes derrière les déguisements qu'ils se confectionnent.

Lola ne dit rien, elle ne me lâche pas des yeux sans pour autant laisser une émotion transparaître sur son visage, et je serais curieux de savoir ce qu'elle pense.

– Il reste un peu de champagne, tu veux un dernier verre ? me propose-t-elle.

– Avec plaisir.

Lola passe derrière le bar et nous ressert.

– La soirée était comme tu l'espérais ?

– Oui, tout le monde est venu. Même Ruth.

Même moi.

– Kristen a essayé de brancher la commissaire d'expo, une femme d'une quarantaine d'années qui semble sortir d'un film hollywoodien des années quarante. Je crois qu'elle s'ennuie vraiment, pour en arriver là. Et Mike s'est torché, comme d'habitude. Je ne le trouve pas très en forme, ces temps-ci.

– Il prend trop de coke. En plus de l'alcool… balancé-je.

Lola suspend son geste.

– Il prend de la coke même à ce genre d'événement ? s'étonne-t-elle.

– Il consomme dès qu'il en a l'occasion. C'est déjà beau qu'il n'en prenne pas pour aller bosser…

Lola semble perplexe. Elle se soucie vraiment de lui. Moi aussi, remarque. Il est sur une pente particulièrement glissante.

– Vous croyez pas qu'en vivant ensemble, vous bouchez le trou de la solitude, mais entretenez votre côté éternels adolescents ? lance-t-elle de but en blanc.

Cette fois, c'est moi qui me fige.

– Avoir un trou à l'intérieur de soi n'a rien d'adolescent,

rétorqué-je. On n'est pas des gamins, Lola, c'est le monde qui ne tourne pas rond, et nous qui sommes trop en colère… Mais ça ne veut pas dire qu'on ait trouvé la bonne façon de l'affronter…

Ma réplique, paradoxalement aussi sincère que de mauvaise foi, lui fait baisser la tête. Je ne crois pas qu'elle soit vexée que je l'ai rabrouée. Au contraire, je crois qu'au fond, elle est d'accord, qu'elle se trimbale cette même difficulté à vivre, cette même colère.

– T'as ton *shooting* pour Randal, demain ? demandé-je pour changer de conversation.

– Oui. C'est au milieu de nulle part, au nord de la ville. Dans la zone industrielle. Je vais galérer pour y aller.

– Prends un taxi et donne-leur la facture. Faut tout t'apprendre…

Je lui souris pour qu'elle comprenne que je blague. Même si, effectivement, il va falloir qu'elle intègre les ficelles et autres jeux de pouvoir du milieu.

– Remarque, j'ai un rendez-vous pas très loin, demain dans l'aprèm, je peux te ramener si tu ne finis pas trop tard.

– Oui, j'espère finir vers dix-sept heures, dix-sept heures trente ; si ça dure trop longtemps, ce ne sera pas bon signe !

Aussi fluide que soit la conversation avec elle, comme toujours, il a quelque chose qui bloque, chez elle comme chez moi. Un malaise quelque part. Je pense qu'elle le sent aussi, car elle propose de rentrer dès le verre terminé. Alors que nous marchons dans les rues de la ville, côte à côte, j'aperçois un frisson le long de ses bras nus. Une vague s'empare de moi. Quelque chose qui s'apparente à du désir, mais n'en est pas – pas seulement, du moins. Quelque chose de triste et de vibrant à la fois. Le désir brut, j'ai l'habitude, mais ça, je ne sais pas quoi en faire.

Je retire ma veste et la dépose sur ses épaules. Elle me remercie, s'enveloppe dans le tissu et tient fermement le col de sa main droite. Trop fermement, comme si elle espérait que quelque chose ou quelqu'un la réchauffe.

Je ne la réchaufferai pas ce soir, même si l'envie de la sentir contre moi est plus violente qu'une montée de drogue. Je me remémore le soir où elle m'a trouvé la main en sang, le geste vers moi qu'elle a osé faire, la phrase qu'elle a prononcée et qui m'a fait vriller, qui a tout fait vriller. « Bien sûr que tu as froid, Ethan. À l'intérieur. Tu as toujours froid. »

Peut-être qu'elle a raison. Peut-être qu'au fond, c'est aussi moi qui cherche à être réchauffé…

23

PHOTOS DE FAMILLE

Ethan

Je gare la voiture à une centaine de mètres et envoie un texto à Lola pour lui indiquer où je me trouve. Ce n'est pas la peine que Randal me voie, il va comprendre qu'il y a magouille. Il est tellement susceptible en ce qui me concerne qu'il serait capable de lui retirer le boulot. Je la vois s'approcher dans le rétroviseur, avec son style simple mais raffiné. Elle porte un pantalon marron et a sorti ses débardeurs, avec les beaux jours. Ce qui l'oblige à mettre des soutiens-gorge, toujours en dentelle, qui dépassent parfois sous ses aisselles. Encore un pousse-au-crime qu'elle porte sans en avoir l'air. Ses cheveux remontés en queue-de-cheval paraissent infinis et caressent son dos à chacun de ses mouvements, ce qui n'aide pas non plus.

– J'ai l'impression qu'on est dans un polar, s'amuse-t-elle

en entrant dans la voiture. Avec un flic qui attend son indic au coin de la rue.

– J'ai difficilement l'air d'un flic, lui fais-je remarquer.

– Si, celui d'un film à gros budget pour faire rêver les jeunes filles en fleur…

– Tu veux dire celui où le flic finit par se faire la jeune délinquante à l'arrière de sa voiture ?

Elle rit, surtout à mon regard qui appuie la proposition sous-jacente. Je redémarre le moteur. Tandis qu'elle me raconte son *shooting*, mon téléphone sonne. Je soupire en voyant qu'il s'agit de ma mère. Ça fait trois fois que je ne lui réponds pas, je ne peux plus repousser si je veux éviter qu'elle me fasse une scène.

– Oui.

– …

– Maman, ça peut attendre quelques jours.

Lola tourne brusquement la tête.

– Je sais que ça fait des semaines. T'as qu'à lui dire que je suis aux Bahamas avec une escouade de mannequins. Je passerai à mon retour.

– …

– Oui, je suis en voiture.

– …

– Oui, je sais que je ne suis pas censé téléphoner au volant, mais ça fait dix fois que tu m'appelles.

– …

– OK, c'est bon, j'arrive.

Je raccroche devant les yeux ronds de Lola.

– On va faire un détour par chez mes parents, si ça te dérange pas. Sinon ma mère va venir me chercher directement à l'appartement et va commencer à fouiller notre frigo en poussant de grands soupirs.

Ses yeux, déjà ronds, s'écarquillent.

– Si tu veux… finit-elle par dire.

Mais un grand sourire illumine peu à peu son visage.

– Tu vas me présenter à tes parents ? Je pourrai voir des photos de toi enfant ? Tu crois qu'on leur dit pour les fiançailles, ou non ?

OK, elle est très en forme…

– Non, je vais t'enfermer dans le coffre, c'est plus cohérent avec le scénario du film.

– Je me tiendrai bien, promis.

L'idée de l'emmener chez mes parents est aussi saugrenue qu'inquiétante. Ma mère va en faire tout un plat. Mais soit.

Quand nous passons les grilles de la demeure parentale, Lola ouvre grand la bouche. Elle sort de la voiture à la seconde où j'éteins le moteur et contemple la baraque. Je me suis habitué, en grandissant, mais c'est vrai que quand j'ai débarqué, à 7 ans, j'ai eu l'impression qu'on m'avait projeté dans un univers parallèle.

– Je n'avais pas compris que tes parents étaient si riches, finit-elle par souffler.

– Tout est relatif. Mais oui, ils ont un peu d'argent de côté…

– En plus du manoir et du parc, tu veux dire… ?

La porte s'ouvre à notre approche. La surprise et l'extase sur le visage de ma mère quand elle voit Lola me donnerait presque envie de faire demi-tour. Dans quel bourbier je viens de me mettre ? De nous mettre ? C'est pour ça que je ne lui présente jamais personne, j'aurais dû m'y tenir.

Au lieu de sauter sur moi comme elle le fait d'habitude, elle fonce sur Lola et lui tend les deux mains comme si elle l'attendait depuis toujours.

– Bienvenue ! Entrez.

Dans le hall, elle m'embrasse, puis me lance un regard appuyé. Je réagis.

– Lola, je te présente ma mère, Mary. Maman, je te présente Lola…

Je me creuse la tête pour trouver un moyen d'enrayer les rêves les plus fous que je vois naître dans ses yeux.

– … notre nouvelle coloc.

– Enchantée, dit Lola.

Nous la suivons jusqu'à la cuisine, qui ressemble à la salle des opérations d'une guerre déjà bien entamée. Deux cuisiniers sont aux fourneaux et des serveurs vont et viennent, des plateaux de verres vides dans les mains, ce qui me fait penser qu'une soirée se prépare. Lola paraît aussi amusée qu'hallucinée. Au moins, je lui aurai offert un divertissement, en la faisant venir.

– Vous voulez un thé, Lola ? Ou une citronnade fraîche, peut-être ?

– Une citronnade, ce sera parfait.

– Toi, Ethan, je ne te propose rien pour l'instant. Va voir ton père, je n'en peux plus de l'entendre râler parce que tu ne viens pas quand il a besoin de toi. Allez, ouste.

Pendant une seconde, je me demande s'il est judicieux de laisser Lola seule avec ma mère, puis j'abandonne. Lola sait se défendre. Et plus vite je règle le problème de mon père, plus vite nous serons partis. Lola esquisse un petit sourire pour me convaincre que tout va bien, consciente de mon hésitation. Il me faut dix secondes de plus pour partir tant la vue de Lola dans la cuisine de mes parents me perturbe.

Je ne sais définitivement pas ce qui m'a pris de l'emmener. Je déteste faire se rencontrer mes univers. C'est comme mélanger le plat principal avec le dessert, ça n'a aucun sens, et ça forme un tout complètement indigeste.

***

Lola

La véranda fait la taille de la cuisine, c'est-à-dire deux fois celle de l'appartement d'Isabel. Mary se sert son thé, méticuleusement, puis lève brusquement la tête.

– Je ne vous ai pas proposé de gâteau ! J'ai des biscuits délicieux…

– Non, non, ça ira, lui dis-je alors qu'elle se lève déjà.

À travers les vitres, je peux voir d'autres domestiques s'affairer au jardin.

– Vous organisez une soirée ? On ne vous dérange pas, j'espère.

– Oh, non, au contraire, c'est tellement agréable de recevoir une visite d'Ethan. Et tellement rare qu'il amène quelqu'un. À vrai dire, je ne crois pas avoir jamais rencontré aucun de ses amis, se désole-t-elle. J'ai entendu parler de Kristen, évidemment, et d'un Michael, je crois.

– Mike, oui. Il vit dans l'appartement, lui aussi.

Mary jette un œil à son jardin.

– Oui, nous organisons une soirée caritative. Faut bien

nous occuper, nous, les riches. Quoique, dépenser une fortune pour organiser une récolte d'argent m'a toujours paru absurde. Pourquoi ne pas donner l'argent directement…

J'ai du mal à retenir un sourire. Je comprends mieux d'où vient le cynisme d'Ethan. Mary est une belle femme, distinguée, petite et menue, les yeux pétillants. Pour une « privilégiée », elle ne met absolument pas mal à l'aise.

– Quand il était jeune, Ethan passait ce genre de soirée caché sous une table après avoir volé une assiette de petits fours. Dans son esprit, je crois qu'il participait, à sa manière. C'était un petit sauvage, mais tout le monde l'aimait beaucoup.

Je lis de la nostalgie dans ses yeux gris perdus dans le vague.

– Il est toujours un peu sauvage, commenté-je. Mais à ma connaissance, il ne se cache plus sous les tables…

Mary sourit.

– C'est vraiment un plaisir de rencontrer une de ses « amies », répète-t-elle. De savoir qu'il est entouré. Il est tellement secret. Ça a toujours été difficile pour lui de partager ses sentiments. Je sais qu'il a Kristen, qu'elle compte beaucoup, mais tout de même…

Mary laisse traîner sa phrase. J'aimerais la rassurer, lui dire qu'il n'est pas seul, mais ce serait un demi-mensonge. Surtout, je perçois le sous-entendu dans son inquiétude de maman. Elle aimerait qu'il ait une femme dans sa vie, et ça…

– Il était déjà très beau, enfant, reprend-elle sans que je comprenne bien le lien. Quand il était adolescent, on nous a même proposé de le faire poser pour des magazines. Mais s'exposer devant une caméra, ce n'était pas son genre.

Mary s'anime d'un coup.

– Vous voulez voir des photos ? Tout le monde aime voir des photos de ses amis enfants, non ?

Elle prend mon large sourire pour un acquiescement, et se lève aussitôt. Moi, je ris intérieurement : je ne pensais pas tomber si juste en faisant ma blague, tout à l'heure. Mary revient deux minutes plus tard, un album sous le bras. Elle le pose sur ses genoux et le caresse de la main comme un trésor qu'on chérit. Mais Ethan surgit à ce moment-là. Sans un mot, il passe devant elle et attrape l'album au passage. Il secoue la tête puis le dépose sur le bahut, au fond de la pièce. Je n'arrive pas à savoir s'il est en colère ou gentiment agacé, comme un fils devant sa mère. Mary ne commente pas. Elle le connaît par cœur, c'est évident. Et à la fois, souffre de ne pas le connaître, semblerait-il…

Un peu comme moi ?

– C'est déjà réglé ? lui demande-t-elle.

– Oui.

– Ton père ne descend pas saluer notre invitée ?

– Non. Mais ne le dérange pas pour ça.

– Maintenant que j'y pense, vous devriez rester pour la soirée ! s'exclame-t-elle en se levant, ravie de son idée.

Ethan se fige. Il ne l'avait pas vu venir. Pourtant, moi, si…

– Non, merci. Je ne vais pas infliger une soirée mondaine à Lola.

– Oh, je suis sûre que Lola appréciera.

Elle se tourne vers moi, pleine d'espoir.

– Les invités seront un peu guindés, mais sympathiques, pour la plupart. Il y aura à boire, à manger. Je pense même que ça va danser, on a fait venir un groupe de Savannah. Mais vous avez peut-être quelque chose de prévu… ajoute-t-elle, une pointe de tristesse dans la voix. Passer votre soirée avec des vieux, ce n'est probablement pas votre priorité.

Je me sens parfaitement acculée. Je ne veux pas vexer Mary, mais j'ai peur de coincer Ethan.

– Je suis certaine que ce sera une soirée charmante, tenté-je pour rester vague.

– Maman… souffle Ethan.

– Ethan, s'il te plaît, ça ferait tant plaisir à ton père. Et puis il y aura les Vanderberk, et les Potter ; ils seront tellement contents de te revoir.

Pour la première fois, je vois Ethan sur le point de plier. Derrière sa façade un peu froide, je vois le petit garçon gentil, qui ne veut pas blesser sa mère. Et le tableau est assez adorable. Un peu perdu, Ethan pose les yeux sur moi afin de prendre la température. Je lui souris en haussant les sourcils dans un « Pourquoi pas ? » amusé. En vrai, l'idée, aussi saugrenue soit-elle, m'enchante.

– OK, on peut rester pour un verre ou deux, mais pas plus…

Devant son fils qui abdique, Mary semble à deux doigts de sautiller de joie. Elle tourne sur elle-même, comme si elle cherchait quoi faire pour fêter ça. Je prends alors conscience que je ne suis absolument pas habillée pour ce genre de soirée.

– En revanche, je… je ne crois pas que ma tenue soit très appropriée.

Mary me regarde et, au lieu de paraître inquiète, se réjouit plus encore.

– Oh, ce n'est pas un problème. Georges est là pour ça.

Où est mon portable, Ethan ? demande-t-elle en regardant autour d'elle.

– Comment veux-tu que je le sache ?

– Ah, dans la cuisine !

Elle part quasiment en courant, revient et appelle ledit Georges. Ethan lève les yeux au ciel.

– Oui, c'est madame Atwood. Bonjour, Georges. J'ai un service à vous demander, un peu urgent. Pourriez-vous me faire livrer six de vos plus belles robes immédiatement ?

J'ouvre la bouche, estomaquée.

– Oui, c'est ça. Non, ce n'est pas pour moi. Euh… un style… euh… jeune.

– Classe, mais pas chic. Sobre, mais pas triste… intervient Ethan, alors qu'il ne semblait pas même écouter.

– Voilà, c'est ça. Vous l'avez entendu ? La taille ?

– 36… répond Ethan.

Ma mâchoire pourrait se décrocher devant cette conversation improbable, et qui se déroule sans moi. Face à Ethan qui fait preuve d'un avis étonnamment arrêté sur ma tenue… et me connaît visiblement mieux que je ne l'imaginais.

– Et les chaussures qui vont avec, ajoute-t-elle.

Cette fois-ci, Ethan me regarde.

– 37-38, dis-je timidement.

Mary raccroche, extatique.

– Elles seront là dans vingt minutes. Vous pourrez utiliser la chambre d'amis du premier. Tu lui montreras, Ethan. Et notre salle de bains. Vous y trouverez de quoi vous maquiller, si vous voulez. Mais vous n'en avez pas forcément besoin, vous êtes ravissante au naturel… ajoute-t-elle avec douceur. Bon, je vous laisse, il faut que j'orchestre les derniers détails.

Et elle s'en va. L'idée de rester à cette soirée vient de passer de drôle à inquiétante… Le fait d'être chez les parents d'Ethan est, en soi, déjà complètement invraisemblable. Ethan se rapproche de moi, un sourire aux lèvres. Maintenant, c'est lui qui est amusé ; ça m'apprendra.

– Ne t'en fais pas pour ma mère, elle a toujours eu tendance à en faire un peu trop…

– Au moins, on lui fait plaisir en restant, y a pas de doute là-dessus.

Ethan hausse les sourcils.

– Oui, ça, c'est sûr… Viens, on va trouver la source de champagne en attendant.

Il se dirige vers la maison, et je le suis. En passant à côté du bahut et de l'album photo qui y trône, je tire sur sa manche.

– Pas même une petite ? tenté-je en pointant du menton l'objet de ses craintes.

Ethan me lance un regard noir, puis secoue la tête. Je sais que ça l'amuse, quelque part. Je sais qu'au fond, tout ça l'amuse un peu…

24

JOUER LE JEU, QUITTE À S'Y PERDRE

Lola

Ethan frappe à la porte, et entre sans attendre ma réponse. Je me retourne ; il se fige. Son regard, balayant mon corps de haut en bas, puis de bas en haut, est encore plus appuyé que d'habitude. J'essaye de deviner ce qu'il pense de ma tenue, mais ce salaud ne dit rien. Il n'affiche même pas son éternel demi-sourire. Il a la bouche très légèrement entrouverte, mais aucune expression ne se lit sur son visage. J'aimerais pouvoir dire que je n'ai pas fait d'effort, que je n'ai pas un peu essayé de me « faire belle », mais ce serait un mensonge éhonté. J'essaye juste de me convaincre que je ne l'ai pas fait pour lui…

J'ai écarté d'office quatre robes, trop habillées pour moi, et pris quinze minutes avant de choisir entre les deux dernières. Je me suis finalement décidée pour la couleur brique, longue, un peu drapée, assez sobre, si ce n'est son dos nu indécent. N'ayant pas besoin de porter de soutien-gorge, je peux me permettre le dos nu. C'est un des intérêts d'avoir de petits seins. Si je n'ai pas forcé sur le maquillage, j'ai osé le chignon bas, un peu fouillis, un peu décentré. À quoi bon montrer son dos si c'est pour le dissimuler derrière sa chevelure ?

– Prête ?

– Je crois…

Ethan, lui, est visiblement prêt, visiblement habitué. Il s'est changé, lui aussi. Il porte un costume noir, une chemise noire, une cravate noire. Personne n'arrive à porter ça, sauf lui… Son allure décontractée subsiste, et rend le tout douloureusement séduisant. Nous descendons les escaliers, traversons le salon et atteignons le jardin. Je ralentis le pas face à la foule déjà présente. Ethan place sa main sur mon dos, m'encourageant à avancer. Mais c'est l'inverse qui se produit. Je ne sais plus pourquoi je suis là, avec lui, trop habillée, étouffée par le simple contact de sa main sur ma peau nue. Je me rends compte maintenant que tous les membres de l'assemblée vont partir du principe que je suis sa copine, ou pire, sa compagne. On n'emmène pas sa coloc, ni même sa maîtresse, à une soirée mondaine chez ses parents. Est-ce que, même dans ces conditions, Ethan se fiche bien de ce que les gens pensent ? Lui qui se targue de ne jamais se mettre en couple, pourquoi a-t-il accepté de s'exhiber avec moi devant une centaine de personnes ?

Je chasse ces questions sans réponses et me tourne vers lui.

– Je vais avoir besoin d'un verre.

– On a toujours besoin d'un verre à ce genre d'événement, c'est pour ça que l'alcool coule à flots. En réalité, personne ne supporte les mondanités à jeun, seuls les hypocrites prétendent que c'est facile.

– C'est pas facile pour toi ?

– Ça l'est devenu avec les années. Ça ne retire rien au mensonge de la haute société, c'est juste plus facile de faire semblant. Allez, viens, on va se trouver du champagne, je vais saluer poliment les amis de la famille, tu vas charmer deux-trois vieux, et on partira.

– Parce qu'il faut que je charme, en plus ?

– Non, tu n'as rien à faire. C'est un phénomène naturel, chez toi.

J'essaye de prendre le compliment qu'il vient de me faire, et nous fendons la foule jusqu'au premier serveur, plateau à la main. Puis, le temps de se retourner, Ethan est déjà alpagué par une dame qui nous fonce dessus en tirant par la main ce que j'imagine être sa fille. La fille en question a au moins mon âge, et rougit comme une pivoine.

– Ethan ! Quel plaisir ! Ça fait des années… Tu te souviens de ma fille Harmony ? Vous avez passé tellement de temps dans notre piscine, cet été-là…

Harmony passe de rouge à cramoisie. Après une réflexion pareille venant de sa mère, je peux comprendre.

– Bonsoir, Marge. Et comment pourrais-je oublier Harmony ? souffle-t-il en la regardant. Je vous présente Lola.

Il me désigne d'un geste de la main. Le regard de dédain que Marge me lance me fait penser qu'elle avait autre chose en tête pour sa fille – ou pour elle, sait-on jamais.

– Tu es toujours aussi séduisant, dis donc.

– Je vous retourne le compliment, vous n'avez pas pris une ride.

Je ne sais pas si j'ai envie de me cacher sous une table, comme Ethan enfant, ou d'éclater de rire. Le visage de la Marge en question est si tiré par le botox qu'on pourrait croire qu'il va craqueler. Et le sourire d'Ethan est si hypocrite que je me demande comment elles font pour l'ignorer. Quoique Harmony ne doit pas voir grand-chose, visiblement prise d'une sorte de transe, ses yeux anormalement fixes rivés sur Ethan.

Je ne veux pas savoir ce qu'il lui a fait découvrir, dans la piscine, cet été-là…

– Si vous voulez bien nous excuser, je dois présenter Lola à mon père, nous ne l'avons pas encore vu, leur annonce Ethan. J'espère qu'on se recroisera dans la soirée.

Sur ces mots, Ethan pose une nouvelle fois sa main dans mon dos, et nous sort de là. À quoi joue-t-il ? Me présenter à son père ?

– Tu comptes vraiment me « présenter » à ton père ?

– Bien sûr que non. Après, on risque de le croiser, à un moment donné. Tu vas beaucoup lui plaire.

Il attrape à la volée une deuxième tournée de champagne sur un plateau, m'obligeant à finir ma coupe d'une seule gorgée. Je dois avoir l'air perdue, car il s'arrête au milieu de la foule et me dévisage.

– Détends-toi, Frenchy. Tu es dans le monde du bluff et du faux-semblant. Tu as le droit d'être qui tu veux, de dire ce que tu veux, de faire ce que tu veux.

Puis Ethan nous éloigne un peu et, tandis que nous partageons une cigarette, il commence à me présenter à distance certains convives, ajoutant au passage de multiples détails croustillants sur leur métier, leurs amants, les mille ragots qui les entourent. Je sais maintenant que Mme Prager souffre d'une addiction à l'oxycodone depuis vingt ans, et qu'elle se le fait prescrire sous le nom d'une actrice de cinéma ; que le fils des Kaufman est un homo refoulé, au point d'avoir invité son jardinier à vivre dans la dépendance de sa maison ; que M. Brubeck a perdu tant d'argent au Yams qu'il a dû revendre sa compagnie de produits surgelés, et vit maintenant seul dans un camping-car, mais vient toujours aux soirées, habillé du même costume depuis cinq ans. Bref, Ethan redevient Ethan, ce qui me fait un bien fou. Vingt minutes plus tard, je suis largement détendue… et charmée par sa désinvolture, son humour noir, la façon dont il garde la tête haute en toutes circonstances, et surtout, par son air de sale gosse trop malin pour le monde.

– On y retourne ? propose-t-il en me tendant la main.

Il me tire jusqu'à la fête, puis me lâche. Nous saluons quelques personnes, sélectionnées par Ethan, cette fois-ci, certaines assez sympathiques, au demeurant, d'autres moins ; toutes sincèrement contentes de revoir le « petit Ethan ». La femme du couple avec qui nous discutons maintenant me jette des regards en coin, intriguée. Je vois bien qu'elle se retient de poser des questions.

– Et ta compagne, que fait-elle, dans la vie ? demande-t-elle brusquement à Ethan.

Il me faut un moment pour comprendre de qui elle parle, avant tout parce que dans mon monde à moi, on pose les questions à la personne concernée… C'est le blanc laissé par Ethan qui me fait réaliser que c'est de moi qu'il s'agit.

Je le regarde, curieuse de sa réaction. Un brin anxieuse.

– Photographe, finit-il par dire, sans se démonter. Mais vous savez, Harriet, même si elle a le défaut d'être française, elle parle parfaitement l'anglais…

Et vlan.

– Oh, passionnant, dit-elle en s'adressant directement à moi. Une artiste française. Et vous gagnez votre vie avec la photographie ?

– Oui, très bien, affirmé-je par agacement.

– Ah, et quel type de photographie ?

– Des nus, principalement, dis-je, sur ma lancée.

– C'est comme ça qu'on s'est rencontrés, renchérit Ethan. Alors que je posais pour elle…

La femme met un moment à comprendre, tandis que son mari ne peut retenir un petit rictus.

– Comme c'est original…

Ils nous quittent dans les minutes qui suivent, prétextant un ami à saluer. Mon sourire fait rire Ethan. Le rire d'Ethan me donne envie de lui pincer le biceps ou de l'embrasser. Je ne sais pas trop. Maintenant que j'ai compris que la soirée était un immense terrain de jeu pour lui, et que ma présence à ses côtés était le sujet de toutes les spéculations, nous nous en donnons à cœur joie… Dans le cadre de la conversation suivante, nous vivons dans une colocation de dix personnes. Dans celle qui suit, nous nous sommes fiancés un matin, lors d'un dîner spécialisé dans le pancake sans gluten ; dans celle d'après, Ethan a quitté sa boîte pour lancer une application permettant de sauver les dauphins, et nous avons pour projet de partir vivre à Hawaii, au plus près des cétacés. Parfois, il m'est si difficile de ne pas rire que je finis par lui pincer vraiment la hanche. Tandis qu'Ethan dupe son monde avec une aisance bluffante. Et plus le temps passe, plus nous nous prenons au jeu. Au point que peu à peu, sa main se pose sur mon épaule, puis son bras enlace ma taille. Une heure plus tard, je suis euphorique, et électrisée de la tête aux pieds. J'ai beau savoir que tout ça n'est qu'un jeu, je ne suis pas insensible au contact d'Ethan, à l'intimité que nous feignons d'avoir, et à la complicité, réelle, qui ne fait que grandir au fur et à mesure de la soirée.

Puis, finalement, un homme fringant, qui a l'air de bien s'amuser, lui aussi, nous arrête à mi-chemin du bar.

– Alors comme ça, mon fils, tu poses nu pour une charmante Française et te passionnes pour les dauphins ?

Cette fois, je ne peux me retenir de pouffer, pas très discrètement, c'est-à-dire en baissant la tête et en me cachant dans ma main, comme une enfant.

– Papa, je te présente Lola, dit Ethan en souriant, à moitié hilare, lui aussi.

– Enchantée, dis-je en me reprenant. Ou désolée…

Le père d'Ethan me sourit avec une telle sincérité qu'il ne doit pas s'être offusqué de nos gamineries.

– Y a pas de mal. On peut dire que vous savez distraire la haute société. Vous n'imaginez pas le nombre de personnes qui sont déjà venues me parler de vous… J'ai hâte de voir à quoi ressembleront vos affabulations après quelques heures de bouche-à-oreille, ajoute-t-il en secouant la tête. Bon, vous passez une bonne soirée, au moins ?

– Très bonne, merci.

– C'est le principal. La réalité n'est jamais que celle que l'on présente comme telle… Le groupe a commencé à jouer.

Vous devriez aller voir, il est bien moins mauvais que celui qu'avait fait venir ta mère pour mes 50 ans.

Sur cette suggestion, il nous quitte. Au bout de deux minutes d'interaction, il m'est déjà sympathique. Rencontrer les parents d'Ethan confirme bel et bien que les chiens ne font pas de chats, au-delà de la génétique… Ils ont l'un comme l'autre ce contraste entre une image propre sur soi et un fond désabusé et impertinent…

Au bar, je mange un maximum de mignardises et bois un verre d'eau pour limiter les dégâts. Ethan me regarde avaler le plus de nourriture possible en un minimum de temps.

– Tu manges pour quatre et pèses cinquante kilos…

– Quarante-huit, le corrigé-je.

– Je vais t'appeler ma plume, à partir de maintenant, ça plaira beaucoup à notre public.

Ma plume ?

Maintenant que j'y pense, heureusement qu'Ethan n'est pas un romantique, par-dessus le marché… Même dans le cadre d'un mensonge, ça risque de me filer le vertige s'il m'appelle « ma plume ». Je finis mon verre d'eau et Ethan me rend ma coupe, que j'attrape en évitant consciencieusement de le regarder.

Nous nous dirigeons vers la musique. Une piste de danse en lattes de bois a été montée pour l'occasion. Le groupe, assez bon, effectivement, entame une reprise d'Otis Redding. Alors que je ne m'y attends pas, Ethan attrape mon verre, et le dépose sur une table. Puis il me prend la main et me tire jusqu'au centre de la piste, où seul un petit couple de vieux adorable partage une danse. Il ne m'a pas demandé mon avis, il ne m'a pas invitée. Il redevient le Ethan qui ne demande la permission de rien à personne, avec une liberté tactile en plus que nous n'avons jamais eue ensemble. Lorsque nous sommes lancés, l'un contre l'autre, les bras légèrement relevés d'un côté, Ethan se met à chuchoter à mon oreille :

– On ne peut pas juste discourir, il faut bien se donner en spectacle, aussi.

Un spectacle ? C'est ça que nous sommes, ce soir ? Et nous sommes quoi, la nuit, lorsque nos lèvres se caressent, que sa main effleure mes seins, que je griffe son dos ? Nous sommes quoi quand nous rions devant un film, que nous partageons nos cigarettes, qu'il m'emmène chez ses parents ? Est-ce vraiment du spectacle, la paume de sa main à présent calée contre mes reins, la façon dont il a ramassé l'autre contre son torse en serrant plus fort mes doigts ?

Je n'essaye pas de répondre à mes propres questions, car au fond, je crois que je n'aime pas la seule réponse qui me paraisse cohérente. Ethan n'a rien à proposer d'autre que son corps, il le dit lui-même. Et peut-être devrais-je m'en contenter, peut-être que c'est aussi bien comme ça…

Une fois le morceau terminé, nous reprenons place sur le bord de la piste. Un léger brouillard est venu noircir mon exaltation. Ethan pose les yeux sur moi, puis me dit : « Viens », en me tirant par la main. Il ne me lâche qu'une fois arrivé au bar, derrière lequel il passe sans se soucier de personne. Il s'accroupit et se relève, une bouteille de champagne pleine et deux verres propres à la main. Il récupère ma main et nous fait contourner le cœur de la fête, puis entrer dans la maison. Une fois que nous sommes seuls, il me libère et monte les escaliers. Je suis curieuse de savoir où il m'emmène d'un pas si pressé. Lorsque nous pénétrons dans une chambre, j'envisage alors ce qu'il a derrière la tête. Je n'arrive pas à savoir si ça me réjouit ou si ça me blesse qu'il décide de manière si cavalière de me tirer jusqu'à un lit. En regardant mieux autour de moi, je suppose qu'il s'agit de son ancienne chambre, celle de son adolescence. Il n'y a pas de posters aux murs. Quelques objets, çà et là, qui n'ont pas été touchés depuis des lustres, laissent entrevoir sa jeunesse : une balle de base-ball, un iPod, des livres en tas. Je lève la tête sur lui et vois qu'il n'a pas du tout l'air de viser le lit, mais la porte-fenêtre qui mène au balcon.

– On va où ?

– Là où se boit une bouteille volée dans le bar de ses parents. À 16 ans, du moins.

En passant devant un miroir, mon regard est happé par une photo en noir et blanc un peu délavée. La femme, dessus, a peut-être une trentaine d'années, et est d'une beauté sauvage époustouflante. Ethan, immobile, me regarde observer, il me regarde ne pas oser poser la question.

– C'est ta mère ? finis-je par demander.

– Plus ou moins, oui. Viens, suis-moi. Enlève tes chaussures.

Perplexe, je retire mes chaussures avant d'avancer jusqu'au balcon. Ethan passe une jambe par-dessus la rambarde, puis une seconde. Moi, je regarde le vide en dessous de nous avant de le suivre ; nous ne sommes qu'au premier étage, mais tout de même.

– T'inquiète, y a même pas deux mètres de toit à parcourir, après, c'est plat.

Effectivement, Ethan est sur un petit rebord qui finit la pente du toit de tuiles. Un ou deux mètres plus loin, le toit s'arrête et semble laisser place à une plate-forme de béton. Je prends mon courage à deux mains et le rejoins. Il parcourt la distance à reculons pour garder un œil sur moi, ce qui me terrorise bien plus que le chemin en lui-même. Puis nous arrivons sur un toit plat, probablement celui d'une partie plus moderne de la maison, sans pente en dessous. Un peu comme une terrasse en hauteur qui n'aurait pas été terminée.

Ethan nous mène jusqu'au mur de pierre de la maison, contre lequel nous nous asseyons. Il ouvre la bouteille de champagne. Je tressaille au bouchon qui saute, il s'en amuse, et nous restons un long moment en silence, l'un à côté de l'autre.

– Tu l'as connue ?

La question est sortie de moi comme ça, sans que j'y puisse rien.

– Oui, répond-il simplement. J'ai été placé chez les Atwood à 7 ans.

– Si je te pose des questions sur ton enfance, tu vas m'envoyer balader ?

Ethan tourne la tête vers moi. Je frissonne au passage du vent frais sur mes bras nus. Ou au passage du regard d'Ethan sur mes lèvres. Il retire sa veste et la dépose sur mes épaules.

– Je peux te raconter, ce n'est pas un secret. Mais je te préviens, si tu montres le moindre signe d'apitoiement, je te pousse dans le vide.

– Tu n'inspires vraiment pas la pitié, Ethan, jamais…

Ethan, satisfait de ma réponse, détourne son regard et le pose sur la cime des arbres qui dansent sous la brise. Moi, j'ai du mal à croire qu'il s'apprête à me raconter son histoire, lui qui ne dévoile jamais rien.

– Je n'ai jamais connu mon père, il a disparu dans la nature quand j'étais un nourrisson. Ma mère était jeune, elle s'est remariée très vite. Mon beau-père et elle sont devenus des alcoolos patentés, comme on en fait beaucoup. Ils l'ont toujours été, sûrement ; et ils devaient prendre d'autres trucs aussi, je pense. Alors que j'avais tout juste 7 ans, mon beau-père nous a envoyés dans le décor, en voiture. Il était bien évidemment complètement ivre, ce soir-là. L'histoire aurait pu s'arrêter là, mais j'ai failli y passer. Un bout de pare-brise s'est planté dans mon abdomen. J'ai perdu un rein, mais j'ai survécu, et j'ai été placé dans la foulée. Tandis que mon beau-père et ma mère ont déménagé dans un autre État pour fuir la justice. Preuve d'un sens moral et d'une responsabilité à toute épreuve…

Il s'arrête dans son récit, me laissant le temps de remettre quelques pièces du puzzle à leur place. Sa cicatrice, le beau-père dont il parlait cette nuit-là… J'ai cependant la nette impression qu'il m'en manque un bout. Ma main me démange tant elle a envie de venir se placer sur sa cuisse, mais je me retiens.

– Et ? tenté-je.

– Et je suis arrivé ici. On peut dire que j'ai fait un sacré bond dans l'échelle sociale… Deux ans plus tard, reprend-il après un blanc, on m'a annoncé que ma mère était morte d'un arrêt cardiaque. Les Atwood m'ont alors adopté.

Il n'y a aucune trace d'émotion dans sa voix, rien. Ce n'est pas qu'il n'inspire pas la pitié, c'est qu'il retire toute émotion dont on pourrait se saisir.

– Le beau-père dont tu parlais, l'autre soir, c'était le mari de ta mère, donc ?

– Oui, je n'en ai pas eu d'autres. Un père biologique, un beau-père et un père adoptif, c'est déjà pas mal, blague-t-il.

J'entame un sourire, un sourire triste.

– Il vient de sortir de prison. Des années plus tard, il a remis ça, sauf qu'il a tué une famille entière, cette fois-ci. Il a pris dix ans pour récidive, homicide involontaire, possession de stupéfiants, et je ne sais quoi encore.

Après un silence, je me permets de commenter, sans trop savoir s'il est pertinent de le mettre face à ses paradoxes.

– Au final, ta vie d'enfant a été foutue en l'air par l'alcool, et toi, tu passes le plus clair de ton temps libre à boire des coups… Tu n'as pas peur de la répétition ? tenté-je avec le plus de délicatesse possible.

– Je n'ai pas peur de mourir, si c'est ça, la question, répond-il sans me regarder. Mieux vaut disparaître au plus fort de sa vie, mais l'avoir vécue à fond. Et puis il y a une injustice, avec l'alcool : certains déconnent sans trop de conséquences, d'autres se noient complètement. Et personne ne sait pourquoi.

Il se tait, soupire discrètement. Cette fois-ci, je comprends que le récit est bel et bien terminé. Je comprends surtout qu'Ethan joue avec sa vie, qu'il la brûle plutôt que de la vivre. Peut-être même qu'au fond, il pousse et repousse les limites, désespéré de ne pas comprendre pourquoi lui ne tombe pas complètement alors que sa mère en est morte ; mais ça, je ne vais pas lui faire remarquer. Ce n'est pas mon rôle. Le froid me saisit soudain, et je serre plus fort sa veste contre moi. Ethan reporte son attention sur moi ; il semble réfléchir longuement. Puis, sans crier gare, il m'attrape, me décolle du mur, se décale un peu et me replace entre ses jambes, tout contre lui.

– Qu'est-ce que tu fais ? lui demandé-je, interloquée.

– Je te réchauffe, me répond-il aussi sec.

C'est mot pour mot la réponse que je lui avais offerte, cette nuit-là… Et je pourrais presque voir le demi-sourire qui doit se dessiner à la commissure de ses lèvres. Ses deux bras m'enlacent, maintenant, et mon cœur fait des bonds dans ma poitrine. Si les contacts se sont faits plus naturels entre nous, je suis toujours surprise quand il en est à l'origine. Quand il fait preuve de tendresse, quand il ouvre une porte. Et on peut dire qu'il en a ouvert une en grand, ce soir… Celle du petit garçon blessé qui ne se laisse pas approcher, de l'homme en colère qui ne compte que sur lui-même.

– Je peux te poser une dernière question ?

Je perçois les épaules d'Ethan qui se soulèvent, derrière moi.

– Elle était comment, ta mère ?

– Alcoolisée…

Il a craché le mot avec une lassitude qui fait froid dans le dos. J'arrête là mon inquisition, ce n'est pas faire preuve d'empathie que de remuer le couteau dans la plaie. Puis sa voix resurgit dans mon oreille, basse, douce.

– … et très tendre.

25

UNE MINCE LIGNE

Lola

Debout dans sa chambre d'enfant, je suis complètement perdue. Le froid a gagné la bataille et nous sommes donc rentrés. Sauf que maintenant, je ne sais absolument plus quoi faire de ma peau. Va-t-on dormir chez ses parents ? Devrais-je aller me coucher dans la chambre d'amis qui m'a plus ou moins été attribuée ? Que désire-t-il, lui, au fond ? C'est vrai, ça, qu'est-ce qu'il veut de moi, à la fin ?

Bien sûr, j'ai envie de le quitter comme de m'arracher un bras. Et Ethan n'a pas l'air beaucoup plus clair que moi, ce qui est une première. Alors que je m'apprête à parler, il parcourt le mètre qui nous sépare, pose délicatement ses mains sur mes épaules, et secoue la tête de droite à gauche, tout doucement.

– Tu es en train de te poser mille questions, je le vois à tes yeux, chuchote-t-il.

– Je sais que tu préfères quand je ne les pose pas, mais c'est pas comme si je voyais les réponses dans tes yeux à toi, à l'inverse.

– Je ne suis pas sûr qu'il y ait toujours des réponses, Lovely. Parfois, il ne reste que des choix. Et t'as toujours le choix de dire non…

Je comprends à quoi je suis censée pouvoir dire non alors qu'il penche son visage vers le mien et m'embrasse. Le baiser a une saveur différente, comme si une larme était venue le saler légèrement, comme si la fougue avait été repoussée à l'arrière-plan par autre chose. Je ne savais déjà pas dire non jusqu'alors, mais devant la façon dont il m'enlace soudain, dont il caresse mes lèvres avec une tendresse presque douloureuse, le non n'est même plus une option. J'ai envie de lui à un point inimaginable, de lui, le diable, l'enfant blessé, le séducteur aux gestes anormalement tendres, l'homme aux mille silences. J'ai tellement envie de ce que nous partageons une fois nus que tous les muscles de mon corps se laissent immédiatement aller à l'étreinte. Mes mains répondent d'elles-mêmes : elles se placent autour de son visage et l'agrippent, dans l'espoir fou de ne jamais plus le laisser filer.

De ses doigts adroits, il retire les deux épingles qui tiennent mon chignon et libère mes cheveux en les secouant délicatement, puis ses doigts redescendent le long de mon dos dénudé, et s'arrêtent à la lisière de mes fesses.

Son bras me ramène contre lui, sa bouche survole la mienne, nos joues s'effleurent ; Ethan joue au chat et à la souris avec son propre désir, je le vois dans ses yeux qui pétillent, dans ses gestes lents, dans son souffle saccadé. J'en profite pour enfouir mes doigts dans ses cheveux. Lui saisit l'occasion pour descendre sa main plus bas, la glisser sous ma robe, au bas de mon dos. Le soubresaut de mon corps lorsqu'il agrippe mes fesses me colle à lui. Je sais alors que son sexe est déjà en érection, et pourtant, pour une fois, nous ne précipitons rien, nous accueillons la langueur, étranglés l'un comme l'autre par le désir. L'envie de le caresser me prend. Je glisse la main le long de son sexe, par-dessus son pantalon. Je vois de l'étonnement passer dans ses yeux, une seconde seulement. Puis, au lieu de me repousser comme il l'a fait la dernière fois que j'ai osé « m'occuper de lui », il niche son visage dans mon cou, hume mes cheveux tandis que je sens son pénis durcir encore plus sous ma caresse. Au bout d'un moment, ses dents se plantent dans ma peau, un léger mordillement seulement. L'ivresse que cela me procure me fait serrer les doigts. Là, Ethan m'arrête. Il me fait reculer un peu. Ses yeux sont rouges, sa bouche entrouverte. Il me retourne et commence à me déshabiller. Ses gestes, leur délicatesse renforcent la confusion dans laquelle je nage ; non, ils ne recèlent pas que de la sensualité ou de la tendresse, ils portent autre chose en eux. Après m'avoir entièrement dénudée, il reste dans mon dos, et sa main plonge vers mon sexe. Je suis déjà si excitée que je suis immédiatement prise dans un tourbillon de sensations. Un léger gémissement s'échappe de mes lèvres.

– Pourquoi retiens-tu toujours tes gémissements ? me chuchote la voix d'Ethan à l'oreille. C'est exactement ça que je cherche à provoquer chez toi. Exactement ça, ajoute-t-il en accélérant sa caresse.

Sa voix avide, sincère me trouble au plus haut point. Comme toujours, il cherche à ouvrir les portes fermées chez moi, il veut me libérer de mes propres entraves… Je sens la chaleur me monter au visage, puis, subitement, moi aussi, je l'arrête. Je n'ai pas envie de jouir tout de suite, je préfère garder le bouillonnement en moi. Je me retourne et lui retire tous ses vêtements. Ethan me laisse faire. Il me laisse tout faire. Je le vois jeter un œil au lit. Avant qu'il ne m'y bascule, j'attrape son pantalon au sol, en sors son portefeuille et y cherche un préservatif. Une fois que je l'ai trouvé, je le place sur le coin du lit, tel un trophée qui nous attend. Ethan me regarde faire, un peu incrédule, un brin émerveillé.

– C'est peut-être l'une des choses les plus sexy qu'une femme ait jamais faites devant moi… souffle-t-il.

– Quoi ? Sortir un préservatif ?

– Suggérer la suite…

En se mordant la lèvre, Ethan fond sur moi. Nous nous embrassons à pleine bouche, lâchant au passage tout ce que nous avons retenu jusqu'alors. Au point que nos deux corps finissent par tomber sur le lit, nos baisers de plus en plus emportés, nos mains devenues folles. Je ne remarque même pas le moment où il a attrapé le trophée. Je sens juste son sexe s'enfoncer en moi et entends mon propre râle s'échapper de ma bouche. Ethan s'arrête, Ethan sourit ; cette fois-ci, je n'ai pas vraiment retenu, pas complètement, du moins… Comme il me rend folle – d'agacement et d'allégresse à la fois –, je nous fais faire volte-face et prends position sur lui. Là, c'est moi qui donne le tempo, accompagnée de ses mains sur mes hanches qui me soulèvent. À chaque fois que je monte, à chaque fois que je redescends, je suis littéralement engloutie par une vague. Puis, sans crier gare, Ethan nous retourne et reprend les rênes. La puissance de ses coups est bien supérieure, ses mouvements plus amples. Quand nous sommes déjà non loin des cimes, il soulève légèrement mon bassin, se penche en avant et me pénètre une dernière fois. L'orgasme s'abat sur nous telle une avalanche.

Lorsque mes membres cessent de trembler, Ethan relâche son emprise, relâche tout son corps au point de s'étaler sur moi de tout son long. Je ne pensais pas qu'on puisse approcher de si près la sensation de ne faire plus qu'un avec une personne. Mais il se résout finalement à me laisser respirer, et se soulève un peu. Appuyé sur un bras, il me regarde sans rien dire. Du bout des doigts, il replace une mèche derrière mon oreille, penche la tête, m'observe, m'admire presque, un sourire tendre sur les lèvres. Et pendant une fraction de seconde, je crois qu'une larme va couler sur ma joue. Heureusement, il finit par s'effondrer, et moi avec. Ses yeux sont grands ouverts, lui non plus n'est pas du tout sur le point de s'endormir. Vu les émotions qui se bousculent en moi, je ne vois pas comment le sommeil pourrait m'attraper.

Je réalise que jusque-là, nous nous sommes toujours endormis dans la foulée, que nous n'avons jamais partagé le moment d'après. Ethan s'est installé sur le côté, moi sur le dos. Rêveur, il trace une ligne, du bout des doigts, de ma gorge à mon nombril. Ses gestes ne sont plus sexuels, ils sont autre chose. Ses yeux contemplent, s'amusent de ma nudité sans aucune gêne, comme si nous avions toujours été *ça*.

– T'as couché avec beaucoup d'hommes ? me demande-t-il, sorti de nulle part.

– « Couché ? » Quelques-uns… Fait l'amour, peu.

– Tu fais la différence ?

– Parfois, la ligne est mince, mais oui. Tu ne me feras pas croire que tu ne la fais pas.

Ethan fronce légèrement les sourcils sans s'en rendre compte. S'il n'est pas d'accord avec moi, il ne me le dit pas. Tel que je le connais, il ne doit pas être d'accord avec lui-même. Je me retiens de lui avouer que ce que nous venons de partager ne ressemble pas vraiment à une simple partie de jambes en l'air. Même si, moi-même, je ne suis pas certaine de savoir ce que c'était…

– On peut aussi faire l'amour avec les mauvaises personnes… avoué-je après un silence. Ma relation qui ressemblait le plus à de « l'amour » s'est révélée plus destructrice qu'épanouissante…

– « L'amour » dont tout le monde parle avec passion fait plus de mal que de bien, d'après ce que j'en vois… rétorque-t-il.

– C'est pas le sentiment, le problème, c'est la personne pour qui tu le ressens. Disons que j'ai un peu trop donné à quelqu'un qui n'avait rien à offrir. Je ne veux plus jamais vivre ça.

J'arrête là les confidences, devant un Ethan perplexe. Ce n'est pas le moment, ni l'endroit, ni même la personne avec qui m'épancher sur mes blessures intimes.

– Et toi ? T'as un chiffre ? demandé-je en tournant la tête.

Il se retient de rire. Le nombre doit être si exorbitant que ma question n'a aucun sens.

– Tu n'as pas un ordre d'idées ?

– Pas vraiment. Plusieurs centaines, probablement.

– Tu ne te lasses pas, à force ?

– Si.

La rapidité avec laquelle il m'a répondu m'étonne. J'aurais pensé qu'il nierait, lui qui ne jure que par le sexe.

Encore un mur qui tombe…

Soudain, j'entrevois le compliment qui se cache derrière et qu'il n'a probablement pas eu conscience de me faire. S'il se lasse de la multitude, de la répétition, pourquoi a-t-il couché avec moi plusieurs fois de suite ? Qu'est-ce qu'il vient chercher auprès de moi ? Je suis sûrement moins séduisante que certaines de ses maîtresses, moins insouciante, moins plein de choses.

– Pourquoi moi ?

Ethan est étonné par ma question. Son doigt interrompt son cheminement.

– Pourquoi pas toi ? rétorque-t-il avec désinvolture.

– Remarque, vu la masse de femmes sur lesquelles tu as jeté ton dévolu, pourquoi pas moi, c'est vrai.

– On ne peut pas dire que tu fasses partie de la masse des gens, Frenchy…

Mon cœur se serre. Je me tourne sur le côté afin de lui faire face. Nos visages sont si proches que je pourrais l'embrasser en tendant simplement le cou. À la place, je m'octroie le droit d'effleurer sa joue, sa nuque musclée, son épaule sèche. Comme lui, je m'accorde un passe-droit sur son corps. Je ne sais pas jusqu'à quel point il va me laisser m'immiscer dans son intimité, et je m'en fiche, pour l'instant. Pour l'instant, j'admire sa beauté époustouflante, et ce qu'il dégage de force et de fragilité à la fois. Je me laisse aller à ce que je ressens pour lui le temps d'une nuit.

Une toute petite nuit sans me demander ce que le lendemain me réserve de douleur ou de perdition. De son bras fort, Ethan réduit encore un peu plus la distance entre nos corps. Il ne lâche pas, il ne me lâche pas. Je ne sais pas s'il s'apprête à me refaire l'amour ou non, et je m'en fiche aussi. Je me fiche de tout.

26

UNE SPIRALE SANS FIN

Ethan

La salle de concert est à deux pas. Quand nous arrivons devant le videur, il regarde alternativement Lola et Kristen, puis Mike et moi.

– Vous êtes vraiment ensemble ? lâche-t-il avec agressivité.

Je sais qu'il arrive souvent que des mecs s'incrustent dans un groupe de filles pour entrer, mais ça n'explique pas son ton irrespectueux. Kristen s'apprête à lui répondre, mais je l'arrête d'un geste de la main. Je me tourne vers Frenchy, me penche et lui roule une pelle digne d'une scène de cinéma. Elle est aussi surprise que le reste de l'assemblée, mais ne laisse rien paraître.

– C'est bon pour vous ? demandé-je.

Je vois à ses yeux que le type n'arrive pas à savoir s'il est amusé par ma réponse, ou si je l'ai énervé au point qu'il nous refoule. Je ne dévie pas le regard, et il se décale finalement pour nous laisser entrer. Alors que je m'apprête à régler les entrées au guichet, Lola me dépasse, me bousculant au passage.

– C'est moi qui offre, ce soir, pour une fois.

Ce faisant, elle se place devant moi. Le contact de son dos sur mon torse me fait réaliser que je n'aurais peut-être pas dû l'embrasser.

Maintenant, j'ai envie d'elle à m'en taper la tête contre le mur… jusqu'au sang.

La salle est exactement ce à quoi je m'attendais, le public aussi. À mi-chemin entre le vrai punk et le pseudo-trashouille branché. Le groupe n'a pas encore commencé. Kristen part donc retrouver la bassiste qui l'a conviée, et Mike se dirige vers les toilettes. Avec Lola, nous atteignons le bar. Je lui conseille de tirer un trait sur le vin, vu l'endroit. Elle se rabat sur le bourbon. Je veux bien que ce ne soit pas pareil, mais détester le whisky et raffoler du bourbon, c'est quand même un peu étrange. Mais je lui passe. De toute façon, je lui passe tout, à cette fille.

Je regarde Lola et sa queue-de-cheval dodeliner dans l'attente du barman. Encore une fois, elle s'est placée tout près de moi. Je ne pense même pas qu'elle cherche à me tenter. Maintenant que j'ai soulevé malgré moi l'interdit, elle fait juste comme pour tout le reste : elle se met là où elle le « sent ». Du coup, j'attrape son élastique entre mes doigts, tire dessus et le fais glisser jusqu'à libérer sa chevelure indécente. Surprise, elle se tourne vers moi mais ne commente pas, elle passe sa main dans ses cheveux et les secoue un peu, me laissant avec un trou à l'estomac. Cette soirée s'annonce explosive.

Deux verres chacun dans les mains, nous cherchons un endroit où nous installer. Nous nous dégotons un bout de comptoir posé contre un mur.

– Je crois qu'au fond, j'aime bien l'ambiance destroy de ce genre de lieu, commente Lola, visiblement ravie. On peut être un peu qui on veut…

– Tu veux être qui, toi ?

– Je n'ai pas besoin de vouloir être quoi que ce soit, ici, je suis française, je suis déjà une extraterrestre.

– C'est pas faux.

Je regarde tomber son débardeur ample sur son corps menu, laissant dépasser son soutien-gorge en bandeau couleur ocre. Au lieu de le porter sur un jean slim trop moulant – comme l'auraient fait la majorité des Américaines – elle le porte sur un pantalon bleu retroussé, et au lieu des éternelles chaussures à talons destinées à élancer les jambes, elle a l'une de ses paires de derbys aux pieds. Un sautoir tombant jusqu'au nombril renforce la sensualité de l'ensemble. Non pas qu'elle ait besoin de quoi que ce soit pour être sensuelle ; elle serait attirante en sac de toile.

Je décide de détourner mon attention d'elle. Il n'est pas question que je la dévore au milieu de la foule, ou que je tente de la prendre dans les toilettes ; elles sont probablement bien trop crades, même pour moi.

Et puis, on ne baise pas Frenchy dans un recoin des toilettes…

« On ne laisse pas Bébé dans un coin », me répondrait Kristen. Elle n'aurait pas tort.

N'arrivant pas à me retenir, je passe finalement une main dans son dos, de haut en bas, de bas en haut, puis la retire.

Je vais me brûler.

***

Lola

Tout m'euphorise, ce soir. L'ambiance complètement barrée, la joie de Kristen, dont la meuf, sur scène, est effectivement incroyablement sexy, Mike qui s'en donne à cœur joie sur la piste, et les gestes d'Ethan… Tous ces petits contacts, à droite, à gauche : une main dans le dos, son tee-shirt qui m'effleure lorsqu'il passe à mes côtés, même ses doigts qui sont venus frotter vigoureusement mes cheveux pour se foutre de moi comme d'une gamine. Gamine que je suis, les yeux pétillants, le corps émoustillé autant par la musique que par sa présence, là, juste à côté de moi. Il n'est pas assez proche pour considérer que nous dansons ensemble, mais presque…

Je lève les bras, Kristen fait de même, puis hurle à pleins poumons pour acclamer le groupe. Au morceau suivant, Mike se retourne et me tire jusqu'à lui. Nous partageons une danse à mi-chemin entre un rock et du grand n'importe quoi. Pourtant, il danse étonnamment bien le vrai rock, quand il s'y attelle. Alors qu'il pose un baiser sur ma main en entamant une révérence, j'ai une immense bouffée de tendresse pour lui. La fille qui se rendra compte de ce qu'il a à offrir aura bien de la chance.

***

Une demi-heure plus tard, dans les toilettes, je me retrouve nez à nez avec Ethan, qui me scrute. La sensation que cela me procure me prend au ventre et remonte jusqu'à ma gorge.

Puis, alors que je m'attends à le voir ouvrir la porte pour sortir, son corps dévie. Il se plante devant moi, réduit encore la distance entre nous et m'encadre de ses deux bras, les mains posées sur la paroi. Il est grand, là, devant moi, et je suis étranglée par l'envie. L'envie de lui au sens large, de sa personne, du contact de sa peau. Ce qu'il m'offre en se penchant très lentement vers moi puis en m'embrassant du bout des lèvres. L'intensité du baiser monte tout doucement, jusqu'à ce que nous explosions ensemble. Lui vient se plaquer violemment contre moi, coinçant littéralement mon corps entre lui et le mur, et moi, je fourre mes mains dans ses cheveux, prête à tirer dessus de toutes mes forces pour accompagner l'urgence que je ressens.

Subitement, Ethan se décroche un peu et baisse la tête. Il reste un instant ainsi, comme pour reprendre son souffle. Puis il s'arrache à moi avec difficulté, et secoue la tête. Il s'ébroue de moi, en un sens, ce qui m'émeut et m'enivre à la fois.

– On ne prend pas Bébé dans les chiottes… me lance-t-il avec un sourire mutin.

Je le regarde sans comprendre. Il y a une blague quelque part, ce n'est pas son genre d'appeler qui que ce soit « bébé ». Ethan ouvre la porte pour nous laisser sortir et enfouit sa main dans ma nuque au passage.

– Tu demanderas à Sunshine de te montrer *Dirty Dancing*, dit-il en me libérant. Elle ne jure que par ce navet.

La référence prend sens immédiatement. J'adore ce film, moi aussi, et j'adore d'autant plus entendre Ethan l'employer pour moi… Alors que mon excitation est toujours coincée au creux de mon estomac, nous regagnons la salle. C'est en me remettant à danser que je perçois l'effet d'Ethan sur moi. Si j'étais déjà en forme avant, là, je suis aussi surexcitée que la foule qui se déchaîne autour de moi. L'euphorie se nourrit de l'euphorie, et flotte autour de nous. Je danse avec Kristen, je danse avec Mike, je danse avec une inconnue qui passe par là, puis, au milieu du tourbillon, je me retrouve à danser avec Ethan. Ni lui ni moi n'avons cherché le contact, c'est la foule qui est venue me jeter entre ses bras. Et tandis qu'il place l'un de ses avant-bras au creux de mon épaule, la chanson de Piaf me revient en tête.

« Je revois la ville en fête et en délire
Suffoquant sous le soleil et sous la joie
Et j'entends dans la musique les cris, les rires
Qui éclatent et rebondissent autour de moi
Et perdue parmi ces gens qui me bousculent
Étourdie, désemparée, je reste là
Quand soudain, je me retourne, il se recule,
Et la foule vient me jeter entre ses bras… »

Ethan plie le coude derrière ma nuque et, ce faisant, me tire à lui. Nous nous déhanchons doucement, collés l'un contre l'autre, sa joue contre mes cheveux, son odeur emplissant mes narines. Cette fois, il n'y a pas d'interdit. La seule retenue est celle que nous nous imposons pour le plaisir de la langueur. Malgré le désir brûlant que cet instant perdure à jamais, la chanson se termine, et le groupe annonce un entracte de vingt minutes. Nous nous décollons l'un de l'autre tout en douceur.

Nous profitons de la pause pour aller commander à nouveau, comme tout le monde. Agglutinés contre le bar, nous avons perdu Mike de vue, et je suis séparée de Kristen et Ethan. Un mec en profite pour m'aborder, mais il est visiblement défoncé jusqu'aux yeux et dégage tout ce que je déteste chez certains mecs, en boîte de nuit : une pseudo-assurance qui s'apparente plus à un droit qu'il aurait sur ma personne et mon corps. La densité de la cohue ne me permet pas de prendre mes distances, et, alors que je l'ai pourtant fermement rembarré, il pose sa main entière sur ma joue. Je n'ai pas le temps de réagir qu'Ethan apparaît à mes côtés. La violence avec laquelle il attrape le mec par le col et le fait reculer de trois mètres à travers la foule me stupéfie. C'est Kristen qui réagit alors qu'Ethan lève son poing droit. Elle attrape son bras avant qu'il ne retombe sur le connard, elle s'y pend presque, et prononce un « Ethan » assez autoritaire pour le faire redescendre un peu. J'aperçois la lueur de rage dans ses yeux tandis qu'il s'adresse au mec.

– T'as intérêt à partir. Loin. Si je te retrouve quelque part dans la boîte, personne ne me retiendra.

Le mec, apeuré, se carapate aussitôt. Maintenant arrivée à son niveau, j'attrape le regard d'Ethan et le regrette aussitôt. La colère flotte sur son visage et, avant que je puisse lui dire quoi que ce soit, il s'éloigne à grands pas et je le perds de vue. Égarée, je tourne sur moi-même. Kristen me tire par le bras. Nous retournons au bar dans l'espoir d'obtenir un verre, dans l'espoir de reprendre nos esprits.

– T'inquiète, il va se calmer, me dit Kristen. Quand il se met en mode protecteur, il sort un peu de ses gonds… Voire beaucoup.

– Ce n'est pas ce qui m'inquiète. J'ai la nette impression que c'est moi qu'il a fuie, et je ne comprends pas pourquoi…

Kristen penche la tête, suggérant par là l'évidence de la réponse. Sauf qu'elle le connaît mieux que moi, ou que je ne suis plus du tout assez objective pour comprendre ce qui se joue entre nous.

– S'ouvrir à quelqu'un, c'est dur pour tout le monde. S'ouvrir quand on est resté enfermé derrière dix couches de remparts depuis des années, c'est encore autre chose. On ne se retrouve pas à découvert pour la première fois sans se sentir un peu à poil, sans en ressentir la violence. Va pas croire que ça va être facile. Ou possible, tout court.

– Il t'a bien laissée entrer dans sa vie, toi ! Et pas qu'un peu… fais-je remarquer.

À présent, c'est avec un air de consternation que Kristen me regarde.

– Ça n'a rien à voir, chérie… Avec moi, il n'y a pas d'enjeu, rien à construire d'autre après l'amitié, pas de chaîne. Avec toi, il est en train de brouiller les pistes pour la première fois de sa vie, de faire sauter la barrière qu'il avait mise entre le sexe et l'intime. Cette fine frontière qui fait le couple, qui mène à *l'amour*… Bref, t'es en train de foutre en l'air toutes les défenses qu'il avait érigées, sois pas étonnée s'il flambe au passage.

Avec Kristen, c'est tout ou rien : soit elle ne commente pas, soit elle te balance toute la vérité d'un coup. Je prends donc sa sentence en pleine figure et accueille mon verre de bourbon et mon verre d'eau avec soulagement. En cherchant un endroit où nous poser, nous croisons Mike en pleine discussion avec un groupe de jeunes. À la façon dont il déblatère et fait de grands gestes avec les bras, il me paraît soudain un peu trop défoncé. Et moi, je commence à trouver l'ambiance plus étouffante qu'euphorisante. Je suis bien contente de dégoter un bout de canapé où nous installer. Mon intérieur est une balle de ping-pong devenue folle, oscillant entre l'envie de lâcher prise, d'exulter et un fond d'angoisse rampante. Me faire à moitié agresser puis regarder Ethan sur le point de défoncer quelqu'un n'a pas aidé. Ne plus rien savoir de ce que je ressens non plus. C'est Kristen qui finit par repérer Ethan. Elle va le chercher et le ramène à nous en le tirant par la manche. Sans un regard pour moi, il attrape le verre que nous lui avons pris et l'avale cul sec. Kristen s'assoit, se relève, lui dit quelque chose à l'oreille qui semble le secouer un peu. Il se tourne vers moi, réfléchit une seconde, puis vient s'asseoir à mes côtés après m'avoir fait signe de me décaler. Dans la foulée, il attrape ma tête de sa main droite et dépose un baiser sur ma tempe. J'accueille avec soulagement ce geste de tendresse.

– Je hais qu'on touche au corps d'une femme sans lui demander son avis. Je hais ceux qui pensent que vous leur appartenez.

Il y a un « désolé » caché quelque part dans sa phrase. Désolé d'avoir débordé.

– Merci d'avoir été là. Heureusement qu'il y a des hommes pour penser ça et nous protéger des enflures.

– Je déteste aussi que vous ayez besoin d'être protégées… souffle-t-il. Vous êtes bien plus fortes que nous, au fond.

Je vais me faire broyer.

L'évidence me tombe dessus alors qu'il pose une main sur ma cuisse. Je vais me faire broyer par un hédoniste trop intelligent, étrangement féministe, et beau à tomber. Je vais me faire broyer par un homme presque parfait, qui a l'unique défaut d'avoir été trop de fois violenté par la vie. Car oui, il sait aimer, mais ne sait pas se donner. Merde.

– Il est où, Mikey ? demande Ethan.

– Je sais pas, ça fait un bail qu'on ne l'a pas vu, répond Kristen.

– Je vais le chercher, proposé-je en sautant de mon siège.

Il me faut moins de dix secondes pour le repérer, et encore moins que ça pour m'inquiéter. Il est accroupi par terre, les yeux éteints, blanc comme un linge. Je tente de lui parler, mais il ne répond rien. Il me faut m'y reprendre à trois fois pour l'aider à se lever. Je croule sous son poids en m'efforçant de le tirer en direction des autres, la panique grandissant en moi un peu plus à chaque pas. Quelque chose ne va pas, vraiment pas. Ethan nous remarque dès que nous entrons dans son champ de vision, et accourt. Mais le temps qu'il arrive, Mike s'est effondré au milieu de la piste de danse, et se met à convulser. Ethan se saisit de lui par les aisselles et le tire au plus vite de la cohue.

– Appelle le 911 ! hurle-t-il à Kristen.

Kristen sort son portable à la hâte, les yeux brillants de panique. Ethan tente de contenir le corps de Mike devenu fou, et moi, je reste là, les bras ballants, la terreur au ventre. Les convulsions se calment rapidement, et Ethan pose alors son oreille contre la bouche de Mike pour vérifier qu'il respire. J'entends Kristen hurler dans le téléphone le nom de la boîte de nuit, engueuler à moitié son interlocuteur, lui expliquant que oui, il a dû prendre de la drogue, de la cocaïne, probablement. Toujours la main à plat sur le torse de son ami, Ethan lève les yeux sur Kristen, réfléchit une seconde, puis se met à fouiller Mike de fond en comble, poche par poche. Je m'accroupis à leurs côtés, très vite suivie par Kristen.

– Ils sont là dans cinq minutes. Qu'est-ce que tu fais ?

– Je cherche ce qu'il a pris…

– De la coke, non ?

– Ça ne ressemble pas à ça, une overdose de cocaïne, répond-il froidement.

La respiration de Mike est maintenant lente, bien trop lente, et la sueur perle sur son visage. Ethan finit par sortir de la poche arrière de son jean un petit sachet de cristaux transparents. Ses yeux noircissent à vue d'œil.

– Putain, quel con, crache-t-il.

Pendant ce temps-là, Mike passe de pâle à blanc. Ethan se met à le gifler, assez doucement pour ne pas lui faire trop mal, assez fort pour que ce soit impressionnant à voir. Je réalise que j'ai attrapé la main de Mike sans m'en rendre compte. Par moments, ses yeux s'entrouvrent, ce qui me rassure un peu. Je regarde autour de nous et prends conscience, subitement, que les gens continuent de danser, que tout le monde s'en fout, et ça me déchire de l'intérieur. Seules deux personnes sont venues voir ce qui se passait, et encore, elles ont l'air plus curieuses qu'autre chose… Soudain, un vieux souvenir de premiers secours me revient à l'esprit au milieu du chaos.

– On ne devrait pas le mettre en position de sécurité ? proposé-je.

Ethan me regarde une seconde, puis s'exécute. Il tourne

Mike sur le côté et replie sa jambe supérieure. Il continue de lui parler, fort, en massant sa nuque.

– Petit con, reste avec nous. Tu m'entends, Mikey ? Hein ? Réveille-toi.

Je sais ce qu'il fait, je sais qu'il faut garder la personne éveillée ; je sais plein de choses, mais reste bouche bée devant le sang-froid d'Ethan, sa réactivité. Les pompiers finissent par arriver. Il s'est peut-être passé cinq minutes seulement, mais elles ont duré une éternité. Les ambulanciers placent Mike sur un brancard après avoir pris son pouls et regardé ses pupilles. Alors que l'un d'eux s'apprête à nous parler, Ethan répond à la question qui n'a pas été posée.

– Du crystal meth…

L'homme hoche la tête.

– Et de la cocaïne aussi, probablement, ajoute-t-il.

Kristen suit le brancard à la trace, cramponnée à Mike. Je voudrais bien voir celui qui tenterait de l'en détacher. Tandis que tout le monde se presse vers la sortie, j'attrape le sac de Kristen laissé à l'abandon, prends une grande inspiration, et suis. Je fonce dans la nuit, la peur au ventre.

27

EN DESSOUS DU NIVEAU DE LA MER

Lola

– Ça fait que vingt minutes qu'il est pris en charge…

– Je m'en fous, me répond Kristen. Je veux savoir ce qui se passe.

Je lève les yeux sur Ethan qui tourne en rond comme un lion en cage, un lion très en colère. Je ne sais pas comment l'atteindre. Je ne sais pas quoi faire, ni quoi dire.

– Ethan, assieds-toi, l'exhorte Kristen.

– J'ai pas envie de m'asseoir. Je suis furieux.

Sur ces mots, il s'assoit.

– Qu'est-ce qu'il foutait à prendre de la meth ? Sérieusement… ! Il ne déconnait pas déjà assez, maugrée-t-il.

Même Kristen ne sait pas quoi répondre. Ethan n'est pas juste inquiet, ni même simplement en colère, il est hors de lui. Ça se voit à la façon dont il se triture les mains, secoue frénétiquement la jambe, évite notre regard.

– Tu crois qu'il en prenait depuis longtemps ? demande Kristen d'une toute petite voix. Comment on a fait pour ne pas le voir ?

– Il faisait ça en douce, qu'est-ce que tu crois ? crache-t-il. Mais si ça se trouve, c'était la première fois, qu'est-ce que j'en sais…

– Enfin, il était déjà dans une spirale, ça se voyait, on aurait dû intervenir, se désespère Kristen.

– Et faire quoi ? hurle-t-il. L'attacher à une chaise ? Le foutre de force en centre de désintox pour consommation occasionnelle de cocaïne ? Aucun médecin n'aurait signé un internement contraint !

Il se lève et se remet à marcher comme un dément. Il a beau être à moitié de mauvaise foi, je vois bien qu'il douille, que c'est sa façon à lui d'être mort d'inquiétude et complètement impuissant. Le médecin qui a admis Mike sort d'un couloir. Kristen et moi lui sautons dessus. Ethan reste en retrait, l'oreille tendue.

– On a réussi à stabiliser votre ami. Il est normalement hors de danger, mais les prochaines vingt-quatre heures restent cruciales. On ne peut qu'attendre qu'il se réveille.

– Et ça peut prendre combien de temps ?

– Les organismes réagissent très différemment aux overdoses. Quelques heures, plusieurs jours, plusieurs semaines… On ne peut pas savoir, c'est le problème avec le coma.

Le mot « coma » fait rater un battement à mon cœur. Je passe une main dans le dos de Kristen, qui est encore plus terrorisée que moi, puis jette un œil sur Ethan. Ses yeux sont rouges, sa mâchoire serrée et son corps tendu à l'extrême. Kristen retourne s'asseoir. Je reste plantée là, au milieu du hall. Je ne sais plus quoi faire de ma peau, où me mettre, quoi dire pour aider – s'il existe quelque chose de pertinent à dire dans ces circonstances-là. Je ne connais Mike que depuis quelques mois, et je suis déjà proche de l'effondrement. Je n'imagine pas ce qu'ils doivent ressentir, eux.

Un gros « boum » me fait sortir de ma torpeur. Ethan vient de mettre son poing dans le mur. Et il semblerait que ce soient ses phalanges qui aient pris plutôt que la paroi. Il secoue sa main, et moi j'accours. Je lui attrape l'avant-bras pour évaluer les dégâts, mais Ethan le retire violemment.

– Ne me touche pas. Ça va, grogne-t-il.

– Non, ça va pas…

Ses yeux d'un noir de jais se posent sur moi. Ma main se lève et s'apprête à se poser sur son biceps, mais Ethan fait un pas en arrière.

– Arrête. Arrête ça, marmonne-t-il froidement. De prétendre me connaître. De vouloir me sauver de je ne sais quoi.

Je le regarde sans comprendre, sans pouvoir entendre ce qu'il me dit.

– Tu te fatigues pour rien. Y a rien à sauver, et rien à gagner.

Chaque mot qui sort de sa bouche est plus glacial que le précédent. Ils me giflent les uns après les autres.

– Tu seras vide bien avant d'avoir gratté la surface. Tu nages en pleine illusion, Frenchy. Tu nages en pleine illusion…

Je recule d'un pas, puis d'un second. Et lui ne me lâche pas des yeux. La sensation de froid se transforme en brûlure.

Alors je tourne sur moi-même, me précipite vers les sièges où je récupère mon sac, et pose ma main sur celle de Kristen.

– Préviens-moi s'il se passe quelque chose.

Son tout petit sourire me montre qu'elle sait, qu'elle ne m'en veut pas, qu'elle comprend qu'il me faut partir, là, maintenant. En passant devant Ethan, je m'efforce de ne pas le regarder. Non, je ne lui offrirai rien. Non, c'est moi que je vais sauver.

Surtout, surtout, ne pas le regarder.

***

Au moment où Isabel ouvre la porte, je suis à deux doigts de fondre en larmes. Quand elle me prend dans ses bras, une larme se faufile. Elle m'installe sur le canapé, va me chercher un verre d'eau, repart dans la cuisine, et revient finalement avec un thé pour elle et pour moi. Elle sait à quel point ça ne va pas. Pour débarquer en plein milieu de la nuit chez elle, deux traits bleus en guise de paupières, l'air hagard, il faut vraiment que ça aille mal. Au lieu de parler, j'admire son pyjama jaune, sa tête d'ange inquiet pour moi. Je ne sais pas par où commencer. Puis, quand je finis par ouvrir la bouche, tout sort. Sans me préoccuper de ma culpabilité, de ma honte, je lui raconte tout – absolument tout. Comment j'ai couché avec Ethan le soir même qui a suivi notre dîner, comment je lui ai sauté dessus à son bureau, le trouble qu'il génère en moi, la mise en place progressive de ce quelque chose que je ne m'explique pas, la proximité qui s'est installée, le fait qu'il m'ait laissée dormir avec lui, les allers-retours entre la tendresse et la distance, la soirée chez ses parents, la nuit qui a suivi... tout. Je lui avoue des choses que je n'avais pas réalisées moi-même, sur le moment. À quel point j'aime la spirale de folie et de liberté dans laquelle nous étions, mais à quel point je me sens aussi tomber, depuis le premier jour, et n'essaye même pas de me rattraper, buvant comme une ado, noyant notre incapacité à vivre dans la nuit et le cynisme. Au point de finir à l'hôpital à regarder Mike entre la vie et la mort, car c'est plus facile de prendre de la drogue que d'avoir le courage de vivre.

Je m'arrête dans mon récit une seconde, puis m'excuse. Je lui ai menti, je l'ai trahie. Pas une fois, mais des semaines durant. La boule que j'ai dans la gorge se fait de plus en plus envahissante. Bientôt, je ne pourrai plus respirer. Isabel, qui m'a écoutée en silence, jusque-là, se décale de quelques centimètres sur le canapé de façon à m'attraper la main. Mon thé est froid, et le fait d'avoir vidé mon sac a creusé le trou de ma désolation.

– Chérie, murmure-t-elle d'une voix douce. Déjà, tu vas me retirer de l'équation. Je ne devrais même pas y être. Tu n'as aucune raison de culpabiliser, je n'aurais jamais dû te demander de ne pas coucher avec lui, ou une connerie comme ça.

Son aveu arriverait presque à me soulager. Presque.

– Tout ça dépasse de beaucoup la question de qui couche avec qui... reprend-elle avec autorité. Ce que tu vis est bien plus réel que mon *crush* stupide. C'est peut-être ça, le problème, non ? Que tu n'aies pas voulu voir que c'était vrai ?

Que c'était vrai ?

La phrase d'Isabel résonne dans ma tête. Je suis retournée par ce qui vient d'arriver à Mike, certes. Mais elle n'a pas tort. Si je suis retournée à ce point, c'est aussi, en partie, à cause d'Ethan, de la gifle qu'il vient de me mettre, du réveil que cela a provoqué, de la confusion des sentiments dans laquelle je me noie depuis des semaines.

– On ne fait pas « l'amour » avec un homme pour lequel on n'a pas de sentiments, m'assène-t-elle face à mon mutisme. Réciproques…

– Réciproques, je sais pas, finis-je par dire.

– Lola, franchement, se désespère-t-elle. Tu es peut-être la plus fine psychologue que je connaisse, comment peux-tu ne pas le voir ? D'ailleurs, la façon dont tu me racontes tout ça montre que tu le sais déjà. Ethan a des sentiments pour toi, quels qu'ils soient. Sinon, il ne réagirait pas comme ça. Il ne réagirait pas du tout.

– Enfin, même si c'était vrai, ça me fait une belle jambe. Si c'est pour qu'il me rejette avec encore plus de virulence que les autres…

Isabel réfléchit un moment, et je l'observe avec des yeux de chien battu. Au moins, son indéfectible amour pour moi, son attention, son empathie, tout ce qu'elle est a réussi l'exploit de me soulager un minimum.

– En fait, tu refais un peu la même qu'avec Mathew…

– Pas vraiment, c'est ça, le pire… ! Je crois que j'aimais plus ou moins Mathew pour l'image qu'il donnait malgré ce qu'il était vraiment ; alors que j'aime Ethan pour ce qu'il est vraiment, derrière l'image qu'il donne…

C'est en le disant à haute voix que je réalise à quel point c'est vrai. À quel point c'est d'autant plus inquiétant, d'autant plus dangereux. Je remonte mes jambes contre ma poitrine, et me demande bien s'il est possible de sortir de tout ça sans me faire écharper.

Après quelques cigarettes, un deuxième thé, des mots gentils d'Isabel, des mots acides et désespérés de moi, je vois le soleil commencer à poindre par la fenêtre. Et tandis que nous nous décidons à aller nous coucher, un Klaxon retentit dans la rue. Une fois, deux fois. Quand le tintamarre est à deux doigts de réveiller tout le quartier, nous passons la tête par la fenêtre pour voir ce qu'il se passe.

Ethan est planté au pied de l'immeuble, debout à côté d'une Mercedes, les yeux rivés sur la façade du bâtiment.

Ethan est là. Il est venu jusqu'à moi.

Ethan est là.

28

QUESTION DE PERSPECTIVE

Ethan

Plus ses cheveux sont décoiffés, plus je la trouve belle. En l'occurrence, belle et fragile, presque friable. Beaucoup trop friable…

J'ai envie de la prendre dans mes bras.

La porte de l'immeuble claque derrière elle, ses pas jusqu'à moi sont incertains, pour ne pas dire traînants. J'ouvre la portière du Uber, Lola y entre en évitant mon regard. Je donne notre adresse au chauffeur, à l'ancienne, à haute voix, ce qui n'est pas la politique. Je lui ai filé tellement de billets pour qu'il accepte de klaxonner au milieu de la nuit qu'il m'emmènerait en Arkansas si je lui demandais. Le silence de plomb dans l'habitacle de la voiture est brisé par la toute petite voix de Lovely.

– Il s'est réveillé ?

– Non, toujours pas. Kristen a refusé de rentrer se coucher, elle y est toujours.

Elle m'a même viré à coups de pied au cul en me traitant de tous les noms, mais ça, je ne lui dis pas. Je ne sais absolument pas quoi lui dire. Je n'ai même pas vraiment la force de parler. Ma colère ne s'est pas complètement dissipée, elle a changé de texture, elle n'a plus d'objet, elle rampe en moi, éperdue, désolée. Ma colère ne me quitte jamais vraiment. Et la présence de Lola à ma gauche ne fait que renforcer ma confusion. Je ne sais même plus quelles inepties je lui ai balancées, tout à l'heure, je sais juste que c'était lâche de ma part de déverser ma rage sur elle.

Le Uber se gare en double file. Je rajoute un billet à la pile et nous montons jusqu'à l'appart. Nous n'avons pas échangé un mot, ni même un regard, quand soudain, Lola s'immobilise au milieu du salon.

– Je n'en peux plus, dit-elle simplement.

Je me retourne. Sa peine, flagrante, me déchire.

– De quoi ? dis-je, sans vraiment vouloir entendre la réponse.

– De tout. De la vie qu'on mène. De ma vie qui ne mène à rien. De nous… ajoute-t-elle plus bas.

– Je sais…

– Non, je ne crois pas que tu saches, souffle-t-elle.

Je fais deux pas vers elle.

– Pour l'instant, je pense qu'il nous faut dormir un peu.

Je ne dis pas ça pour éviter la conversation. Lola n'est simplement pas en état d'échanger, et moi non plus. Elle doit être d'accord avec moi, car elle acquiesce faiblement et me suit. Je la sens s'arrêter au milieu des escaliers. Je me retourne.

– Je n'ai pas envie de dormir seule, avoue-t-elle, un trémolo déchirant dans la voix.

Je redescends de quelques marches et lui attrape la main le plus délicatement possible.

– Personne n'a jamais parlé de dormir seul.

Ses yeux rivés sur moi n'expriment rien. Rien d'autre que sa fébrilité. Je ne lâche pas sa main, et reprends le chemin de ma chambre. Tels des pantins mécaniques, nous enlevons notre pantalon et nos chaussures. Lola vient se mettre sous la couette. Lorsque je m'allonge à ses côtés, je peux percevoir à quel point son corps est raide, ses muscles tendus. Elle ne viendra pas à moi, elle ne fera pas le premier pas, et je la comprends. Alors c'est tout son corps que j'attrape et que je viens placer contre moi. Elle se laisse faire, enfouit sa tête contre mon torse, et moi je serre plus fort, le plus fort possible sans lui faire mal.

Je vais lui faire mal, je le sais. Je vais la déchirer. Et pourtant, je n'arrive pas à me tenir éloigné. Tout ce que je fais, c'est la poignarder, chaque fois un peu plus profondément.

***

Lola descend les escaliers. Je regarde l'heure sur l'horloge de la cuisine. Il est quatorze heures, au moins, elle doit être reposée.

Contrairement à moi.

Elle s'approche du bar, en débardeur-culotte, le poids du monde sur les épaules, mais avec un peu plus de sang dans les joues. Je lui sers un café qu'elle accueille comme un don du ciel.

– T'as eu des nouvelles ? s'enquiert-elle, la première gorgée avalée.

– Non. Kristen nous l'aurait dit s'il s'était réveillé.

– On va la laisser toute seule à l'hôpital ?

– Je ne crois pas être de bonne compagnie. Je ne pense même pas qu'elle veuille de ma présence là-bas, avoué-je.

Lola n'insiste pas. Elle finit son café, s'en sert un deuxième, va se chercher une cigarette qu'elle fume le mug à la main, les yeux baissés sur le comptoir.

– Je sais que tu n'aimes pas discuter, mais moi, j'ai besoin de parler, dit-elle de but en blanc. J'ai besoin que tu m'écoutes.

Je me poste de l'autre côté du bar, devant elle.

– Je ne vais pas te saouler avec mes doutes existentiels et mes tergiversations sur le non-sens de la vie que nous menons. En revanche, il serait temps que l'on se dise la vérité : je ne sais pas ce qu'on est. Et je pense que tu ne le sais pas non plus.

Je m'apprête à répondre, mais Lola me coupe en levant une main. La lumière crue de ce milieu de journée renforce le vert de ses yeux. Ou peut-être est-ce l'intensité de la situation. L'honnêteté de sa démarche…

– Ne me dis pas qu'on couche juste ensemble, que je ne suis qu'une maîtresse parmi tant d'autres, car ce n'est pas vrai. Même moi, je le sais.

– Je n'allais pas dire ça…

Cette vérité indéniable vient me déchirer les entrailles. Bien sûr qu'elle n'est pas une parmi tant d'autres, et c'est bien le problème.

– En revanche, ça ne change rien, Lola.

Sa mâchoire se crispe, ses yeux se baissent. Je l'ai appelée

Lola sans m'en rendre compte.

– Regarde-moi.

Lola lève difficilement la tête. Et je ne sais pas pourquoi, mais la colère me reprend.

– Je n'ai rien à offrir, Frenchy. Rien. Je ne ferai jamais dans les fleurs, le cinéma, le pavillon de banlieue et le chien au fond du jardin…

– T'es vraiment con, Ethan, sérieux, me balance-t-elle, exaspérée. Je ne te parle pas de fonder une famille, ni rien de tout ça. Je ne demande rien, d'ailleurs. Pas vraiment. Juste, c'est désespérant de te voir te cacher derrière tes principes, chercher tous les prétextes possibles pour ne pas t'ouvrir, pour te protéger du moindre sentiment. Tu n'es peut-être pas comme tout le monde, mais tu restes un humain, que tu le veuilles ou non.

Je ne sais pas si c'est le terme « principes » ou l'espoir qu'elle place en moi, mais son laïus nourrit mon exaspération au lieu de me calmer.

– Ce n'est pas une histoire de principes, argué-je en tentant de garder une voix calme. Je ne veux sincèrement pas de leur vie. Je ne veux pas baigner dans le sentimentalisme et le mensonge qu'induisent le couple et la monogamie.

L'énervement de Lola monte en même temps que le mien, je le vois à son regard qui ne dévie plus, à ses dents qui se serrent. Je ne sais pas comment lui faire comprendre qu'il n'y a pas d'espoir caché quelque part. Je me redresse un peu.

– Que tu le veuilles ou non, Lola, je suis cassé, et il n'y a pas d'autre version de moi, craché-je avec aigreur.

Alors que la froideur de mon ton aurait dû achever de la

convaincre, Lola se lève et fait le tour du bar pour me rejoindre. Je retiens avec difficulté mon désir instinctif de reculer. La laisser entrer dans mon espace n'est pas une bonne idée. Ça ne l'a jamais été. Faut voir où ça nous a menés. Mais Lola ne se démonte pas et se place à quelques centimètres de moi.

– Tu ne veux peut-être pas des conventions, tu ne sais peut-être pas comment te donner, mais tu ne me feras plus jamais croire que tu n'as pas besoin de l'autre…

Elle place une première main sur mon ventre. Le feu de ma colère change de couleur.

– … de la tendresse, du corps…

Sa deuxième main se donne le droit de glisser en dessous de mon tee-shirt et se pose à plat sur mes abdos. Elle ne caresse pas, elle reste là, et je suis incapable de bouger un muscle.

– Et je ne te parle pas de sexe, je te parle du corps tout court. Celui qui dit plus que les mots, celui dont tu te sers pour entrer en interaction, pour donner de toi, de ton vrai toi.

Lola s'approche toujours. Ses doigts se crispent sur ma peau. Elle ne cherche pas à flirter, ni même à m'exciter, et c'est bien pire encore.

– Tu m'énerves, Ethan, à ne pas vouloir t'avouer à toi-même que ça compte. Que je compte, au-delà des caresses et des orgasmes. Qu'être proches est une force, et non une faiblesse.

Tout à coup, je n'en peux plus. Les émotions se bousculent en moi avec une telle force que j'ai l'impression que quelqu'un m'enfonce des aiguilles sous la peau. Je place ma main entière sur sa bouche, je la fais taire sans la moindre délicatesse. Je ne peux plus écouter ce qu'elle a à dire sur moi. Quand je la sens se résigner, je retire ma main et la remplace par mes lèvres. Je fonds sur elle sans avoir le temps de réfléchir.

Et tandis que je l'embrasse avec un emportement proche de la folie, mon corps est une boule d'émotions. Il vibre à l'intérieur. Dans un même mouvement, je la soulève tandis qu'elle m'englobe de ses deux jambes. J'ai autant envie de la violenter que de la dévorer, de ne faire qu'un avec elle. Je ne sais plus ce que je fais, je ne retiens plus rien. Alors je la dépose sur le tabouret de bar le plus proche et lui arrache sa culotte. Je culpabiliserais encore plus si elle-même n'avait pas l'air déjà partie, partie au pays du « corps », comme elle dit, me retirant mon tee-shirt avec la même brusquerie que moi, plantant ses dents dans ma peau, soulevant son propre corps à la force de ses bras agrippés à mon cou. Comme deux animaux sauvages, nous nous débattons, tant l'envie de rentrer l'un dans l'autre se fait insoutenable. Ne voyant qu'une façon d'y parvenir, je sors un préservatif de mon portefeuille, lance le portefeuille de l'autre côté de l'appartement tandis qu'elle défait le bouton de mon jean. Avant de passer à l'acte, d'aller jusqu'au bout de mon désir dévorant, j'attrape avec force son visage de mes deux mains et la regarde fixement. Je ne suis pas sûr de ce que je cherche, mais le trouve quand même dans son souffle haletant, dans son regard qui brille avec une intensité que je ne lui connaissais pas. Et lorsque, enfin, je la pénètre, que mon sexe entre en elle, je me liquéfie au gémissement qu'elle pousse. Elle qui ne laisse rien sortir, là, elle m'offre tout, sans détourner le regard, sans retenue, et ça me rend fou. C'est peut-être le rapport sexuel le plus rapide que j'ai jamais eu de ma vie, car dix va-et-vient plus tard, dix gémissements, dix montées de sueur, dix éruptions volcaniques, nous jouissons à l'unisson, dans un râle commun. Un râle qui crie autant la perdition que la jouissance et le plaisir ; un quelque chose qui doit ressembler au bonheur. Un quelque chose que seul le fait d'être à deux peut générer.

Vidés, essoufflés, perdus dans les limbes, nous restons un temps infini sans bouger, nos fronts posés l'un contre l'autre, nos doigts enlacés, nos deux personnes englouties par l'instant.

Putain, elle a raison.

29

POUSSER LOLA DANS LES ORTIES

Lola

C'est de pire en pire. Chaque fois qu'on fait un pas dans un sens, il fait trois pas dans l'autre. Et chaque fois, je me prends une douche froide après avoir grimpé des sommets insoupçonnés. Comment peut-il vivre pris dans des contradictions pareilles ? Après notre…

Merde, je ne sais même plus comment appeler ce que l'on a partagé contre le bar…

Après, il m'a embrassée – un de ces baisers qui disent mille choses différentes – puis il s'est rhabillé, m'a dit d'une voix déchirée : « Je n'aurais jamais dû venir te chercher, hier, j'aurais dû te laisser chez ta cousine. Loin de moi. » Et il s'est cassé. Il s'est cassé, putain… Le temps que je me morfonde, que je panique, puis que je prenne une douche, il est revenu et s'est enfermé dans sa chambre.

Je le sais parce que j'ai entendu du bruit, et que sa veste est réapparue sur le canapé. Je sais qu'il est là. Mais regarder la porte de sa chambre de façon pathétique ne change rien. Je détourne les yeux au bip que lance mon téléphone. Je saute dessus.

[Il s'est réveillé.]

Des larmes me montent aux yeux tant le soulagement est immense. Et se mêle au reste. Au moins, maintenant, je sais quoi faire. Il est dix-neuf heures, j'espère qu'ils me laisseront le voir. Au pire, je serai avec Kristen. Voilà, c'est la bonne chose à faire, sortir un peu de moi-même et soutenir mon amie qui fait face à une situation bien plus grave que la mienne. J'attrape mon sac, hésite une seconde à prévenir Ethan, réalise que c'est stupide – un prétexte ! Lui aussi aura reçu un texto de Kristen. Du coup, je me dirige vers la porte. La sonnette retentit alors que j'ai la main sur la poignée. Un peu surprise, je mets un moment à ouvrir, je ne vois pas qui pourrait bien débarquer, là, maintenant. Je découvre une femme, à mi-chemin entre le distingué et le vulgaire, grande comme une liane, plantée devant moi. Son sourire est aussi séducteur que sa tenue.

– Ethan est là ?

– Ethan ? répété-je bêtement.

– Oui, Ethan. C'est bien chez lui, non ? dit-elle en jetant un œil au numéro de l'appartement.

– Vous avez rendez-vous ? balbutié-je, très vite consciente de l'absurdité de ma phrase.

La femme rigole, amusée par ma question.

– Oui, plus ou moins, on peut appeler ça comme ça…

Devant ma sidération, elle force l'entrée, me dépassant avec son mètre soixante-quinze et sa poitrine plantureuse. La moitié de mon cerveau ne comprend pas, l'autre si… Et lorsque Ethan apparaît, là-haut, perché sur la coursive, sorti de sa chambre pour accueillir son « rendez-vous », mon cœur se disloque. Je ne prends pas le temps de ramasser les bouts de moi éparpillés au sol, je croise son regard une fraction de seconde, puis fonce dans le couloir de l'immeuble. Je ne ferme même pas la porte derrière moi, je cours, éperdue, dans les escaliers, et c'est une fois arrivée dans le hall de l'immeuble que le vase se renverse. Mes jambes ne me tiennent plus. Je m'effondre, accroupie contre les boîtes aux lettres, et éclate en sanglots. Des larmes brûlantes coulent le long de mes joues, mes mains tremblent, et tandis que je peine à reprendre ma respiration, je réalise qu'il l'a fait. Il a réussi : il m'a brisée. La preuve, ma colère a été balayée par la douleur avant même d'exister. Je me relève péniblement, essuie mes larmes et tente d'échapper au cauchemar en sortant, en partant le plus vite possible.

Il faut que je me rende à l'évidence, il n'avait pas couché ouvertement avec quelqu'un d'autre depuis que nous partageons ce lien si ambigu. À la limite, qu'il ne veuille pas d'un couple ou de monogamie, certes ; mais ça, c'est autre chose. Me laisser exprimer mes sentiments, *nos* sentiments, puis me faire l'amour sur le comptoir à quatorze heures, et faire venir une femme chez « nous » à dix-neuf, non. Ça, c'est un uppercut. C'est lâche, et ça fait mal. C'est fait pour me faire mal. S'il voulait arracher le pansement le plus rapidement possible, il a réussi.

Je hèle un taxi.
Il a réussi, ce connard.

***

Ethan

Je ferme les boutons de ma chemise un à un. Mes gestes sont si brusques que je fais sauter le dernier. Je ne peux pas rester éternellement enfermé dans ma chambre, je ne l'ai déjà pas quittée depuis hier soir, je n'ai même pas raccompagné Andréa jusqu'à la porte – qui n'a pas bien compris ce qui se passait, la pauvre. De toute façon, il faut que j'aille taffer, je n'ai rien de mieux à faire. J'espère juste que les bruits que j'entends dans la cuisine ne sont pas ceux de Lola, j'aurais besoin de quelques heures de plus avant d'être confronté à son regard, à sa colère. La vue de Kristen seule au bar me rassure. Je descends jusqu'à elle, mais elle ne me regarde pas. Je me sers un café, et me place devant elle. Toujours rien. Je sais qu'elle est un peu en colère contre moi, mais à ce point ?

En cherchant mon sac et mes clés, une impression étrange me saisit. Je regarde autour de moi. Quelque chose cloche. Dans l'appartement, dans l'ambiance. Mais je ne parviens pas à mettre le doigt dessus. Peut-être est-ce juste le sentiment de vide qui me cisaille l'intérieur depuis hier ? J'observe la pièce avec plus d'attention et finis par remarquer qu'il n'y a plus de veste sur le portemanteau et que l'appareil photo de Lola n'est pas sur le meuble du salon, là où il trône d'habitude. La porte de sa chambre est ouverte, ce qui veut dire qu'elle n'est probablement pas là. Remarque, elle ne laisse jamais sa porte ouverte, qu'elle soit là ou pas. Le dos de Kristen, impassible, raide de colère, renforce mon trouble. Oui, quelque chose cloche vraiment. Je me dirige vers l'escalier, le grimpe quatre à quatre et pousse en grand la porte de la chambre de Lola. Je me fige devant la pièce. Il n'y a plus rien. Pas de draps sur le lit, pas d'objets sur la commode, pas de chaussures qui traînent. Pas de vie. Pas de Lola. L'émotion qui me traverse me coupe le souffle.

Certes, hier, j'ai volontairement essayé de remettre le curseur au bon endroit, de lui retirer ce qu'il lui restait d'espoir, mais je ne m'attendais pas à ça. À ce qu'elle vide les lieux au milieu de la nuit. À ce qu'elle disparaisse d'une seconde à l'autre.

C'est peut-être aussi bien comme ça. C'était peut-être la seule issue possible...

Je ravale la sensation qui me prend aux tripes et redescends au salon. Cette fois, Kristen m'attend. Elle s'est tournée vers moi et me regarde, les yeux cernés, la rage au ventre.

– T'es content de toi ?

Il n'y a rien à répondre. Surtout pas là. Elle ne voudra jamais entendre les raisons de ma conduite. Et je n'ai pas la force de me justifier. Je fais ce que je veux de ma vie. Kristen abandonne devant mes yeux impassibles. Elle me dépasse et se dirige vers la salle de bains. Je l'entends s'arrêter, j'entends jusqu'à son soupir.

– Si ça t'intéresse, Mike n'est pas mort.

Elle claque la porte et me laisse seul avec moi-même.

30

LA DOULEUR N'A PAS D'ÂGE

Lola

Le serveur accompagne mon café d'un sourire charmeur. Sauf que ce n'est pas *lui* ; il n'y a pas d'âme ni d'espièglerie dans sa tentative de flirt. Deux semaines se sont écoulées, et je le vois encore partout. Vais-je passer le restant de mes jours à comparer les hommes à Ethan ? Putain, je pensais qu'en partant je m'éviterais trop de souffrance, mais il faut croire que je suis partie bien trop tard. J'ai mal en me levant le matin, j'ai mal en me couchant le soir, j'ai mal quand j'en parle, mal quand je n'en parle pas. J'étais censée reprendre ma vie en main, et me voilà qui me noie, perpétuellement. Ma vie a explosé en morceaux. Il y a tant de pièces éparpillées au sol que je ne sais pas par où commencer pour les rassembler. Je sors une cigarette, culpabilise devant le regard noir de la connasse à ma droite. J'ai envie de lui dire que j'ai déjà effacé l'errance dans les bars de mon emploi du temps quotidien, perdu une colocation et un « amant » dans la même journée ; je ne vais pas arrêter de fumer par-dessus le marché, pas maintenant. Il y a des limites à ce qu'on peut se faire vivre. Le nom de Kristen apparaît sur mon téléphone. Je m'empresse de décrocher.

– Allô ?

– Chérie…

– Coucou. Comment ça va ? dis-je, par pure habitude.

– Depuis hier, tu veux dire ? Euh, la banquise du pôle Nord est toujours en train de fondre. Mike est toujours en centre de désintox. Ethan est toujours un connard. Ça va très bien. Et toi ?

Je ris au lieu de répondre.

– Bon, je t'appelais juste pour te dire que Mike avait changé de centre.

– Ah bon ?

– Oui. Je t'envoie l'adresse ?

– Oui, carrément. Tu crois qu'il n'est pas trop tard pour que j'aille le voir ?

– A priori, c'est les mêmes horaires de visite que l'autre. Mais tu vas voir, c'est pas le même style.

– Ça ne pourra pas être pire…

– Merde, faut que je te laisse, quelqu'un d'autre m'appelle. On se voit bientôt ? On boira une tisane, si tu veux. Même si je ne trouve pas que la détox te réussisse si bien que ça…

– Quand tu veux.

Je raccroche, un petit sourire aux lèvres. Pour l'instant, je refuse de la voir dans des bars. Je prétends vouloir faire une pause sur l'alcool, ce qui n'est pas complètement faux, mais je crois que c'est surtout l'ambiance générale de la nuit qui m'est douloureuse, qui me renvoie encore et encore à *lui*. Toujours lui…

Je laisse un billet sur la table pour mon café, sans trop savoir s'il y a trop ou pas assez. Les années passent, je ne sais toujours pas calculer les pourboires. Le texto me donnant l'adresse arrive aussitôt. Ce n'est pas loin, je peux y aller à pied. Parfait. Je n'aime plus le bus, je n'aime plus le Uber ; je n'aime plus rien.

***

OK, quand Kristen disait que ce n'était pas le même style d'établissement, elle ne rigolait pas. Le hall d'entrée ressemble à l'accueil d'un cabinet d'avocats huppé, quelques plantes en plus. Tandis que le bâtiment, ancien, me fait penser à un manoir victorien. Je me présente, demande à voir Michael Rush. La dame au sourire figé me demande mes papiers d'identité et s'étonne devant mon passeport français. Dans le précédent centre, on entrait et sortait comme dans un moulin, de la moisissure coulait des murs par endroits ; bref, l'ambiance générale donnait plutôt envie de plonger dans la drogue que d'en sortir. La standardiste raccroche le téléphone et m'annonce que M. Rush va me recevoir dans le petit jardin. Mike est donc effectivement devenu avocat dans la nuit. Le petit jardin, que je trouve en suivant les panneaux, se révèle être une infime partie de l'immense parc que la bâtisse dissimulait. Des tables et des chaises de bois y sont installées. Mike m'attend à l'une d'elles. Lorsqu'il ouvre les bras pour m'accueillir, je me dis qu'il a quand même meilleure mine.

Je lui fais la bise, comme chaque fois, Mike ayant décidé que faire la bise à la française était thérapeutique, reconstruisait « du lien » comme le lui suggèrent ses conseillers. Je ne sais pas comment il fait, mais même en ayant frôlé la mort, il a gardé son sens de l'humour.

– T'as vu ? Ça s'appelle être surclassé !

– Tu m'étonnes... soufflé-je. C'est carrément changer de dimension, à ce niveau-là.

– En revanche, même ici, je n'ai pas le droit de t'accueillir avec un bourbon hors d'âge, je suis désolé. Une drôle de politique qu'ils ont sur l'alcool... Tu veux qu'on se prenne un truc à la machine ? Elle distribue des *latte* à la cannelle !

– Non, moi, ça va... Mais comment t'es arrivé là ?

– Eh bé, je dois dire que je me suis moi-même posé la question. Hier matin, une ambulance a débarqué et m'a emmené ici. Il a fallu que j'attende de voir le directeur – qui accueille chaque « usager », comme ils disent – pour comprendre. Il semblerait qu'un certain M. Atwood ait réussi le tour de force de m'obtenir une place ici. Le directeur a bien appuyé sur la chance que j'avais, comme s'il tenait un club hyper sélect.

– Ethan ? demandé-je, le ventre noué à l'évocation de son nom.

– Tu connais un autre Atwood, toi ?

– Non, effectivement. Il est enfin venu te voir, du coup ?

– Pas du tout. En revanche, il doit se saigner pour me payer une « chambre » ici.

Je le regarde, circonspecte.

– Cherche pas à comprendre, c'est Ethan, ajoute-t-il alors. Je l'imagine parfaitement en train de dire à Kristen :

« Il a plus besoin d'une piscine que de voir ma gueule et de m'écouter déblatérer des banalités sur la consommation de stupéfiants. »

J'ai envie de rire à sa façon d'imiter Ethan, mais le sourire un peu jaune qui accompagne sa blague m'attriste. Je sais qu'au fond, il est peiné que son ami ne soit pas venu le voir depuis l'hôpital. Qui ne le serait pas ? Non, effectivement, je ne cherche plus à comprendre.

– Et toi, ça va ? me demande Mike.

– On n'est pas là pour parler de moi…

– Tu rigoles ? Je n'en peux plus de parler de moi, je fais que ça toute la journée depuis deux semaines. Je m'efforce d'expliquer à tout le monde que ma vie et ma personne ne sont pas si intéressantes que ça, mais rien à faire, ils persistent tous…

Je lui mets une petite tape à l'arrière de la tête. Puis, devant son regard insistant, je me dis que l'honnêteté est tout ce qu'il nous reste.

– Pas très bien, non. C'est un peu dur, je dois avouer. Changer de vie deux fois dans la même année et être face à un échec cuisant les deux fois, c'est un peu déroutant – pour ne pas dire déprimant.

– Ta présence dans la coloc n'était pas un échec, c'était un phare dans la nuit… commente-t-il sans avoir l'air de rigoler tant que ça.

– C'est un comble d'être à ce point paumé, pour un phare. Et puis vivre la nuit, ce n'est pas si pertinent que ça.

– Tu veux dire se défoncer tous les jours pour arrêter de vivre ? ironise Mike. Oui, il paraît que ce n'est pas la meilleure façon de s'en sortir.

Je pose ma main sur la sienne. Humour ou pas, ce qu'il a vécu et vit encore est loin d'être drôle.

– Putain, on n'est quand même pas des rapides, ça aurait été mieux de s'en rendre compte à la sortie de l'adolescence, ajoute-t-il. Enfin, remarque, t'es jeune, toi, encore.

– Je pense qu'il n'y a pas d'âge pour avoir du mal à vivre, lui dis-je en le regardant droit dans les yeux.

Je sais que j'ai touché quelque chose, car Mike ne répond rien. Il a toujours quelque chose à rétorquer, d'habitude.

– En vrai, j'envisage de rentrer en France… avoué-je.

– Sérieux ?

– Oui, je trouverai du travail plus facilement, à Paris, je pense. Surtout vu l'école dont je sors. Et puis de toute façon, la question du visa va finir par se poser. Le mien va bientôt expirer. Or la probabilité que je trouve un véritable contrat de travail pour le renouveler est assez mince. Le boulot avec Randal est assez intéressant, mais ils n'ont pas du tout la politique de salarier leurs photographes… Et je ne suis pas sûre d'avoir l'énergie de me battre pour chercher un poste. Ni de savoir vraiment ce qui me retient ici…

Un sourire tendre mais narquois se dessine sur le visage de Mike.

– Mettre six mille kilomètres entre toi et celui qui t'a blessée, c'est un peu radical. Même pour une Française flamboyante.

Je souris, par pure affection pour Mike qui, d'habitude, n'évoque jamais ma relation avec Ethan. Mais mon intérieur ne sourit pas tant que ça.

Oui, c'est un peu radical. Mais c'est probablement la meilleure chose à faire…

31

L'AVANT-DERNIER VERRE

Ethan

– Laissez la bouteille.

Le barman hésite, me considère un instant, et abdique. Je n'ai même plus besoin de sortir des billets, ma détermination à faire taire mon cerveau est si manifeste qu'elle convainc à elle seule.

J'essaye de me rappeler la trop maigre que je viens d'embrasser dans les toilettes, mais les images s'enfuient. À cette étape-là de la bouteille, tout a tendance à filer entre les doigts. Être mince ne fait pas un beau corps, seules certaines femmes portent une grâce dans leur légèreté. Je revois la poitrine de Lola une seconde, finis mon verre, et secoue la tête. Ces images-là, elles, ne s'enfuient pas, gravées dans ma mémoire malgré mes efforts pour les noyer dans l'alcool et les remplacer par celles d'autres femmes.

Les hommes attablés au bar, en enfilade, me foutent le cafard ; une brochette de testostérone affligeante – dont je fais partie. La serveuse se met à remonter les sièges sur les tables, il doit donc être près de deux heures. Je lâche un billet sur le comptoir et me lève. Le barman s'apprête à m'alpaguer, perplexe devant les cent dollars que je lui ai laissés.

– Gardez la monnaie, lancé-je, en chemin vers la sortie.

Une fois dans la rue, je suis déçu. J'avais espéré un peu d'air frais pour me réveiller, mais le temps est devenu lourd, depuis quelques jours, obstiné à nous rappeler le poids de la vie. J'ouvre l'appli Uber, puis me souviens que je suis à trois pâtés de maisons de l'appart. Tandis que je m'apprête à partir, une jeune fille me barre la route en se plaçant devant moi. À quelques centimètres près, elle aurait les seins collés contre mes pectoraux. Je la dévisage. Elle est rousse, pas ravissante, mais mignonne. J'hésite une seconde.

– Pas ce soir, beauté…

Ce soir, la fatigue de vivre l'emporte sur le reste. La fatigue de m'échiner à chercher ce que je ne trouve chez personne…

***

J'ai déjà mal au crâne, c'est pas bon signe. Je passe derrière le bar à la recherche d'un médoc. Lorsque je me retourne, Kristen lâche son ordi et lève la tête vers moi. Qu'est-ce qu'elle fait encore debout au milieu de la nuit ? Va savoir.

– T'es rentré avec personne, ce soir ? Incroyable… J'ai perdu le fil de tes greluches, depuis deux semaines, me crache-t-elle. Tu devrais garder un carnet, un jour, tu vas faire l'erreur de coucher deux fois avec la même sans même t'en rendre compte.

– T'as raison, va falloir que je renouvelle le stock.

– D'autant que tes critères commencent à dégringoler… ajoute-t-elle, acide.

Je ne relève pas, je finis moi-même par trouver que je tourne en rond. De toute façon, je n'arrive nulle part, avec aucune de ces femmes. Je n'arrive plus à jouir, et ça commence à m'inquiéter. Je ne dis rien à Kristen, elle se ferait une joie de se foutre de moi.

Les options à foison que m'offrirait New York deviennent de plus en plus alléchantes. Changer d'air réglera peut-être ma « problématique »… J'avale mon comprimé, prends la bouteille d'eau avec moi, et pars dans ma chambre.

– Ethan ? m'arrête Kristen.

Je me retourne, le sérieux de sa voix ne me dit rien qui vaille.

– Je sais que tu n'es intelligent que quand ça t'arrange, mais tout de même. Tu n'as pas remarqué un point commun entre toutes les filles que tu t'envoies, ces derniers jours ?

Je ne comprends pas où elle veut en venir, et hausse les épaules.

– Assez minces, pas trop vulgaires, un peu aériennes ? T'as même réussi à en trouver avec des reflets roux… T'es vraiment con, en fait, ajoute-t-elle après un silence. T'arrives sincèrement à ne pas voir que tous tes coups d'un soir ressemblent étrangement à une certaine Française dont je tairai le nom… ?

Je serre les dents. Je déteste ses interprétations psychologiques à deux balles. Il est presque quatre heures du mat, je n'ai pas que ça à foutre de l'écouter m'analyser. Elle se lève et s'approche. Je ne vais jamais réussir à m'en débarrasser. Je me crispe un peu plus.

– Je ne peux pas te laisser faire, Luce, se désole-t-elle. T'as réussi à faire fuir Lola. T'es en train de perdre ton meilleur ami – ou du moins de l'abandonner. Bref, toi qui prétends n'avoir besoin de personne, t'es littéralement en train de faire le vide autour de toi…

– Si tu me sors un truc du genre « Aucun homme n'est une île », je vais me coucher, grommelé-je. D'ailleurs, je vais me coucher dans tous les cas.

– Non, tu vas m'écouter ! Tu vas arrêter de te mentir à toi-même, surtout. Bien sûr que t'es amoureux de Lola ! Et je sais que je vais te braquer en te disant ça, mais tant pis ; ça ne peut pas être pire que la spirale pathétique dans laquelle tu te laisses tomber !

La rage monte en moi, je ne veux pas l'écouter, rien ne m'oblige à l'écouter. Bien sûr que sa disparition m'a troublé, mais faut pas exagérer. Ça ne sert à rien d'argumenter, tout ça ne sert à rien, ne change rien. Je vais pour me retourner, mais cette fois-ci Kristen m'en empêche physiquement. Heureusement que c'est elle, sinon j'arracherais sa main de mon bras.

– Ethan, putain. Tu vas la perdre complètement ! Lola compte repartir vivre en France. Tu vas laisser la seule meuf qui t'ait jamais vraiment retourné, qui pourrait donner un sens à ta vie, partir de l'autre côté de l'Atlantique ? Vraiment ?!

Le couteau se plante dans mon estomac aussi sûrement que dans du beurre.

– Je n'ai pas besoin de qui que ce soit pour donner un sens à ma vie ! hurlé-je subitement. Ça ne veut rien dire, surtout, la vie n'a aucun sens, quoi que t'en fasses ! Oui, je vais la laisser partir, et c'est aussi bien comme ça. Qu'elle aille se trouver un beau Français pas trop con qui lui offrira ce qu'elle désire, et qu'on me laisse mener ma vie comme je l'entends !

Je retire sa main. Ses yeux pleins de colère nourrissent la mienne. Elle veut quoi, à la fin ?

– De toute façon, j'ai une offre de poste à New York, donc moi aussi, je vais prendre mes cliques et mes claques et me casser d'ici. Ce sera pas plus mal de ne pas avoir à vous traîner tous comme des boulets. Je m'occuperai de moi-même et vous vous occuperez de vous, pour changer. L'entre-soi a ses limites, putain.

La colère disparaît de ses yeux, aussitôt remplacée par de la buée. Kristen ne pleure jamais. Qu'est-ce qui lui prend ?

– OK, très bien, marmonne-t-elle, un trémolo dans la voix.

Elle fonce vers sa chambre, me lâchant un : « Bon courage » dégoulinant d'acidité qui me gifle.

Merde.

32

LA VÉRITÉ SORT DE LA BOUCHE DES MÈRES

Ethan

Ce n'est pas d'une secrétaire que j'ai besoin, c'est d'une assistante. Non, d'un assistant. Qui rangerait mon bureau de temps à autre. Je déblaie le gros des dossiers. Le trombinoscope de la campagne *What's Next* se retrouve entre mes mains. Je l'observe, le déteste, le jette dans la poubelle d'un geste ridiculement grandiloquent. Mon téléphone se met alors à sonner, et je reste perplexe en voyant qu'il s'agit de mon père – qui ne m'appelle pour ainsi dire jamais.

– Allô ?

– Ethan ?

– Oui.

– Écoute, ta mère est à l'hôpital. Elle va bien.

– Comment ça ?

– Elle a fait une crise cardiaque, mais elle est hors de danger.

Je reconnais le ton de mon père quand il cherche à me rassurer, et ça ne me rassure pas du tout. Une crise cardiaque ?!

– Comment… Elle a…

– Ils ont encore des analyses à lui faire faire pour connaître la cause.

– J'arrive.

– Tu n'es pas oblig…

– J'arrive. Envoie-moi le nom de l'hôpital et la chambre.

Je raccroche. Pendant la petite minute qu'il me faut pour récupérer mes affaires, je ne ressens rien. Absolument rien. Puis ça me tombe dessus tel un couperet. Je claque la porte.

– Judith, annulez mes rendez-vous. Je dois y aller.

Judith ne me demande pas pourquoi, ne fait pas de réflexion désobligeante. Elle n'en aurait pas eu le temps, même si elle l'avait voulu. Le taxi double toutes les voitures possibles et passe à tous les feux orange. Au moins, il a entendu que j'étais pressé.

Je parcours les milliers de couloirs, abandonne l'idée de l'ascenseur bondé, monte quatre à quatre les escaliers au point d'être essoufflé une fois la chambre 421 atteinte. Je reste essoufflé et pétrifié devant la porte. Je m'adosse à la paroi, passe mes mains dans mes cheveux. Une infirmière en plein tri de matériel médical me regarde du coin de l'œil. Elle me regarde faire les cent pas, chercher à rassembler mon courage. En partant, les mains pleines de tuyaux et de seringues, elle fait une pause à ma hauteur.

– J'ai remarqué que, dans la vie, c'est toujours plus douloureux d'être face à ce que l'on n'a pas osé faire que de le faire.

Puis elle s'en va. D'habitude, je trouve exaspérante ce genre de lapalissade, mais bizarrement, celle-ci me donne la force d'entrer. La vue de ma mère allongée sur un lit d'hôpital me tue. Comme chez tout le monde, ça lui donne dix ans de plus et dix kilos de moins. Elle tourne la tête vers moi. Je jette un œil consterné au siège de plastique au motif coloré, et m'assois sur le rebord du lit.

– Alors, qu'est-ce que tu nous inventes, là ? tenté-je de blaguer.

– Bonjour, mon chéri. Moi aussi, je me demande bien ce qui m'a pris. Ça va ?

– On s'en fiche. Ça va, toi ?

En posant la question, une peine immense m'envahit. Je sais que ma mère le remarque, car elle attrape ma main.

– Oui, ça va, maintenant. Ce n'est rien, ne t'inquiète pas. Le cœur des vieux aime bien faire des farces.

– Non, ce n'est pas rien... On sait ce qui s'est passé ?

– On attend les résultats.

– Ils attendent quoi ? Que t'en fasses une seconde ? m'agacé-je.

Elle serre plus fort ma main.

– Vraiment, ne t'inquiète pas. Je ne vais pas t'abandonner. Tu vas devoir supporter ta mère surprotectrice encore des années.

Elle m'offre un petit sourire de maman, et ma gorge se serre. Je sais à quoi elle fait référence, je n'ai pas raté l'ironie de la situation. C'est justement après une crise cardiaque que ma mère biologique m'a abandonné ; la deuxième fois, du moins.

– Bon, et toi ? Comment va le travail, tes amis ? J'aimerais bien voir Kristen, un jour, tiens. Et Lola, comment va-t-elle ?

Je ne vois pas comment mon estomac peut se serrer plus encore. Mes entrailles vont finir par sortir par mes oreilles.

– Kristen va bien, oui.

Vraiment, je ne sais pas pourquoi je n'ai pas menti… Car du coup, ma mère penche légèrement la tête, ayant bien évidemment détecté ma crispation et mon évitement maladroit.

– Elle n'est plus dans le paysage, Lola ? me demande-t-elle tout doucement.

Je ne réponds rien. Je ne vais pas me mettre à discuter de ma vie privée avec ma mère à 28 ans, tout ça parce qu'elle est allongée sur un lit d'hôpital.

– Ethan, maintenant, tu vas m'écouter.

Ma mère se redresse et je suis étonné par l'autorité de sa voix. Hormis pour m'empêcher de me saouler au whisky à 14 ans et de jouer à chat avec le chien enragé des voisins, elle ne m'a jamais parlé de la sorte.

– Ça suffit. Tu t'es assez fait souffrir comme ça. Tu ne mérites pas ce que tu te fais vivre à toi-même.

Je reste coi devant son franc-parler.

– Tu te souviens quand tu es arrivé auprès de nous ? Quelques mois après, tu t'es ouvert l'avant-bras en tombant de vélo. Pendant deux jours, tu as refusé que je te soigne. Au point que, devant un début d'infection, j'ai dû le faire de force. Ton père a été quasiment obligé de te maintenir pour que je m'occupe de ta blessure d'enfant. Tu voulais peut-être faire face seul, tu ne faisais probablement plus confiance à personne, je n'en sais rien. En revanche, maintenant, tu as affronté la vie seul bien assez longtemps. Alors qu'elle n'a pas été tendre avec toi…

– Au contraire, j'ai eu une chance inouïe par rapport à d'autres, je vous ai eus, vous, rétorqué-je, presque agacé.

– Peut-être, mais maintenant, c'est ta propre moitié qu'il faut que tu trouves. T'offrir à quelqu'un, quelqu'un qui aurait le droit de désinfecter tes blessures.

Je revois soudain Lola, assise par terre dans ma salle de bains, cherchant avec délicatesse des bouts de verre dans la paume de ma main.

– Être seul ne protège de rien, Ethan ! Tu m'imagines dans cette même situation, seule dans un lit d'hôpital déplorable, sans ton père à mes côtés ?! Personne ne sait exactement pourquoi tu te protèges à ce point de l'amour. Il n'y a que toi qui peux essayer de comprendre où ça a coincé dans ton histoire, et où ça coince encore. Replacer ta colère au bon endroit, c'est-à-dire pas contre toi-même…

Je regarde ma mère, sans maquillage, sans décorum, me balancer mes quatre vérités. Elle n'a toujours pas lâché ma main, et moi, je ne l'ai pas retirée.

– Maintenant, va-t'en, me dit-elle gentiment. Ça ne sert absolument à rien que tu attendes dans ce nid à microbes. Ton père ne va pas tarder à revenir. Et on t'appellera dès qu'on aura des réponses.

Je ne rétorque rien, n'ayant moi-même pas très envie de rester là. Je n'adore pas les hôpitaux, le séjour de deux mois que j'y ai fait, finissant dans les mains des services sociaux, a laissé des traces. Je soulève la main de ma mère jusqu'à mes lèvres et y dépose un baiser.

– Je reviens demain. D'ici là, n'essaye pas de séduire ton médecin, ni de commencer à planifier un bal caritatif pour récolter des fonds pour l'hosto. Je te connais, tu serais capable des deux…

Je laisse ma mère à sa chambre grise, à son sourire un peu triste, mais sincère.

Une fois sur la chaussée, debout sous le cagnard, la vérité me frappe : j'ai une vraie mère encore en vie, juste là-haut. Il faut que je fasse le deuil de celle qui m'a quitté il y a si longtemps.

Il faut que je fasse quelque chose. OK, si je me presse, je peux encore aller chercher ma voiture au garage. Il est temps que j'utilise cette adresse trouvée avec peine il y a trois semaines. Jusque-là, je ne savais même pas vraiment pourquoi j'étais allé la chercher. Mais voir ma mère ainsi, l'entendre me dire tout haut ce que tout le monde pense tout bas… Ce poison en moi qui a fait fuir Lola, ou qui m'a fait fuir Lola… Il est temps d'affronter mes démons, sinon ce sont eux qui vont m'engloutir.

***

Les *trailer parks*[1], c'est pittoresque dans les films ; en réalité, c'est juste crade et déprimant. J'arrête le moteur. Les deux mains sur le volant, j'inspire et expire. Mon cœur tambourine dans ma cage thoracique, ma rage fait brûler le sang dans mes veines. J'ai 7 ans, et je déteste ça. Je ne vais pas me débiner maintenant, hors de question, je vais prendre mes 7 ans et les sortir de cette bagnole. Je remonte

1. Parcs de maisons mobiles ou de caravanes.

l'allée bordée de déchets en tout genre. La porte est si fine qu'en cognant trois coups dessus, j'ai l'impression qu'elle va céder. Une partie de moi espère qu'il n'y a personne, mais la porte s'ouvre.

Il porte un tee-shirt noir délavé sur un short gris troué. Son crâne rasé laisse apparaître une cicatrice, son visage s'est émacié, ses rides se sont creusées, mais c'est lui. Ça ne fait aucun doute, toutes les parcelles de mon corps le savent. Son regard, sombre et fatigué, change imperceptiblement. Quand je suis certain qu'il m'a reconnu, mon bras se lève et mon poing retombe sur son visage avec une force insensée. Déstabilisé par le coup, mon beau-père recule d'un mètre, la main sur la joue. Il n'est pas tombé. Il aurait dû tomber. Je fais un pas en avant et lui mets un deuxième crochet sans même avoir eu le temps de réfléchir. Mais il ne tombe toujours pas. Et surtout, il ne se défend pas. Il relève la tête une seconde fois et me regarde, un brasier dans les yeux. Le fait qu'il soit prêt à en recevoir un troisième sans moufter me déconcerte. Ma fureur redevient une simple rage grouillante. Puis les mots sortent dans un torrent, désordonnés, indomptables.

– Tu as tué ma mère, enfoiré ! Tu m'as volé un rein, tu m'as pris ma vie et vous êtes allés vous planquer comme des lâches ! Et elle, elle a choisi l'alcool plutôt que son fils… craché-je d'une voix étouffée, avouant pour la première fois mon indicible brèche.

Mon beau-père, ou du moins ce qu'il est devenu, continue de me fixer sans rien dire. Sans ciller. Sans que je puisse déchiffrer ce qu'il pense.

– Pourquoi tu te défends pas ? hurlé-je. T'as fait dix ans

de taule, tu dois savoir te défendre ! Vas-y, défonce-moi !

– Retourner en taule pour le plaisir de foutre une torgnole à un gamin en costard, non merci… grogne-t-il.

Sa réplique, assenée à voix basse, presque posément, me calme étrangement. Je le regarde un moment sans rien dire. Je ne sais plus pourquoi je suis là. Je venais chercher un monstre, une explication, quelque chose, et c'est un connard neurasthénique qui me fait face. Un ex-taulard qui n'a probablement rien à m'offrir.

– Elle est morte de quoi, en vrai ? finis-je par demander, ne pouvant plus retenir cette question.

– D'un arrêt cardiaque, balance-t-il froidement.

– Je sais, ça, connard ! Mais personne ne meurt d'un arrêt cardiaque à 33 ans sans une bonne raison !

– Les médecins ont dit qu'il avait été déclenché par un arrêt trop brusque de l'alcool et de la drogue. Elle voulait se sevrer…

Il secoue la tête, presque moqueur. La morosité dans ses yeux est un océan.

– Parfois, elle avait encore l'illusion de se sauver, de venir te chercher… ajoute-t-il. Elle n'a jamais réussi…

– Non, ça, j'ai bien remarqué… marmonné-je, la rage au ventre.

La vérité me fouette aussi sûrement qu'une bourrasque. J'ai passé ma vie accroché à la douleur de la perte d'une mère qui n'a jamais vraiment pu être mère, malgré ses efforts, et au souvenir haineux d'un tas d'ordures perdu à la vie depuis toujours. Je m'accroche à ceux qui m'ont abandonné plutôt que de me concentrer sur ceux qui ont toujours été là pour moi… Ma mère est morte depuis bien trop longtemps pour que je continue à lui en vouloir, et ce mec ne mérite même pas ma haine. Il faut que je parte.

Je tourne alors les talons et redescends l'allée de béton.

– Ethan.

Je frissonne au son de mon prénom dans sa bouche. Je fais l'effort de me retourner.

– J'ai une question pour toi…

Je hausse les épaules.

– Après ton départ, ta mère passait son temps à fantasmer la vie que tu devais avoir, explique-t-il. Elle s'était persuadée que tu avais une vie merveilleuse, dans un château, entouré de gens qui t'aiment, d'assiettes remplies de nourriture, et que tu deviendrais un très bel homme, important, des femmes sublimes accrochées au bras… ajoute-t-il, la voix pleine d'une ironie douloureusement acide.

Il fait une pause.

– C'est à peu près ça que t'as eu ?

Je n'arrive plus à respirer. Je n'arrive plus à bouger.

– C'est exactement ça que j'ai eu, finis-je par avouer. Mais je n'ai pas su en profiter, ajouté-je à voix basse.

Cette fois-ci, je fais demi-tour et fonce vers ma voiture. Je démarre en trombe.

C'est exactement ça que j'ai, putain. Et je fais tout pour ne pas en profiter. Je suis un sale con qui n'a même pas le courage de regarder en face ce que la vie lui a offert.

33

ÇA RESSEMBLE À QUOI, LE BONHEUR ?

Lola

La robe de la mariée ressemble à s'y méprendre à la pièce montée. C'était un assortiment voulu, peut-être ? Et les fleurs sont assorties aux nappes, qui sont assorties aux demoiselles d'honneur, qui sont assorties aux banderoles. Vraiment, j'ai pris pas mal de mariages en photo pour me faire de l'argent facile, mais j'en avais jamais vu un qui nage à ce point dans le cliché. C'est mièvre au possible, et en même temps… il y a quelque chose de touchant. C'est ridicule. Lorsqu'ils se sont dit oui devant le pasteur, des larmes me sont montées aux yeux. Il a fallu que je les essuie pour pouvoir prendre mes photos. Il y a assurément quelque chose de beau dans l'amour partagé, cet amour qui dégoulinait de leurs yeux, cette joie qui étouffait leurs voix alors qu'ils prononçaient leurs vœux.

Putain, je déteste ce sentiment d'envie, je le trouve vain et sale, et pourtant, au fond, je les envie d'avoir trouvé ça. Je n'envie pas la robe à froufrous, cependant…

Ça fait dix minutes que j'attends qu'on récupère tous les enfants éparpillés afin de commencer les photos de famille. Je vais finir par prendre en charge la mission, ça devient ridicule. Quand ils en trouvent un, un autre disparaît. Je réussis finalement à obtenir la photo d'ensemble. Maintenant, il ne reste que les photos avec la famille de la mariée, la famille du marié, les témoins, en couple…

Tante Marjorie est en train de râler qu'il fait trop chaud en plein soleil quand mes yeux me jouent un tour. Au loin, un homme brun à la démarche assurée mais un peu vive s'avance vers nous. Ce n'est que lorsqu'il ne reste que quelques mètres entre lui et moi que mon cerveau assimile la vérité. Ethan est au milieu de la pelouse, en train de foncer sur moi. Mon cœur cesse de battre, ma bouche s'entrouvre. Qu'est-ce qu'il fout là?

Lorsqu'il arrive à ma hauteur, je remarque qu'il respire aussi fort que je ne respire plus.

– Il faut qu'on parle, me dit-il sans un bonjour.

– Là ? Maintenant ? Tu ne vois pas que je suis au milieu de quelque chose ?

Ethan se retourne, avance de quelques pas vers la famille.

– Mesdames et messieurs, la séance de photographie est repoussée, annonce-t-il de sa voix la plus forte. Ne vous inquiétez pas, vous ne serez ni plus vieux ni plus mal coiffés dans quinze minutes. À part si la mariée disparaît d'ici là, ce que je lui souhaite…

Je lui attrape le bras, déclenchant au passage une montagne d'émotions. Il se retourne.

– Qu'est-ce que tu fous ? Tu crois quoi, que je vais tout arrêter parce que tu arrives comme un prince ? Hors de question. Et puis je n'ai rien à te dire…

Ethan semble réfléchir une seconde, et la lueur dans ses yeux me dit qu'il va faire une connerie.

– Tu as raison. Non, mais vraiment, Lola, se met-il à crier, faussement outré. Tu m'as promis que tu ne photographierais plus que moi ! Tu m'as promis qu'on irait sauver les dauphins et vivre sur une plage de sable. Qu'on ferait l'amour toute la journée, et que…

Après une seconde de stupeur, je lui colle ma main sur la bouche. Je jette un œil aux membres de la famille, dont la plupart n'étaient pas encore partis et nous regardent maintenant avec des yeux de merlan frit. Je devrais être folle de rage, et pourtant, je suis obligée de me retenir de rire.

– Si vous voulez bien m'excuser une seconde, leur dis-je timidement.

Je fais quelque pas vers les profondeurs du parc, et Ethan me suit. Je suis sûre qu'il est content de lui. En revanche, je ne comprends pas ce qu'il fait là. Vraiment pas. Et je ne suis pas près de le savoir, car Ethan ne dit rien. Il reste planté là, visiblement incapable de parler. Il a l'air presque embarrassé, comme un gamin.

– Bon, tu ne m'as pas interrompue pour qu'on puisse se regarder dans le blanc des yeux ? m'agacé-je. Et d'abord, comment tu m'as trouvée ?

– Isabel m'a expliqué que tu étais à un mariage et m'a donné le nom de la boîte d'événementiel qui t'a embauchée. J'ai appelé une assistante, prétextant un mariage à six cent mille dollars, et elle m'a donné le numéro de l'organisatrice, à qui j'ai pondu un mensonge si énorme qu'elle m'a donné l'adresse. Puis j'ai filé un billet au mec de l'entrée.

Je reste bouche bée devant son récit. Il a fait tout ça pour me trouver ? Je le considère un moment, en train de jeter un œil, mal à l'aise, du côté du mariage, où les enfants piaillent, les invités s'esclaffent, et où même les banderoles criardes semblent danser.

– C'est ça que tu veux ? me demande-t-il sans me regarder.

Sa voix est aussi sérieuse qu'inquiète.

– Euh, non. Enfin, si. Non, pas exactement ça. J'en sais rien ! C'est quoi, cette question ?! Et surtout, c'est pas ça, la question ! T'as rien compris !

Mon agacement le fait revenir à moi. Il a l'air perdu, vraiment perdu.

– Non, je ne comprends pas tout, Lola. Mais je viens de réaliser quelque chose : je ne sais pas exactement ce que tout le monde entend par « aimer » ; en revanche, si ça doit ressembler à quelque chose, c'est forcément à ce que je ressens, là. Pour toi.

Je reste figée un temps infini, tandis que lui scrute mes yeux.

– Tu sais, ce sentiment étrange qui me donne envie de me pendre à l'idée de te perdre… précise-t-il.

Je suis étouffée par l'émotion face à cette déclaration complètement invraisemblable. Et en même temps, tout ça paraît si compliqué pour lui.

– Ethan, je… Peut-être que tu ressens ça, mais ça ne devrait pas être si compliqué. L'amour, le sentiment, au moins, devrait être simple, limpide. Pas à ce point alambiqué.

Déchirée de l'intérieur par l'évidence que je viens de

lui énoncer, cette douloureuse vérité, je tente de m'éloigner au plus vite. Mais Ethan me retient. Il tire sur mon bras, me retourne vers lui et ne lâche pas. Il y a maintenant un sérieux dans ses yeux qui me donnerait presque envie de pleurer.

– Je t'aime.

Le temps s'arrête. Mon sang s'arrête. Même le bruit de la fête a disparu. Je n'entends plus que les feuilles des arbres qui frissonnent.

– Putain, Lola, je t'aime le matin au réveil, je t'aime quand je suis sur le point de m'évanouir tellement j'ai bu, je t'aime quand je couche avec d'autres femmes – littéralement. Je n'ai pas réussi à prendre de plaisir avec qui que ce soit depuis que tu es partie, et crois-moi, ce n'est pas faute d'avoir essayé. À plusieurs reprises, j'ai même complètement débandé, je ne savais même pas que c'était possible… C'est tordu et douloureux, peut-être, mais ce n'est pas si compliqué, non. Pour la première fois de ma vie, j'envisage très bien ne plus toucher qu'un seul corps, le tien. Au contraire, c'est la seule chose que j'ai envie de faire. Et t'entendre rire. Et te regarder observer le monde. Et le photographier. Et boire du champagne à petites gorgées. Et…

Je suis incapable d'ouvrir la bouche tant les émotions se bousculent en moi. Ethan se rapproche un peu plus.

– Je suis qu'un pauvre con. Et je comprendrais que tu ne veuilles pas d'un con alambiqué. Je ne vais peut-être pas t'offrir les dîners aux chandelles et les roses – des œillets, à la rigueur – mais je dois bien avoir quelque chose à offrir. Hormis le sexe, je veux dire…

J'entame un sourire. En plus de me bouleverser, il arrive à me faire rire, ce con alambiqué. Les larmes aux yeux, je tente d'éclaircir ce qu'il est vraiment en train de dire. J'ai tellement envie d'y croire…

– Bien sûr que je crève d'envie que tu m'offres quelque chose de plus, que tu m'offres tout ! Mais qu'est-ce que tu es en train de proposer, Ethan ? Concrètement… balbutié-je.

– On vient de m'offrir un poste à New York. Un de ces postes qui ne se refusent pas. Mais je n'ai pas envie d'y aller, pas sans toi. Peut-être qu'on pourrait y aller ensemble, propose-t-il timidement. Refaire une coloc là-bas, mais à deux… Dans le même lit… précise-t-il.

Cette fois, je ne peux pas m'empêcher de rire, ce qui le déstabilise un peu.

– Ethan, t'es en train de me proposer qu'on s'installe ensemble ?

Il réfléchit, un demi-sourire aux lèvres.

– Oui. C'est ça que font les gens qui veulent être ensemble le plus possible, non ? Après, faut que t'aies envie de voir ma gueule tous les jours… Et les œillets, je ne suis pas obligé de les acheter, on peut se les faire livrer.

J'ai envie de rester dans l'euphorie, mais il faut que je me protège ; je ne supporterai pas qu'il me brise une seconde fois.

– Pourquoi devrais-je te croire, franchement ? lui fais-je remarquer. L'expérience m'a plutôt appris à ne pas faire confiance aux mecs comme toi…

– Je ne sais pas ce que t'appelles « les mecs comme moi », tu fais probablement référence à ton ex, mais tu te trompes. J'ai plein de défauts, Lola, mais est-ce que tu m'as déjà entendu mentir ?

Non, effectivement, Ethan ne ment pas. Absolument jamais. Au contraire, il pourrait presque avoir le défaut de l'honnêteté…

– Peut-être, mais si j'ai adoré partager avec vous tout ce bout de chemin, je ne peux pas vivre comme ça, Ethan, je ne peux pas écumer les bars toutes les nuits. Je ne veux pas te regarder tomber et te récupérer à l'hôpital, comme Mike…

Ethan avance sa main jusqu'à attraper la mienne, tout doucement, comme pour ne pas me brusquer.

– On boit pour oublier, dit-il, un vibrato dans la voix. Quand je suis avec toi, je n'ai plus envie d'oublier, plus envie de me noyer. Je ne me sens plus obligé de vivre coincé à 7 ans. C'est justement ça que je te propose : vivre pour de vrai, à deux…

Mon sourire éclate, mes yeux s'embuent et je secoue la tête de bas en haut, frénétiquement, au lieu de lui crier que je l'aime à la folie, que je ne savais même pas que cette sensation existait.

À deux. Vivre. Lui et moi, pour de vrai. Bien sûr que c'est ce dont j'ai envie ; le désir le plus impérieux que j'aie jamais ressenti.

Ethan se mord la lèvre, place ses deux mains autour de mon visage et m'embrasse avec une passion débordante. Je recule la tête pour reprendre mon souffle, pour faire disparaître les petites lumières qui flottent autour de moi.

– Ça veut dire oui ? demande-t-il. La larme qui ne coule pas, elle veut dire oui, non ?

– Oui, crétin, elle veut dire oui… En revanche, si tu me brises le cœur, je t'émascule.

– Deal. Te briser est la dernière chose que je voudrais faire. On ne brise pas le Graal quand on l'a trouvé.

Ethan me reprend la main.

– Bon, on peut y aller, maintenant ? lance-t-il.

Je lui jette un regard sévère.

– Pas du tout, je dois finir mon travail.

– OK.

– Tu vas faire quoi ?

– Je vais t'attendre, répond-il, comme si ça allait de soi.

– Ici ?

– Y a des petits fours et des petites vieilles. Ça me va.

Je m'efforce de ne pas montrer ma stupéfaction. Ethan va passer la fin de son après-midi au milieu du romantisme le plus mièvre juste pour m'attendre ?

Le cœur au bord des lèvres, nous nous approchons du banquet et de sa décoration florale surfaite. Je remarque qu'Ethan observe la scène, les yeux plissés. Lorsqu'il passe une main dans ses cheveux, je lui attrape l'autre du bout des doigts.

– C'est dur, hein ? De ne pas te moquer, de ne pas critiquer… m'amusé-je.

– Oh, putain, c'est un supplice, me répond-il en rigolant.

Je place ma main sur sa joue, attirant son visage à moi.

– Je t'aime aussi, Ethan. Je t'aime quand t'es un sale gosse, quand t'es consterné, quand t'es intransigeant, quand t'es complètement déplacé. Je sais pas à quoi va ressembler notre vie à New York, mais on ne va pas s'ennuyer…

Ethan m'embrasse une nouvelle fois. Le goût de nos

baisers a complètement changé, il a pris les saveurs de toutes les glaces à la fois. En posant ma main sur son torse, je réalise que son cœur bat la chamade aussi fort que le mien.

Ça ressemble à ça, le bonheur ?

34

LA DROGUE DE L'AMOUR

Lola

– Moi, je suis certaine que tu vas trouver du boulot à New York en deux secondes, me dit Isabel.

– Je ne sais pas, mais au moins, le choix est bien plus large. Et avec Ethan comme coach, j'ai mes chances.

Les déménageurs s'approchent d'Ethan, que je trouve de plus en plus beau chaque jour, ce qui est surnaturel.

– Tous les cartons sont dans le camion, monsieur Atwood. Il n'y a aucun meuble à prendre, vous avez dit ? Vous êtes sûr ?

– Aucun, non, je ne vais pas laisser mes amis s'asseoir par terre et laver leurs slips à la main.

– On aurait pu se racheter des meubles, Ethan, on n'est pas non plus sans le sou, lui fait remarquer Mike. Déjà que tu nous laisses l'appart…

– À quoi bon déménager si ce n'est pas pour redécorer, franchement ?

Je regarde Kristen. Elle a beau essayer de le cacher, la tristesse dans ses yeux est manifeste. Lorsque Ethan s'approche d'elle, elle dissimule ses yeux mouillés dans son torse. Ethan l'englobe de ses deux bras.

– On va laisser la chambre d'amis vide, pour l'instant, lui dit-il tout doucement. Tu pourras choisir la déco. Et si tu veux, on accrochera un « Kristen » en petites lettres de bois multicolores sur la porte. Les invités penseront qu'on a un enfant, ça fera bien.

Kristen ne répond rien, mais j'aperçois son sourire au milieu du tee-shirt d'Ethan.

– Tiens, j'ai un truc pour toi, lui dit Ethan en plongeant sa main dans sa poche.

Il repousse délicatement le corps de Kristen et lui tend les clés de sa bagnole.

– C'est pour que tu puisses venir à New York aussi souvent que tu veux. Elle est à toi, mais si tu l'abîmes, je t'arrache les yeux.

– Offrir une voiture décapotable à sa pote pour déculpabiliser de l'abandonner, c'est presque trop, même venant de toi, se moque Mike.

– C'est parce que t'es jaloux, lui lance Kristen en triturant le trousseau de clés.

– Il a tous les droits, fait remarquer Ethan. Il vient de passer deux mois enfermé dans un pseudo-hôtel thalasso.

– Tu rigoles ? Je suis ressorti avec une meuf magnifique au bras ! C'était le meilleur séjour à l'hôtel de ma vie…

– Putain, y a vraiment que toi pour te trouver une gonzesse

en centre de désintoxication, se moque Ethan. D'ailleurs, on est censés fêter ça comment, du coup ?

– Ils sont sympas, au centre, ils m'ont considéré à « risque modéré » concernant l'alcool. Ils m'ont donné la permission de boire une ou deux bières par semaine, mais jamais seul chez moi, et jamais en cas de déprime, et je ne sais plus quelles conditions encore. Histoire de tâter le terrain, si j'ai bien compris. En revanche, je les trouve un peu durs : je ne suis plus censé prendre la moindre drogue…

Mike n'a définitivement rien perdu de son humour. Et il a surtout gagné quelque chose qui ressemble drôlement à un vrai couple. Ethan s'approche de lui et place son bras sur ses épaules.

– T'inquiète, tu vas découvrir la drogue du sexe avec ta copine. Ça vaut toutes les autres réunies.

Je me penche vers l'oreille de Mike.

– La drogue de l'amour, plutôt, lui murmuré-je. Mais ça, le jour où tu l'entendras prononcer le mot à haute voix…

Je sais qu'Ethan m'a entendue. Je sais aussi à ses yeux qu'il ne sait pas si je me moque ou si je suis réellement froissée. Ethan s'inquiète de me blesser. Je le vois se débattre avec ce qu'il est, et c'est absolument adorable.

– À force de l'employer à tort et à travers, le mot perd tout son sens, se défend-il.

Ethan s'efforce de ne pas relever les regards estomaqués de ses potes. Le fait qu'il mentionne même la notion d'amour scie absolument tout le monde, et cela m'émeut. Je viens me placer contre lui, lui dire sans un mot que tout va bien, que je n'ai plus peur. Il me serre fort, plus fort que nécessaire. Je remarque qu'Isabel reste un peu à l'écart. Elle nous regarde nous quitter les uns les autres, briser une colocation, une troupe, une unité qui faisait sens, mais se doit d'évoluer. La tendresse qu'elle a dans le regard lorsqu'elle nous observe, Ethan et moi, me touche au plus haut point. Je serais tentée d'aller la voir, car elle et moi aussi, on va s'éloigner, mais je la connais. Elle préfère éviter les effusions. Et puis je vais l'appeler à la seconde où je mettrai un pied dans mon nouvel appart. Nous, on a l'habitude de vivre dans des villes différentes.

Mike et Kristen sont partis à la cuisine nous servir à boire… des jus de fruits. Sauf que clairement, ils ne servent absolument rien, mais manigancent quelque chose. Puis des billets apparaissent sur le comptoir, et ils se mettent à ricaner en douce, à se chamailler sur leur dernier pari, comme ils le font toujours. Excepté que là, je crois entendre mon prénom. Si je comprends bien, ils parient sur nous, et une angoisse me prend à la gorge.

Ils sont en train de parier sur la durée de notre couple, j'en suis sûre.

Aussi apeurée que vexée, je lâche Ethan et vais les rejoindre. Je me plante devant eux, sans cacher mon état, et les fusille du regard. Ils se taisent.

– Vous pariez sur quoi ? demandé-je sans détour.

– Sur rien… me répond Mike, manifestement gêné.

– Non, sérieux, vous pariez sur quoi ? Sur moi et Ethan ? Vous n'y croyez pas, hein ?

Le visage de Kristen se défait d'étonnement. Elle réalise peu à peu ce que je sous-entends, ce que j'imagine, puis fait exploser la bulle de malaise d'un grand rire. Elle pose sa main sur mon avant-bras.

– Ma chérie… on parie sur le nombre d'années que ça va lui prendre pour te demander de l'épouser… Enfin, on est des connards, mais pas à ce point ! Et puis surtout, c'est tellement criant qu'il t'aime à la folie que c'en est drôle !

Tout mon corps se détend d'un coup. Je me sens même un peu con d'avoir fait dans la parano.

Bon, en fait, si, j'ai encore un peu peur…

Il va falloir que je me fasse à l'idée que je ne suis pas en plein rêve. Que tout ça est bien réel. En revanche, ce sont eux qui rêvent, là.

– Faut pas déconner, non plus, Ethan ne se pliera jamais à cette tradition sentimentaliste mièvre… Et ça me va très bien, je n'ai pas besoin d'un bout de papier.

Kristen s'apprête à rétorquer quelque chose, mais Ethan arrive à ce moment-là.

– Vous parlez de quoi ?

Le silence qui s'ensuit est bien trop long pour n'être pas suspect. Puis, en chœur, Mike, Kristen et moi répondons un : « De rien » bien plus louche encore. Ethan fronce les sourcils, mais n'insiste pas. Puis je sens sa main attraper la mienne. Ce geste, pourtant relativement normal pour un couple, me remplit de joie. S'il ne montre plus aucune retenue pour me toucher, m'embrasser, me cajoler en public, c'est peut-être la première fois qu'il me prend simplement la main. Je souris pour moi-même et serre plus fort ses doigts.

– Bon, on fait quoi ? demande Kristen.

– On va chez Ruth ? propose timidement Mike.

– Allez, non, faisons venir Ruth chez nous, plutôt, propose Ethan. On va lui apprendre à faire des cocktails sans alcool, tiens. Elle pourra organiser des soirées femmes enceintes ou des réunions pour alcooliques anonymes, ça la changera…

Je lève la tête vers lui, attendrie autant par sa folie que par sa tendresse. Il m'embrasse.

Tout compte fait, la vie, ce n'est pas du tout comme le champagne, plus tu oses la consommer, plus elle a à t'offrir.

ÉPILOGUE

Lola

– Elle est beaucoup trop beige, en fait.

– Et alors ? me répond Isabel. Et puis elle est champagne, pas beige.

– Bah, déjà qu'elle est plutôt sobre, ça fait plus du tout mariage…

Kristen et Isabel ouvrent grand les yeux, puis pouffent l'une comme l'autre.

– T'es vraiment con… me balance Kristen. Quand est-ce que tu vas arrêter de prétendre qu'il s'agit d'un mariage blanc ? Même toi, au fond, tu ne le penses pas une seconde.

Je souris comme une gamine prise la main dans le sac.

Non, c'est vrai. Ce que je ressens à l'intérieur est bien trop fort pour être faux.

Et je sais pertinemment qu'Ethan m'épouse, moi, et que

sa proposition n'avait rien à voir avec une histoire de *green card*. Juste, je ne vois pas comment ce miracle a pu se produire.

Au bout de moins de deux ans, qui plus est.

– T'es absolument ravissante, Lola, ajoute Isabel. Elle pourrait être noire, ta robe, tu ressemblerais quand même à une mariée, vu le sourire béat scotché à tes lèvres.

Je les foudroie du regard. Kristen secoue la tête, amusée, en rangeant le maquillage.

Je revois soudain Ethan, au milieu de notre resto préféré, alors que je me lamentais sur mon patron, m'attraper la main et me lancer un : « Épouse-moi » si franc que j'ai failli tomber de ma chaise. Bien sûr, derrière, il m'a dit que je ne devrais pas avoir à me taper des boulots de merde pour garder mon visa. Que je devrais plutôt gagner de l'argent pour mon art. Mais la lueur dans ses yeux criait si fort son amour pour moi que j'ai su à la seconde qu'il me proposait vraiment de l'épouser. Sa main tremblait légèrement et, quand j'ai dit oui, sans hésitation, il s'est levé et m'a fait tourner au milieu de la salle, puis m'a tirée vers la sortie sans même prendre le temps de payer l'addition. Après avoir fait l'amour deux heures durant, on est redescendus payer, à la fermeture, avec nos cheveux en pétard et un air gamin qui a fait beaucoup rire le patron. Puis on a marché toute la nuit dans les rues de New York.

Non, je ne doute absolument pas qu'il s'agisse d'un mariage !

Isabel se prend soudain à retoucher ma coiffure, Kristen lui exhorte d'arrêter de me triturer, et moi je les regarde, intérieurement aussi folle de joie que pétrie d'angoisse.

Puis le bruit tonitruant d'un Klaxon venant de la rue nous oblige à sortir de l'appart, à affronter la chaleur et à profiter de la suite des événements.

Lorsque nous voyons la limousine blanche parquée au pied de l'immeuble, je me retiens de rire devant le choix très conventionnel d'Ethan. Puis, quand nous pénétrons dans la voiture et y découvrons une montagne de bouteilles de champagne, des pétales de rose tapissant entièrement le sol et de la dentelle accrochée dans tous les coins de l'habitacle, cette fois, j'explose de rire. Accompagnée de mes deux amies qui sautent la tête la première dans cet univers tout droit sorti d'une comédie romantique.

Ce mec est fou, je l'aime à la folie…

***

Le maire se tait soudain. Ethan fait une drôle de tête, il se triture les doigts, semble vouloir intervenir. Puis il lève ses yeux bruns sur moi. La salle est silencieuse, plus que jusqu'alors.

– J'ai besoin de faire une promesse à haute voix, dit-il soudain. Histoire que Kristen me rattrape par la peau du cul, si je ne la tiens pas…

Je pourrais rire, mais je suis bien trop sidérée par le fait qu'il ait visiblement prévu de parler, prévu des « vœux »… Ethan me regarde fixement, sans ciller. Après une grande inspiration, il se lance :

– Je promets, Frenchy, de ne jamais laisser notre couple tomber dans l'ennui. Je te promets de ne jamais attendre de toi que tu joues la femme au foyer – on mangera au restaurant pour le restant de nos jours s'il le faut. De t'aider à ce que, à terme, tu gagnes plus d'argent que moi et que tu m'entretiennes ; parce que ça t'ira bien. Je te promets aussi de ne jamais te tromper, encore moins avec ma secrétaire. Et de t'apprendre à jouer au poker, et de te laisser t'acharner à m'apprendre le français. Je te promets qu'on ira visiter le monde, et…

Il fait une pause. Des larmes me brûlent les yeux.

– Et si l'idée d'avoir une terrasse de cent mètres carrés pour toutes ces plantes que tu t'acharnes à mettre dans notre appartement est en option, ajoute-t-il, je te promets en revanche qu'on n'aura jamais de chien, ni de barbecue, ni de nain de jardin. Mais surtout, je te promets de ne jamais sous-estimer qui tu es, ou la chance que j'ai de t'avoir dans ma vie, où qu'on vive, quoi qu'on fasse.

Le public se met alors à applaudir à tout rompre. Heureusement, car sinon, j'aurais fondu en larmes. Je lui attrape les mains, tandis que ça hurle et tape des pieds derrière nous. Le maire, un peu décontenancé par le chahut, se racle la gorge. Quand le silence regagne la salle, Ethan se tourne vers lui.

– Bon, on peut abréger, maintenant, on a une soirée qui nous attend !

Tout le monde rit.

– Par les pouvoirs qui me sont conférés, je vous déclare mari et femme… Vous pouvez embrasser la mariée.

L'assemblée est déjà debout, s'égosillant, mais moi, je me tourne vers le maire.

– L'inverse, plutôt, proposé-je avec un sourire.

– Euh… Vous pouvez embrasser le marié, me dit-il alors.

Je prends une inspiration, puis lui saute dessus. Ethan m'attrape et notre baiser est aussi éclatant que l'explosion d'émotion générale. Après quoi, au lieu de me reposer, il se met à marcher, sa femme dans les bras.

– Tu te trompes de tradition, lui fais-je remarquer en rigolant. On porte la femme pour entrer dans la maison.

– Oui, je sais. On est aussi censés attendre d'être en lune de miel pour faire l'amour, alors que je compte bien te faire l'amour dans la voiture, en chemin vers la fête…

***

Le bar est encore plus beau que dans mes souvenirs. La hauteur sous plafond, vertigineuse, donne l'impression que le comptoir vintage type Art déco est minuscule, alors qu'il est pourtant démesuré. Tous les invités sont déjà là, et nous acclament à notre arrivée. Je n'aime pas être le centre de l'attention, mais là…

– T'es complètement décoiffée, se moque Kristen.

Kristen n'en a rien à faire de ma coiffure, je sais bien ce qu'elle suggère en riant sous cape, avant de se faire immédiatement expulser par la horde de personnes qui viennent nous féliciter, nos parents respectifs en tête. Ce n'est pas très grave, maintenant qu'elle a emménagé, elle aussi, à New York, on se voit tout le temps. Ethan et elle n'ont évidemment pas tenu un an dans deux villes séparées. Je salue des cousines venues de France, des amis du travail, des potes de Boston à qui je donne rendez-vous tout à l'heure sur la piste de danse, découvre une tante d'Ethan encore plus folle que lui, remarque au loin mon mari en pleine conversation avec ma mère, hilare ; puis, finalement, j'aperçois Mike, en retrait. J'essaye de m'extraire pour aller lui faire un bisou. Il est arrivé ce matin, on l'a à peine croisé. Et lui, ce n'est pas demain la veille qu'il va partir de Cincinnati, vu à quel point il file le grand amour…

– Je ne pensais pas que tu arriverais à être encore plus belle que d'ordinaire… Et je pensais encore moins que ce con d'Ethan m'arracherait une larme.

– Moi non plus, je dois avouer.

Mon sourire doit en dire long sur mon état émotionnel, car Mike me prend dans ses bras. Je suis déçue que sa copine n'ait pas pu venir.

– Sérieusement, qui a eu l'idée de cette magnifique pièce montée ? demande-t-il. J'adore…

– À ton avis… ?

Je me tourne vers la structure qui trône au milieu de la pièce : une montagne de bouteilles de champagne, peut-être une bonne soixantaine, posées les unes sur les autres en pyramide ; avec en leur sommet les traditionnelles figurines de mariés. Il y a déjà des gens qui tournent autour, l'admirant avec circonspection.

– Quand un collègue d'Ethan lui a expliqué qu'il fallait absolument un thème à tout mariage, Ethan a tout de suite décidé que ce serait champagne, en mon honneur… Tu n'as pas vu la tête de la limousine qu'il a louée…

– Au moins, il s'est investi dans l'organisation.

– Heureusement ! Si j'avais dû tout prévoir seule, on se serait mariés dans une yourte devant quinze personnes. L'immigration aurait peut-être trouvé ça original…

– C'est sûr que le champagne, ça a le mérite d'être traditionnel.

– On ne va jamais boire tout ça, on va avoir des réserves pour deux années entières ! m'exclamé-je. Surtout qu'on boit trois fois moins qu'à l'époque de la coloc. Heureusement.

– Grâce à moi, déclare Mike avec un petit sourire. Ça sert d'avoir des potes qui font des overdoses…

– Je m'en serais passée…

Nous sommes coupés par Ethan qui m'attrape par la taille.

– Nos parents s'entendent beaucoup trop bien, c'est dangereux, ça.

– Mieux vaut ça que l'inverse, argué-je. Allez, viens, allons faire la conversation à la famille. Une fois les politesses terminées, je compte bien danser !

***

Deux heures plus tard, la fête bat déjà son plein. On a prévu de la nourriture, mais quasiment pas de tables, et ça a marché : tout le monde danse, moi la première. Isabel finit par se dessécher, et me propose une pause. Nous sommes très vite rejointes par une de nos jeunes cousines, Julie, visiblement très très contente d'être à un mariage « américain ».

– Alors, vous avez prévu quoi, pour votre lune de miel ? me demande-t-elle.

– Pour l'instant, rien de précis. On s'est dit qu'on verrait ça plus tard, quand on le sentira. C'est l'intérêt d'être pleins aux as…

– Wouah !

Je remarque qu'Isabel se retient de rire. C'est vrai que j'ai une vie de rêve – pour ne pas dire carrément hors norme. Ethan a beau être d'une générosité hors du commun avec tout le monde, entre ce que je gagne et ce qu'il gagne, j'ai presque honte, parfois, d'être si privilégiée.

– Oui, j'ai bien de la chance…

Je cherche alors Ethan dans la foule, et je le repère en train de rire aux éclats avec Kristen.

– Oui, j'ai vraiment de la chance, répété-je.

Mes deux cousines décident d'aller se chercher une part de gâteau et je me retrouve seule pour la première fois depuis le début de la soirée. L'ambiance est festive, joyeuse, exactement ce que j'espérais. Le temps de finir mes petits fours, j'entends la voix de Kristen dans mon dos.

– Mais bien sûr que je suis censée lui demander ! Vous ne connaissez rien aux codes de l'amitié…

– Depuis quand tu t'intéresses aux codes de l'amitié, toi ? lui répond Mike.

Je me retourne et tombe nez à nez avec Kristen qui tire Ethan et Mike par les manches.

– Me demander quoi ? demandé-je.

– Je peux draguer ta copine, Prude ? Je crois que c'est l'amour de ma vie. T'as vu ses yeux ? !?

Ethan lève les yeux au ciel.

– On ne peut pas les rater, ses yeux, commente Mike.

– Euh, oui, tu peux… Je suis pas sûre qu'elle soit branchée filles, je ne la connais que depuis peu. Elle est super sympa, en tout cas.

– On est au vingt et unième siècle à New York, les gars, lance-t-elle. Ici, les Millenials sont branchés tout et n'importe quoi…

Ethan vient se placer à côté de moi, de façon à m'enlacer.

– Ils sont surtout branchés à leur portable ; au bureau, j'ai envie de tous les virer. J'ai jamais vu leur visage ! L'autre jour, ils se montraient leurs photos de vacances Insta, je me demande s'ils ont vu la mer autrement qu'à travers leurs écrans…

– En parlant de mer, vous avez finalement décidé quelque chose, pour votre lune de miel ? nous demande Kristen. L'Europe ? Les cocotiers ? Las Vegas ?

– On n'a rien prévu pour l'instant, réponds-je. On verra plus tard. Ethan croule sous le boulot. Mais franchement, pour une fois, le cliché des cocotiers, du sable fin et des pieds dans l'eau, ça m'irait très bien…

– Ça marche, cocotiers ce sera. Allons-y, lance Ethan.

Je lève les yeux sur lui sans comprendre.

– Comment ça ?

– Comment ? Bah, avec nos pieds, une voiture, puis un avion. À part si tu préfères qu'on y aille à vélo… mais si on vise Hawaii, ça risque d'être un peu compliqué.

– Mais tu veux dire là ? Maintenant ? Tout de suite ?

– Oui, pourquoi pas ?

Je continue de ne pas être sûre de comprendre, tandis que je vois se dessiner un sourire amusé sur les visages de Mike et Kristen. Eux ont bien compris… Ethan glisse sa main derrière ma nuque.

– On a nos passeports sur nous – mariage oblige. Et on s'achètera un maillot de bain sur place. La vraie question, c'est plutôt : pourquoi attendre ? J'ai envie d'avoir ma femme pour moi, là, maintenant, tout de suite, justement…

Je suis aussi étouffée par la surprise qu'enchantée par

l'idée. Et complètement amoureuse du sourire de mon homme, toujours aussi espiègle, toujours aussi désabusé.

– OK, finis-je par lâcher… Avec plaisir !

Ethan n'attend pas plus. Il dépose un baiser sur le front de Kristen, met une tape dans le dos de Mike, puis commence à partir, ma main dans la sienne.

– Attends ! On ne dit pas au revoir, quand même ?

– Tu rigoles ? On y sera encore demain matin si on doit s'expliquer avec tout le monde. Et puis la soirée est quasiment finie.

J'hésite une fraction de seconde, puis n'hésite plus. C'est ça, ma vie, maintenant : prendre les opportunités à la minute où elles se présentent. Une grande vague de chaleur m'envahit tandis qu'Ethan et moi parcourons la salle jusqu'à la sortie. Notre limousine nous attend, à quelques mètres de là. Lorsque nous y pénétrons, surexcités comme deux gamins contents de leur coup, j'ai une boule de bonheur coincée dans l'estomac, dans la gorge. Je ne suis plus que joie et allégresse.

La vitre qui nous sépare du chauffeur s'ouvre. Ethan se penche en avant.

– Direction JFK, s'il vous plaît.

Il revient à moi, m'embrasse, un baiser qui vibre de tout l'amour que nous partageons. Ma joie éclate.

***

Le sable qui glisse entre mes doigts est incroyablement chaud, la mer turquoise, les lunettes de soleil sur le nez de mon mari me donnent envie de lui faire l'amour sur la plage.

Et le fait de l'appeler mon mari me file systématique-

ment des papillons dans le ventre…

Je ne sais pas s'il existe une sensation de bonheur plus intense que celle-ci. Pourtant, cela fait quelques minutes qu'Ethan ne dit rien. Ses sourcils légèrement froncés donnent l'impression qu'il réfléchit très sérieusement à quelque chose. Je me demande bien à quoi, vu le cadre idyllique dans lequel nous sommes. Puis sa main vient rejoindre la mienne, et l'agrippe avec force.

– J'ai changé d'avis sur la terre et sa population, déclare-t-il, les yeux rivés sur l'océan.

– Ah bon ? Tu t'es mis à l'aimer dans son entier ?

– Non, n'exagérons rien. En revanche, je pense qu'elle a besoin de nous. Qu'elle a besoin de petits Atwood-Darrieux…

Ethan tourne la tête vers moi. Comme je m'obstine à ne rien dire, étouffée par ce que je crois avoir compris, il retire ses lunettes afin d'appuyer sa déclaration. Son regard est aussi ému que malicieux.

– Tu veux dire… balbutié-je.

– Oui, me coupe-t-il.

– Oui, vraiment ?

– Oui, vraiment.

– Pour la planète ou pour toi… pour nous ? précisé-je, parfois encore un peu perdue devant sa façon décalée d'amener les choses…

– Parce que tu m'as fait changer de regard sur le monde, parce que tu m'appris à vivre, et parce que je n'arrive pas à concevoir quelque chose de plus magnifique que de faire un chiard avec toi. S'il vient de toi, il sera forcément somptueux…

– Bah, si c'est une fille, qu'elle prend ton physique et mon caractère, on va être très très mal, à l'adolescence… blagué-je.

Je me tais soudain, me redresse devant la réalité qui prend forme. Trêve de plaisanterie ; même Ethan ne plaisante pas…

Et la larme coule. Je n'ai pas le temps de l'essuyer qu'Ethan s'est penché sur moi et m'embrasse.

– Ça veut dire que tu serais d'accord ? me demande-t-il en reculant légèrement la tête.

– Bien sûr que oui…

Je ravale les larmes suivantes. En fait, l'intensité du bonheur n'a pas de limite, et Ethan Atwood arrive à me faire découvrir de nouveaux sommets à chaque fois…

Nous nous embrassons de nouveau, à en perdre haleine.

Si on continue comme ça, on va la concevoir sur la plage, notre descendance.

Fin

Extrait

COLOCS & SEX FRIENDS

Jeanne Pears

Dans la collection Luv

1

Sarah
Juillet

J'arrive devant la porte de mon frère, essoufflée, à moitié soûle, les cheveux complètement emmêlés, le mascara qui a coulé sous mes yeux à force d'avoir pleuré. J'ai mal à la lèvre, ma pommette me fait souffrir et mon œil gauche a du mal à s'ouvrir. J'ai pris le minimum avant de m'enfuir. Je n'ai réfléchi à rien, je n'ai même pas pris le temps d'appeler Scott avant de débarquer. J'aurais pu, j'aurais sûrement dû. Mais je ne sais pas, je me suis dit qu'il aurait pu refuser de m'accueillir, en me disant qu'il m'avait prévenue. En fait, je sais que ce n'est pas son genre, il n'aurait jamais fait ça, mais je n'ai pas appelé. Résultat, je me retrouve là, comme une nouille devant sa porte, et j'hésite. Je renifle bruyamment et me lance, deux coups secs. Les fenêtres ne sont pas éclairées. Je sais que la soirée est bien entamée, mais il n'est que onze heures du soir, je pensais trouver quelqu'un.

Mon frère habite une grande maison qu'il partage en colocation avec plusieurs amis et amies. Ils viennent tous d'horizons bien différents, de cultures différentes aussi. C'est un peu le melting-pot, qu'on adore tant dans les grandes métropoles, qui est concentré dans cette maison. Je ne connais pas tout le monde. Je suis déjà venue lui rendre visite, mais tous les habitants n'étaient pas là. De plus, je crois qu'il y a un nouveau depuis deux ou trois ans, mais je ne l'ai pas rencontré.

Je n'obtiens pas de réponse, alors je recommence plus fort, plus longtemps et je me mets à gueuler comme un putois :

– Scott ! Scott ! C'est moi ! Scotty ! Ouvre-moi ! geins-je en collant mon front à la porte.

Putain, je suis désespérée. Qu'est-ce que j'escomptais en déboulant à cette heure du soir ? Ils doivent être tous sortis.

– Scott ! Je t'en prie ! S'il te plaît ! Il y a quelqu'un ? hurlé-je plus fort.

Je me dis qu'il ne me reste plus qu'à camper devant la porte en attendant que quelqu'un rentre, quand la lumière du perron s'allume. J'entends qu'on déverrouille la porte et je me redresse en tâchant de rester droite, mais c'est dur.

– Scott, je suis… commencé-je, avant de m'arrêter net.

Ce n'est pas mon frère qui vient d'ouvrir. C'est un type qui ne porte rien de plus qu'un boxer et, putain, l'espace d'un instant, j'oublie tout ce pour quoi je suis venue. Je le reluque avec insistance, parce qu'il est difficile de faire autrement. J'arrive toutefois à ne pas descendre mon regard en dessous de la ceinture. Un corps sculpté, un torse tatoué, des bras puissants, tatoués eux aussi, une peau mate. Puis je reporte enfin mon attention sur son visage. Il me détaille, mais ne s'aventure pas sur le reste de mon corps. Non. Il reste focalisé sur mon visage qui doit lui faire peur étant donné qu'il fronce les sourcils et qu'une lueur d'inquiétude passe dans son regard. C'est sûr que ce ne doit pas être tous les jours qu'une femme en piteux état frappe à sa porte.

– Scott n'est pas là, dit-il d'une voix un peu enrouée. Bon sang, qu'est-ce qui t'est arrivé ?

Je vois qu'il se retient de me toucher. Il lève la main vers moi avant de faire retomber son bras. Il jette un œil derrière lui, sans doute veut-il m'entraîner à l'intérieur. Il semble avoir aussi une multitude de questions à me poser. Sa bouche s'ouvre plusieurs fois mais il prend sur lui. Il a peut-être peur de m'effrayer, mais il n'a rien à craindre, j'ai eu mon compte.

– Je sais que je fais peur à voir, mais je vais bien.

Il part d'un petit rire incrédule avant de redevenir sérieux :

– Ce n'est pas l'impression que tu donnes. Putain, souffle-t-il en passant une main dans ses cheveux.

Il fait un pas vers moi. Je recule, ce qui le fait soupirer.

– Tu veux entrer ? T'asseoir ? Boire quelque chose ? Il faut que j'appelle un médecin ? Une ambulance ?

– Non ! Non ! Je t'assure, ça va. Je m'en suis occupée.

– Pourquoi tu veux voir Scott ?

– Je… C'est mon frère.

– Oh ! OK ! Tu dois être Sarah, alors.

– Ouais, fais-je en reniflant peu gracieusement.

Bon, visiblement Scott a déjà parlé de moi à ce gars. On fait mieux en matière de présentations !

– Entre, tu seras mieux à l'intérieur, insiste-t-il en tendant le bras vers la maison.

– Non, non ! fais-je vivement en battant les mains devant moi. Je ne veux pas te déranger.

– Mais non…

Ce n'est pas que je n'apprécie pas son invitation, mais je suis là pour Scott. Je veux voir mon frère, pas un inconnu, aussi charmant soit-il. Je vois bien qu'il se sent concerné par mon état, mais plus je le regarde et plus j'ai l'impression de mal tomber, un peu comme un cheveu sur la soupe. Il est en nage, je l'interromps sûrement alors qu'il fait je ne sais trop quoi…

– Vraiment, merci, mais je… Quand est-ce que Scott va rentrer ?

– Au milieu de la nuit, je suppose. Peut-être dans une heure ou deux.

J'essuie de rage la petite larme qui a réussi à s'échapper de mon œil. Je suis contrariée de ne pas le trouver ici, je suis épuisée, je souffre et j'ai envie de pleurer. Mes jambes fatiguent et je m'effondre sur la plus haute marche du perron. Je ne contrôle plus rien, mon corps est pris de soubresauts alors que les larmes coulent en silence. Comment est-ce que ma vie a pu partir en couille comme ça ? Qu'est-ce que j'ai fait ? J'ai manqué de jugeote. Ça, aucun doute. J'ai été naïve, c'est sûr et certain. Je me pensais plus intelligente que ça, j'ai eu tort. Le type relâche la porte, sans doute pour repartir à l'intérieur. Je l'entends marmonner quelque chose à quelqu'un et deux minutes plus tard il revient dans mon dos. Il a mis un pantalon et enfilé un tee-shirt, mais il est toujours pieds nus. Il se place devant moi et s'accroupit.

– Scott est au courant que tu es là ?

Je secoue la tête.

– Je suis désolée de débouler comme ça. Vraiment. Je te dérange. Je suis désolée. Je… bafouillé-je avant de vouloir repartir.

– Oh, oh ! Attends ! Qu'est-ce que tu fais ? Tu n'es pas en état d'aller où que ce soit, décrète-t-il. Je ne te laisse pas partir comme ça. Je vais appeler Scott.

– Non, non. Je… Je n'aurais pas dû venir. Je…

Une tornade brune apparaît sur le pas de la porte. Elle me fixe avec un regard rempli de colère. Elle fusille aussi le type du regard.

– Tu es contente de toi, pétasse ? me crache-t-elle au visage, avant de dévaler les marches en me bousculant.

– Ne fais pas attention à elle, fait le type en levant le bras vers elle. Elle s'en remettra.

Je me retourne pour regarder les jambes longilignes de la fille qui s'éloigne en grognant. Voilà ce que j'ai interrompu, une partie de jambes en l'air, mais il semble s'en foutre comme de l'an quarante. Il peut probablement avoir toutes les filles qu'il veut, c'est pour ça. Je suis un peu déconnectée. Je commence à descendre une marche aussi, décidée à partir dans la mesure où mon frère n'est pas là, mais une main ferme et chaude s'abat sur mon bras et me stoppe dans ma lancée.

– Je t'ai dit que tu restais ici, me dit-il d'une voix ferme. Si je te laisse partir dans cet état et qu'il t'arrive quelque chose, Scott va me tuer. J'ai été patient mais maintenant, tu viens avec moi à l'intérieur.

Je secoue la tête mais me laisse entraîner dans la maison. Toute volonté m'a désertée. Je ne fais attention à rien. Le type m'assied dans le canapé du salon, qui se trouve à droite de l'entrée, et il prend place sur la table basse en face de moi.

– Moi, c'est Jordan, se présente-t-il en me tendant la main.

Je la regarde fixement. Elle est jolie. Une vraie main d'homme, les ongles propres, coupés court. Mais je ne la serre pas en retour. Je tiens fixement l'anse de mon pauvre sac, tout ce que je possède, et je ne veux rien lâcher.

Je lève tout de même les yeux sur Jordan. Ils sont amicaux, chaleureux, d'un vert émeraude. Cette couleur mêlée à sa peau dorée m'éblouit. Ses cheveux noirs légèrement bouclés, un peu longs, sont en bataille. Ils lui donnent encore plus de charme et de charisme. Il a certainement des origines hispaniques. Il me lance un petit sourire, dévoilant de belles dents blanches, légèrement de travers en bas, avant de laisser tomber sa main pour aller prendre son portable dans la poche arrière de son jean. Je suis le mouvement de son pouce qui sélectionne un numéro dans son répertoire. Il porte le mobile à son oreille sans me lâcher des yeux. J'entends les sonneries puis mon frère répondre :

– J ? Qu'est-ce qui se passe ? Tu as besoin de conseils avec Barbie ? ricane-t-il.

– Ta gueule, ducon ! grimace Jordan. Scott, ta sœur est là.

– Comment ça, « ma sœur est là » ? demande Scott, visiblement incrédule.

Jordan se relève et s'éloigne légèrement. Je ne peux plus entendre mon frère, mais les paroles de Jordan me parviennent toujours très clairement. Je pose les yeux sur l'écran XXL accroché au mur d'en face.

– Écoute, je l'ai trouvée devant notre porte. Elle fait peur à voir, putain !… Je n'en sais rien ! Elle voulait repartir, j'ai réussi à la retenir. Elle… On dirait qu'elle a été battue, murmure-t-il. Je ne lui ai pas demandé ! Ramène ton cul vite fait. Je veille sur elle en attendant, fais-moi confiance.

2

Jordan

Je laisse échapper un gros soupir et me passe la main dans les cheveux. Bordel de merde ! J'ai déjà entendu parler de la petite sœur de Scott, celle qui a quitté Chicago pour aller étudier à Miami. Si, aux dernières nouvelles, tout allait bien quand Scott est allé la voir pour la remise de son diplôme il y a à peine un mois, on peut dire que ça a dérapé entre-temps.

Je vais dans la cuisine. Appuyé contre l'îlot central, je l'observe un instant alors qu'elle fixe toujours la télé face à elle, les yeux dans le vide. Elle a été tabassée, ça ne fait aucun doute. Paupière gauche qui a du mal à s'ouvrir, cachant ses grands yeux noisette. La pommette gauche a subi le même sort que son œil et je perçois le dessin d'un hématome. Sa lèvre est fêlée mais pas trop enflée. Je ne préfère pas imaginer le reste de son corps, parce que je sais qu'il y a plus que ce que son visage laisse entrevoir. Je tire un peu d'eau au frigo américain et reviens m'asseoir sur la table basse face à elle. Je lui tends le verre mais elle se contente de le fixer sans s'en emparer, alors je le pose à côté de moi. Je tente une nouvelle approche en commençant par un sourire. Au moins j'ai attiré son regard, elle a lâché les yeux l'écran télé.

– Tu es sûre que ça va ? Je peux appeler quelqu'un, je connais un médecin.

– Non, vraiment. Je m'en suis occupée avant de prendre l'avion.

Je fais une moue sceptique. Je ne suis pas sûr de devoir la croire. Je n'arrive pas à savoir si ses blessures ont vraiment été soignées. Elles ne sont pas très profondes, alors il n'aurait sûrement pas été fait de points de suture, mais j'ai un doute. Une légère croûte a commencé à se former et pour les hématomes, il n'y a rien à faire à part prendre son mal en patience.

– Tu as besoin d'une poche de glace pour ton œil ?

Elle secoue doucement la tête, faisant balancer ses cheveux. Ce qui devait être une queue-de-cheval ou un chignon est sens dessus dessous. Il y a des mèches qui sortent de l'élastique. Certaines sont collées sur son front plein de sueur.

– Qu'est-ce qui t'est arrivé ? demandé-je.

Sarah détourne le regard. Je ne m'attendais pas vraiment à une réponse. Elle ne me connaît pas. Mais alors que je me dis qu'elle va se renfermer, elle repose ses yeux sur moi. Je devine que d'habitude, ils doivent pétiller. Elle semble être ce genre de personne qui, en temps normal, est heureuse de vivre, qui aime être avec les gens, partager. Elle sait qu'à un moment donné, elle va devoir s'expliquer, mais pour le moment, elle ne veut pas en parler et encore moins à moi qu'elle rencontre pour la première fois. Je lui souris de nouveau pour lui signifier que j'ai compris, mais que je suis là, qu'elle n'est pas seule en attendant son frère. Un coin de sa bouche s'étire imperceptiblement et je hoche la tête. Elle a saisi ce que je voulais lui dire en silence.

Bon, peu importe ce qu'elle me dit, je ne peux pas la laisser comme ça. C'est plus fort que moi. Je me penche un peu vers elle et accroche son regard.

– Je reviens tout de suite.

Elle n'a pas de réaction alors que je me lève et que je cours presque vers l'étage. Dans la salle de bains, j'attrape la trousse de secours et redescends aussi vite les escaliers. Je m'installe de nouveau devant elle et récupère de quoi la nettoyer un peu. Elle me regarde faire sans rien dire. Elle suit chacun de mes mouvements avec attention, quand je déchire l'emballage de compresses, quand je verse du désinfectant dessus, quand je tends la main vers son œil. J'essaie d'être le plus délicat possible, elle ne sourcille même pas. Je me souviens alors que Brad a tenu absolument à ce qu'on achète quelque chose qui ne pique pas, comme pour les enfants. Il faudra que je songe à le remercier plus tard. Je passe ensuite à sa lèvre. Je nettoie un peu de sang qui a coulé et séché sur sa joue et finalement je découvre qu'il n'y a pas tant de plaies que ça et que ce n'est pas très profond. Aux urgences, ils n'auraient rien fait de plus, du moins en apparence.

– Tu as passé un scanner ? Quelque chose ? Des radios ?

Elle soupire avant de renifler discrètement.

– Oui. Je te l'ai dit, j'ai fait le nécessaire, mais je… Je suis partie aussi vite que j'ai pu, je n'ai pas pris le temps de… fait-elle en baissant les yeux sur ses vêtements, ses mains.

Bon, je suppose que je suis censé la croire. Toujours est-il qu'il faudra sûrement la surveiller. On ne sait jamais, on dit souvent que les vingt-quatre heures qui suivent un traumatisme sont parfois traîtresses. Elle a fait le nécessaire la concernant mais qu'en est-il de celui responsable de son état ? Je brûle de lui poser la question, mais je préfère attendre le retour de Scott. Il vaut mieux que ça vienne de lui. S'il a besoin de mon aide, je serai là.

– Merci, dit-elle tout bas alors que je la fixe intensément.

– C'est normal.

Au fil des années, l'expérience m'a appris qu'on pouvait exprimer énormément par le silence et les gestes du corps, encore plus à travers les yeux qui sont le reflet de l'âme. Je peux dire avec certitude, en la regardant, que je lui inspire confiance, car sinon je doute qu'elle m'aurait laissé l'entraîner à l'intérieur, la nettoyer et donc la toucher comme je l'ai fait, et qu'elle serait si calme face à moi. Le fait que je sois un des colocataires de son frère doit m'aider aussi.

Son regard se détache de mes yeux et se met à vagabonder sur mon visage et mon corps. Quand il se pose sur mes mains que je tiens croisées devant moi alors que j'ai les coudes posés sur mes genoux, j'en tends une et la dirige vers une des siennes. Elle tient fermement son sac contre elle, apparemment le seul qu'elle a avec elle. J'en déduis qu'il contient tout ce qu'elle a pu prendre avant de s'enfuir de Miami, probablement ce qui compte le plus pour elle. Pas étonnant qu'elle s'y accroche comme elle le fait. Elle suit du regard mon pouce qui lui caresse le dessus de la main.

– Scott ne va pas tarder, la rassuré-je. J'aurais aimé qu'on se rencontre dans d'autres circonstances.

Une larme s'échappe de son œil et vient s'écraser sur sa main. Je m'empresse de l'essuyer avec mon pouce. Sarah sursaute à la sensation fraîche de la larme étalée et retire précipitamment sa main. Je ne me formalise pas de ce réflexe. C'est normal. On reste silencieux pendant encore vingt minutes avant que la porte s'ouvre dans un grand fracas. Je me redresse et Sarah lâche son sac pour se précipiter vers son frère qui entre en premier.

– Mon Dieu ! s'exclame Scott en la voyant, avant de la prendre dans ses bras. Sarah !

Cette dernière se met à pleurer toutes les larmes qui lui restent alors que les bras de son frère se referment dans son dos. Le reste de la troupe – en tout, nous sommes six colocataires – entre et Brad referme la porte derrière lui. On décide de leur laisser un peu d'espace et on rejoint la cuisine, tandis que Scott et Sarah s'installent dans le canapé. Même si on sait que ça ne nous regarde pas, on reste quand même tous là, à écouter leur conversation, parce qu'on se sent tous concernés vu que l'un d'entre nous est touché.

– Bon sang, souffle Scott en mettant un doigt sous le menton de Sarah. Qu'est-ce que… Comment tu es arrivée ici ?

– J'ai pris l'avion, dit-elle en haussant les épaules.

– Pourquoi tu ne m'as pas appelé avant ? J'aurais pu venir te chercher.

– Je suis partie précipitamment. Je n'avais rien prévu, ajoute-t-elle, penaude.

– Qu'est-ce qui s'est passé, Sarah ? Qu'est-ce qui t'est arrivé ?

Elle détourne le regard. Si elle ne voulait pas se confier à moi, elle ne semble pas prête non plus à le faire auprès de son frère, surtout pas devant un public.

– Bon sang… Chaque chose en son temps, marmonne-t-il. Tu as mal quelque part ? Putain, je suis con ! Il faut que je t'emmène aux urgences.

Ce n'est pas une question. Sarah secoue vivement sa tête et lui prend une main. Elle espère sûrement le calmer, mais je sais que si j'étais à sa place, je réagirais pareil. Putain, j'ai réagi pareil et ce n'est pas ma sœur.

– Scott, je sais de quoi ça a l'air, mais je vais bien.

– Comment tu peux me dire ça ?!

– Comme je l'ai dit à Jordan, je suis allée aux urgences avant de prendre l'avion. Je ne suis pas idiote.

– Je n'ai jamais dit ou pensé ça, souffle-t-il, ému.

– Pardon. Je t'assure, j'ai fait le nécessaire et Jordan s'est parfaitement occupé de moi.

Scott me lance un coup d'œil. Je le rassure d'un petit hochement de tête avant qu'il ne retourne à sa sœur.

– Putain ! Sarah ? Qui t'a fait ça ? C'est lui, n'est-ce pas ? devine-t-il alors qu'elle repose son regard dans le sien. Sarah ?

– Scott ! intervient Lindsey, sa petite amie, en les rejoignant dans le salon. Laisse-la respirer. Tu veux peut-être prendre une douche et te changer ?

Sarah lui jette un regard timide alors que Lindsey s'accroupit à côté d'eux. Elle n'ose rien répondre. J'imagine qu'elle se dit qu'elle n'est pas chez elle, qu'elle ne veut pas s'imposer.

– Allez, viens avec moi, ordonne gentiment Lindsey en lui prenant la main.

Elle s'empare aussi du sac de voyage et tire légèrement sur le bras de Sarah pour la faire se lever. Scott l'encourage d'un mouvement de tête et il les regarde rejoindre l'étage. Il retourne dans la cuisine où on le fixe tous avec inquiétude.

– Ça va ? demande Joe, le visage grave.

– Probablement mieux qu'elle.

– Une idée de ce qui a pu se passer ? lui demandé-je, alors que mon instinct professionnel reprend du service.

– Une petite, répond Scott, amer.

Extrait

CHARMANT CONNARD

Mia Carre

PROLOGUE

Hope

La porte du dressing s'ouvre. Assise contre le meuble de rangement central, je retiens ma respiration et peste mentalement.

Merde !

Je ne bouge pas, serrant les poings comme si ça pouvait me faire disparaître.

Ça fonctionne, dans les films, il n'y a pas de raison !

L'intrus doit être l'un des invités de la soirée qui a décidé de faire le tour du propriétaire. Un invité un peu trop alcoolisé ou un peu trop curieux qui me met dans une situation impossible. Quelle était la probabilité que quelqu'un entre ici au moment où j'essayais de contenir ma crise de panique ?

Je dirais proche de zéro.

Je reste figée. Je n'arrive pas à prendre de décision : signaler au nouveau venu que je suis là ou me terrer encore plus profondément dans le dressing en priant pour qu'il ne me remarque pas ? Après tout, il n'y a rien à voir, dans cette gigantesque armoire. Enfin, si, de beaux vêtements d'homme. Même moi qui n'y connais rien, je peux dire que ces costumes-là n'ont pas été achetés chez H&M, au coi de la rue. À part ça, non, il n'y a rien à voir, alors je croise les doigts pour que l'intrus s'en aille rapidement, sans me repérer.

Mais il ne s'en va pas, il semble même prendre son temps. J'entends le froissement des tissus, le glissement des tiroirs, la danse des cintres.

Non, mais, sérieusement, il se croit chez lui !

Il s'approche. Je n'entends pas ses pas, étouffés par la moquette moelleuse – aussi moelleuse qu'une couette, c'est dire – mais je perçois sa présence, ses mouvements.

Et il s'arrête juste devant moi.

Mon regard se pose d'abord sur des pieds nus. Puis, plus mon regard remonte, plus la chaleur me monte au visage.

Mes yeux remontent sur des jambes nues. Des cuisses nues. Un...

Oh. Mon. Dieu !

Aaaah !

– Excusez-moi, mais que... commence l'inconnu, visiblement aussi surpris que moi.

Je bondis sur mes pieds, les joues en feu, et me cache le visage entre les mains. C'est idiot, extrêmement idiot, comme réaction, mais je n'y peux rien.

Je n'ai jamais vu d'homme nu de ma vie !

Mon cœur bat à tout rompre dans ma poitrine, je suis sur le point de manquer d'air.

Mes doigts s'écartent légèrement, malgré moi, et je jette un coup d'œil au spécimen qui me fait face : il est blond, grand, athlétique, beau, très beau. Je croise son regard, bleu comme l'océan Pacifique. Il me dévisage, les sourcils froncés, mi-perplexe, mi-amusé, mais il ne dit plus rien.

Embarrassée jusqu'à la pointe des cheveux, je replace mes mains sur mes yeux, en mode : « Si je ne le vois pas, c'est qu'il n'existe peut-être pas ! ».

Qu'un trou s'ouvre sous mes pieds et m'engouffre tout de suite !

Frank m'avait dit que ce serait une soirée entre amis, que je pourrais rencontrer des gens, pour que je ne sois pas seule en ville. C'était une excellente idée ! Jusqu'à ce que je ne supporte plus la foule amassée dans l'appartement, fasse une crise de panique, m'enferme ici et rencontre l'inconnu du dressing.

Sans aucun vêtement sur lui…

1
MIRACLE !

Hope
Quelques jours plus tôt

Quand je pose le pied sur le trottoir, j'oublie mon vol de nuit interminable en provenance de la côte ouest et la cinquantaine de minutes de navette depuis l'aéroport de Newark. Je lève les yeux sur les immeubles aux briques rouges et les gratte-ciel qui se découpent dans le ciel matinal. La construction métallique de la gare routière et les panneaux publicitaires lumineux rivalisent avec les orangés et les roses du lever du jour. Les taxis jaunes filent, les bus ralentissent.

Je suis arrivée.

Je suis à New York.

Jamais je n'aurais cru qu'un jour, je quitterais la Californie.

– Hey, reste pas plantée là !

Quelqu'un me rentre dedans. Je m'écarte avant d'être bousculée à nouveau. Autour de moi, c'est un ballet incessant de voyageurs avec leurs valises à roulettes et leurs sacs, sans compter les New-Yorkais déjà sur le pied de guerre et les fêtards de la veille, pas encore couchés et visiblement bien éméchés. Il est encore très tôt, pour un samedi, mais on se croirait en plein jour de semaine… Du coup, je n'ose imaginer ce que ça donne aux heures de pointe !

Mais, allez, au diable la fatigue et la peur de l'inconnu : je suis à New York ! J'ai réuni assez d'argent pour acheter un aller simple, et me voici. J'ai quitté mon foyer, pris l'avion pour la première fois, traversé le pays.

Tout ça par moi-même !

Un sourire de satisfaction se dessine sur mes lèvres. Je me mets à marcher d'un pas plus léger et rapide, sentant sous mes pieds le vrombissement imaginaire de ma nouvelle vie dans une ville que j'ai toujours crue inaccessible.

Je passe devant des restaurants, des magasins, des salles de spectacle, des hôtels. C'est un carnaval de publicités, de couleurs, de lumières. Je ne sais plus où donner de la tête.

Je jette un regard circulaire à la rue, et tombe sur l'enseigne du restaurant que je cherchais. Je l'avais repéré, car il n'est pas loin de la gare centrale et propose une formule petit déjeuner pas trop chère. Je n'ai pas beaucoup d'argent pour commencer ma nouvelle vie, alors chaque dollar compte !

Je rejoins la foule des gens qui s'engouffrent dans le lieu. Une fois entrée, je suis accueillie par l'odeur du café chaud. Je n'en bois pas, mais c'est un « bienvenue » que j'accepte volontiers.

L'intérieur, immense, me donne presque l'impression d'être entrée dans un cirque traditionnel, avec un mariage d'objets décoratifs rouges et jaunes. Je n'ai jamais mangé dans un établissement pareil. Je ne me souviens même pas d'être *entrée* dans un établissement pareil !

Après quelques hésitations, je m'installe dans une alcôve sur une zone surélevée qui entoure la salle et pose mon sac à dos sur la banquette à côté de moi. D'ici, je peux observer toutes les tables, les clients qui entrent et qui sortent. Cela ne s'arrête jamais. Des lampes sont allumées à chaque table, et leurs lumières se réfléchissent dans les fenêtres qui donnent sur la rue. Maintenant que je suis assise, mes muscles endoloris par le voyage se rappellent à moi. Je me masse le cou et inspire profondément. Puis, en voyant le serveur s'approcher, je me dépêche de consulter le menu.

– Vous avez choisi ?

– Heu… oui ! Une orange pressée, du muesli avec des fruits et du yaourt.

– Bien, mademoiselle.

– Attendez ! Un thé, aussi, s'il vous plaît.

Pendant que le serveur note ma commande, je mémorise le mot de passe du Wi-Fi indiqué sur un coin de la carte. La salle se remplit doucement. Les clients arrivent en couple, par groupes, rarement seuls comme moi. On parle fort, on s'interpelle, on rit. L'odeur de café se mêle à celle du bacon ; le bruit de vaisselle s'ajoute à tout le reste.

Cette effervescence me donne un peu le tournis. Les derniers mois n'ont pas été suffisants pour effacer toute une vie cloîtrée, et qu'il y ait tant de gens dans un même espace fermé me perturbe un peu.

Mais je vais m'accrocher, il le faut !

J'ai 21 ans, je suis pourtant une enfant qui découvre le grand monde. C'est effrayant et grisant à la fois. Je passe sans cesse de l'excitation la plus totale à une peur viscérale que je tente tant bien que mal de contenir. Il va falloir que je me calme, que j'essaie de rester en mode « positif » !

Je sors mon téléphone et mon carnet. Avant de prendre

l'avion, j'ai fait une liste d'auberges de jeunesse et de foyers pour filles. Je regarde une énième fois les trajets pour m'y rendre sur Google Maps. J'ai beau avoir déjà noté mon itinéraire, ça me rassure. Je rêve d'une chambre pour moi toute seule, mais je n'en ai pas les moyens, alors un dortoir fera l'affaire.

Quand le serveur arrive avec mon petit déjeuner, je soupire de soulagement. Mon estomac commençait à vraiment souffrir. Tandis que je dévore mon plat, un homme entre dans la salle et, après une hésitation, se dirige vers le coin où je me trouve. Je le contemple, curieuse, car il ressemble à John Travolta dans *Grease*, enfin, sans les cheveux gominés. Il a un style un peu rock avec sa veste en cuir et son jean sombre. Ses cheveux bruns bouclés sont en bataille et, vu sa tête, il a dû passer une nuit blanche. Je lui donnerais une trentaine d'années, même si son apparence de fêtard un lendemain de soirée le rajeunit peut-être un peu.

Il s'installe dans l'alcôve à côté de la mienne et se place de façon à faire face à l'entrée et à la salle, puis sort son téléphone. Je reporte mon attention sur mon repas.

– Nan, je prends le petit déj' et je monte dormir, dit soudain mon voisin d'une voix forte au téléphone. Les nuits au Jungle sont toujours intenses. Je viens de marcher une demi-heure, ça m'a fait du bien, mais je ne vais pas tenir longtemps si je ne me pose pas un peu.

Je lève les yeux vers la fenêtre ; des camions passent, faisant vibrer le bâtiment. Ce serait parfait si je pouvais juste « prendre le petit déj et monter dormir ».

– Tu rentres quand, de Hong Kong ? continue mon voisin. OK, on peut publier l'annonce pour la colocation dès lundi ?

Je manque de m'étouffer avec mon jus d'orange. Mon voisin

me jette un coup d'œil rapide avant de se désintéresser de mon sort et de faire un signe au serveur pour redemander du café. Je fixe mon fond de yaourt, attentive comme jamais.

– Attends, faut que je note tes critères.

Il met ses écouteurs, et je le vois commencer à tapoter sur son téléphone.

– Tu te fous du sexe, de l'âge, du boulot, répète-t-il en pianotant sur son écran. Tu sais que tu risques d'ameuter la moitié de Manhattan ? Merci, ajoute-t-il à l'attention du serveur. OK, passons. Il faut qu'il ou elle remplisse le frigo, monte le courrier, s'assure que l'équipe de nettoyage passe une fois par semaine…

Et le loyer ? Il est à combien ?

– Tu veux une gouvernante sans la payer, avoue ? se moque mon voisin. Bon… j'ai pris note, je te fais ça lundi. Ça marche.

Il raccroche, pose son téléphone sur la table et attaque son petit déjeuner. Gouvernante ou pas, je devrais saisir cette opportunité tombée du ciel, non ? Lui parler ? Je me penche vers l'avant, ouvre la bouche pour la refermer aussitôt, incapable d'émettre le moindre son. J'ai appris beaucoup de choses, ces derniers mois, mais apparemment, parler aux inconnus, ça demande bien plus de courage que de traverser le pays seule sans filet de sécurité…

Je ferme les yeux, inspire longuement et suis presque prête à dire : « Excusez-moi ». Presque. Je serre les poings de frustration.

Tu peux le faire, tu peux le faire, tu peux le faire…

– Ça va ?

J'ouvre un œil. Mon voisin s'est appuyé au dossier de sa banquette pour m'interpeller, l'air curieux mais avenant.

– Euh… oui, bredouillé-je en rougissant.

Je recule sur mon siège, embarrassée. Puisqu'il m'a abordée en premier, je devrais pouvoir m'en sortir, pas vrai ?

– Excusez-moi, dis-je alors en me jetant à l'eau. Je ne voulais pas écouter votre conversation téléphonique, mais je serais curieuse de connaître le loyer de cette colocation.

Bravo !

Il me dévisage, les yeux plissés. Je sens mes mains qui tremblent, alors je les cache sous la table. Il suit mon manège, puis son regard remonte à nouveau sur mon visage.

– Ce n'est pas un entretien d'embauche, tu sais ? me taquine-t-il avec un sourire tranquille.

– Un logement, c'est tout aussi important qu'un boulot, je réponds, toujours tendue.

– Vrai… Je m'appelle Frank, ajoute-t-il en me tendant la main. Frank Jenkins.

Je me redresse légèrement et lui tends la mienne.

– Hope Summers, me présenté-je à mon tour. Je viens tout juste d'arriver, je cherche où me loger.

– Tu viens d'où ? me demande-t-il.

– Californie.

Il me détaille encore et change de position, dans une attitude nonchalante.

– Je t'explique ce qu'il en est, commence-t-il. L'appartement est à Manhattan, dans Greenwich Village. Je cherche un coloc, ou une, pour mon ami Arthur. Il est toujours en déplacement.

Oh, je n'y crois pas ! Cela voudrait dire « appartement pour moi seule », et non plus « dortoir pour filles » ? Je croise les doigts sous la table.

– Là, ça fait deux semaines qu'il est en Chine, et il doit y rester deux semaines encore, poursuit mon voisin. C'est plutôt une colocation de rêve : il n'est jamais là !

Je souris et me détends. Frank est sympa.

Rosie le trouverait charmant…

Je chasse son souvenir aussitôt. Ce n'est vraiment pas le moment.

– Comme il part très souvent, parfois plusieurs semaines d'affilée, il aimerait que quelqu'un vive chez lui. Il n'aime pas l'idée que l'appartement soit vide.

– D'accord. Et le loyer est de combien ? demandé-je, une touche d'appréhension dans la voix.

Il me dévisage un peu trop longuement, cette fois. Mon cœur est agité au possible. Quand je me regarde dans un miroir, je vois une blonde trop pâle et sans attrait, un peu fade, un peu godiche. Qu'est-ce qu'il voit, lui qui a l'air si à l'aise ?

Je pressens que c'est perdu d'avance, et je me sens bête. En même temps, cela aurait été trop beau de trouver un appartement avec un colocataire à moitié absent, dès mon arrivée !

– Ce n'est pas grave si vous ne me choisissez pas, je comprends… Vous ne me connaissez pas, bredouillé-je en me levant et en ramassant mon sac à dos. Je ne voulais pas vous déranger.

Il faut que je reste quand même positive. Ce n'est pas le moment de me sentir découragée, je ne vais pas reprendre un avion pour Oakland ! Dans les films, aucune héroïne ne rentre après juste une heure à New York. Aucune.

Sinon, il n'y a pas de film. Logique.

– Ne t'enfuis pas comme ça ! s'exclame-t-il en riant. Je n'ai pas dit non. Tu as l'air sérieuse, bien qu'un peu timide, mais ce n'est pas un défaut que je retiendrais contre une colocataire ! Et il n'y a pas de loyer.

Je me rassois d'un coup.

Pas de loyer ?

– Les courses, ramasser le courrier, arroser les plantes, être présente, ça compte pour un loyer, précise-t-il en devinant mes pensées. Tu serais dispo pour venir voir l'appartement tout de suite ?

– Là, maintenant ?

– J'ai le double des clés. Si je rentre chez moi, je ne vais pas en ressortir avant ce soir, voire demain. Trop besoin de dormir…

– OK, décidé-je aussitôt. C'est loin d'ici ?

– À une demi-heure à pied, ou à un quart d'heure en taxi.

– On peut prendre le métro ? demandé-je, penaude. Je viens d'arriver, comme ça j'apprendrai comment ça fonctionne.

Il n'a pas l'air très emballé ; la fatigue se fait plus visible sur son visage.

– Ça marche, dit-il finalement, en faisant un signe au serveur. Je paie pour nous deux.

– Oui, monsieur, répond le serveur.

– Non, je… dis-je en même temps.

– Cadeau de bienvenue, plaisante Frank en me faisant un clin d'œil. Si tu restes à l'appartement, tu me le revaudras.

– Oh… Merci, alors… bafouillé-je.

Les vitres légèrement fumées du restaurant donnaient l'impression qu'il était toujours cinq heures du matin, mais, quand on arrive dans la rue, le jour s'est complètement levé.

Les mains dans les poches, Frank avance vers la bouche de métro du côté de Grand Central et essaie d'étouffer un bâillement. Je me sens coupable, mais pas assez pour lui dire que je pourrais attendre plus tard ou demain. Je dois être aussi fatiguée que lui, voire plus. Beaucoup plus. Je n'ai pas dormi sur mes deux oreilles depuis un moment.

Il m'explique comment acheter des tickets au guichet automatique, puis nous attendons le métro qui nous emmènera à la Quatorzième Rue. Dans la rame, nous nous installons sur la même banquette, avec un siège entre nous. Je ne sais pas s'il le fait exprès, mais j'apprécie sa courtoisie.

– Parle-moi de toi, demande Frank en s'appuyant contre les barres de fer pour me faire face.

– Je n'ai rien à dire, lâché-je, gênée.

– Bien sûr que si. Qui es-tu ? D'où viens-tu ? Qu'es-tu venue faire à New York ?

Tout d'un coup, cinq minutes de trajet, c'est extrêmement long. Cela me met mal à l'aise, mais Frank ne me fera pas signer le bail si je garde ma vie pour moi, n'est-ce pas ? Il faut au moins que je lui en donne un minimum.

Le strict minimum, pas plus.

– J'ai 21 ans et je suis une Californienne pur jus. Je ne suis jamais venue à New York, mais je me suis dit que c'était une bonne ville pour me découvrir.

– Tu as ton permis ?

– Ah... non, je ne conduis pas.

– Un document avec ta photo ?

– Oh, oui, bien sûr.

Je lui tends ma *passport card* qu'il étudie avant de la photographier, recto verso.

– Je suis super ordonnée, super discrète, j'aime que tout soit bien propre, plaidé-je quand il me rend mon papier. Et un appartement à partager est infiniment mieux qu'un foyer pour filles, qui est mon unique autre option.

Il lève soudain les yeux vers moi. Quelque chose dans ce

que je viens de dire le fait réagir, mais j'ignore quoi. Est-ce que j'ai dit le mot de trop ? Est-ce qu'il va me prendre pour une fille à problèmes ? Bon sang, je passe toujours d'un extrême à l'autre ! Soit je suis incapable d'aligner deux mots, soit je me transforme en moulin à paroles !

Il va me falloir trouver le juste milieu, un de ces jours...

– Des vices ? Cigarette ? Drogues ? Antidouleurs ? reprend-il en rangeant son téléphone.

– Rien de tout ça, réponds-je avec empressement. Je ne bois même pas d'alcool.

– Tant qu'il n'y a pas d'excès, élude Frank en haussant les épaules. Mais les drogues, c'est un non catégorique, pour Arthur.

– Pas de souci.

– Je ne sais pas si tu as entendu toute la conversation, mais voilà ce qu'il attend de son ou sa coloc. Il n'a pas besoin d'un homme ou d'une femme de ménage, il y a une équipe qui passe une fois par semaine. Il faut donc veiller à ce qu'ils fassent leur job, les contacter s'il faut qu'ils passent plus d'une fois. Quand j'organise des soirées chez Arthur, je programme toujours une équipe la veille pour le lendemain.

– Tu fais des fêtes quand il n'est pas là ? m'étonné-je.

– C'est plus grand que chez moi, répond Frank en haussant les épaules avant de se mettre à rire. Il est au courant, hein. D'ailleurs, j'en organise une samedi. Il insiste pour que l'appartement ne reste pas vide trop longtemps, alors qui suis-je pour m'opposer à ses souhaits ?

– Il a peur des cambrioleurs ? Un minuteur pour la lumière et allumer la télévision à distance, ça pourrait marcher. Comme dans le film *Maman, j'ai raté l'avion*.

– Ce n'est pas une mauvaise idée, s'amuse Frank.

Il me fait signe de me lever. Nous sommes arrivés. Tout en me guidant vers la surface, il continue d'expliquer ce qu'ils attendent de moi.

– Il faut aussi lui remplir le frigo. Arthur n'en peut plus des restaurants et des repas à emporter. Il aimerait savoir reconnaître un concombre d'une courgette, ça fait longtemps qu'il n'en a pas vu.

– Je sais faire la différence entre les deux. Au cas où il faudrait le préciser.

– Tant mieux, répond Frank en riant. Et n'oublie pas son café. Sans café, il est intraitable.

Pendant qu'il me parle, j'essaie de mémoriser le trajet : Union Square Park, on tourne à gauche. Une rue, deux rues, trois rues, à la quatrième, on tourne encore à gauche, puis Frank ralentit devant un immeuble en briques d'une dizaine d'étages – et une centaine de fenêtres – dont l'entrée est protégée par un auvent sombre.

– Nous y voici.

Je parie qu'il y a même un concierge !

Effectivement, il y en a un, que Frank salue en l'appelant Owen et en précisant que je suis une possible locataire. Si l'homme est surpris, il ne le laisse pas paraître. Frank me montre le mur entier réservé aux boîtes aux lettres avant d'appeler l'ascenseur.

– Il ne faut pas oublier le courrier, reprend-il. Owen ou quelqu'un d'autre fait monter les colis, mais pour la correspondance normale, c'est à Arthur de le faire, et quand il vient de passer la moitié de la journée dans un avion, au milieu de la nuit… Enfin…

– C'est la dernière chose à laquelle il veut penser, je comprends. C'est logique. En descendant de l'avion, je voudrais surtout dormir.

Encore une fois, je crois que je parle trop ! Frank m'observe alors que nous entrons dans l'ascenseur pour monter jusqu'au onzième et dernier étage.

Nous rentrons dans l'appartement et, la surprise passée, je me reprends pour ne pas avoir l'air d'une bécasse avec les bras ballants, les yeux ronds et la bouche ouverte. Je vais poser mes affaires dans un coin, histoire de faire la visite sans charge inutile, mais surtout pour me donner un peu de contenance.

Tout cela me semble surréaliste : la pièce principale est immense et baignée de lumière, avec ses baies vitrées qui laissent deviner une grande terrasse. Les murs de brique sont décorés de quelques toiles, sans doute assez tendance, mais je n'y connais rien. En tout cas, ça me semble très moderne. Rien à voir avec l'univers qui, jusque-là, était le mien ; c'est le jour et la nuit.

Le canapé en cuir blanc en forme de U pourrait contenir une dizaine de personnes, et fait face à un écran plasma. Sur la table basse, il y a des revues, des beaux livres et une corbeille avec des manettes de jeu et des casques, ce qui me fait sourire. Classe et terriblement terre à terre. Une étagère encastrée est remplie de livres et de DVD, et de ce qui me semble être des souvenirs de voyage. Le parquet magnifique et parfaitement ciré est recouvert par endroits de tapis qui ont l'air très, très, très confortables ! Fatiguée comme je suis, je me contenterais largement de l'un d'eux pour faire un somme. Ici et là, des plantes habillent la pièce. Je reconnais un ficus et un monstera, les autres sont des espèces inconnues pour moi, mais toutes mériteraient effectivement un peu d'entretien.

À ma gauche, la cuisine ouverte sur le salon est très grande : électroménager en Inox, plan de travail en marbre et placards d'un blanc immaculé. Un grand bar avec un évier sépare la cuisine du reste de la pièce à vivre. Je vais pouvoir cuisiner, pâtisser, créer ! Qu'est-ce que ça me manque, la nourriture faite maison ! Le coin pour manger est en face, avec une longue table en verre pour dix personnes, entourée de deux banquettes et deux fauteuils.

– Tu veux voir la chambre ? me demande Frank.

– Euh, oui, bien sûr ! réponds-je en le suivant à l'intérieur.

– La chambre d'Arthur est du côté du salon, la tienne, de la cuisine.

Ma chambre, donc, totalement blanche, est si grande que le lit double semble bien seul, au centre. La pièce est pourvue d'une salle de bains spacieuse et d'un dressing. Je me demande bien qui a autant d'affaires à ranger là-dedans ! On pourrait y mettre les vêtements d'une famille entière… Si je suis sélectionnée, je pourrais peut-être mettre une chaussette par tiroir ? Jamais une chaussette n'aura eu un espace aussi luxueux à elle seule…

– … et donc, il faut vérifier le thermostat pour qu'il fasse bon, été comme hiver.

Mince ! Mince ! Qu'est-ce qu'il a dit ? Occupée à planifier la vie de mes chaussettes, je n'ai entendu que la fin de ses explications !

– Je… Oui, bien sûr ! Et quoi d'autre ?

– C'est tout !

– Mais il n'y a pas grand-chose à faire, ça ne vaut pas un loyer, surtout dans un appartement comme ça…

– Ta présence et les petites missions nourriture, vérification du ménage et du chauffage suffiront !

– C'est trop beau, j'ai du mal à y croire. Tu es sûr que… enfin… qu'il n'y a rien d'autre ?

– Je sais à quoi tu penses, et non, Arthur n'a pas besoin de s'acheter une petite copine, il a tout ce qu'il faut.

Je m'empourpre.

Oui, c'est bien à ça que je pensais.

– Il n'a pas vraiment besoin de colocataire, continue Frank en se détachant de la paroi. Il ne fait pas ça pour réduire le loyer, cet appartement lui appartient. Il a juste un truc avec les maisons qui « vivent », surtout quand il n'est pas là, alors j'ai juste besoin que tu y « vives », que tu occupes l'espace. C'est tout, rien de plus. Alors, qu'en penses-tu ?

– C'est magnifique, dis-je, sincère.

– Intéressée ?

– Tu plaisantes ? En ce moment, je n'ai même pas les moyens de payer un studio pourri avec salle d'eau sur le palier à partager avec les voisins ! Frank, si tu me laisses vivre ici, tu seras mon héros !

– Et tu seras mon héroïne si tu t'occupes de ce fichu bonzaï, répond-il avec un sourire.

– Il est où ? Je ne l'ai pas vu ! m'étonné-je.

– Ah, oui, tiens, j'ai oublié de l'ajouter à la liste !

Frank me ramène au salon. Je n'en reviens absolument pas, je vais pouvoir vivre ici ? Vraiment ?

– Et voici le bonzaï, me dit Frank en me désignant un arbre nain qui trône sur le buffet.

Malgré les absences répétées de son propriétaire, le bonzaï me semble bien entretenu.

Je ne sais pas à quoi peut bien ressembler Arthur. Jusqu'ici, je me faisais une image de lui d'après Frank : un trentenaire fêtard, toujours entre deux avions et deux hôtels, comme George Clooney dans *In The Air*. Mais je n'en suis plus si sûre, entre le bonzaï, les tableaux, la décoration soignée, les manettes de jeu…

– Si tu es d'accord, on peut signer pour un mois, propose Frank. Cela vous donnera, à toi et à Arthur, le temps de voir si vous vous entendez les rares fois où il est à New York.

– Merci, vraiment, merci Frank !

– Oh, non, merci à toi ! Si ça fonctionne entre vous, Arthur arrêtera de m'appeler à trois heures du mat à cause du décalage horaire pour me demander tout et n'importe quoi. Et tout ira bien !

Après avoir envisagé de dormir dans des dortoirs avec des inconnues, partager un appartement avec un absent, et une chambre à moi toute seule ? Je ne doute absolument pas que ça ira très bien ! Et, comme ça, je pourrai commencer à chercher un travail sereinement !

– Je passerai ce soir avec le contrat, où tout est écrit noir sur blanc, me dit Frank, de l'entretien du bonzaï jusqu'à la période d'essai d'un mois renouvelable.

– Ça marche.

Nous échangeons nos numéros de téléphone, puis Frank me laisse son double des clés avant de s'en aller. Quand la porte se referme, j'attends quelques instants pour être sûre qu'il est bel et bien parti, puis je saute partout en étouffant un cri de joie. Je fais un nouveau tour de l'appartement – sauf la chambre de mon coloc-proprio – et m'arrête dans *ma* chambre. J'ai tellement envie de me jeter dans ce lit moelleux et de dormir pour de vrai, de me reposer !

Je prends le téléphone et hésite à appeler Rosie avant de me ressaisir. Mon enthousiasme s'estompe un peu. Je ne peux pas appeler ma sœur pour lui dire que je suis ici, et les larmes me montent aux yeux. Mes émotions sont comme des montagnes russes, en ce moment. Elles montent et descendent très vite. Je ne sais pas encore très bien comment gérer tout ça.

Je soupire, abandonne mon téléphone sur le bureau et vais enfin prendre une bonne douche chaude. Et après, à moi le lit !

addictives

Romans déjà parus et à paraître

Rose Becker
Le Bébé, mon milliardaire et moi (aussi en poche)
Torride, sexy & dangereux
Forever You – saisons 1 et 2
Dangerous

Phoebe Campbell
Tes ordres sont mes désirs – poche
Lui résister… ou pas – l'intégrale
You Again
Single Daddy. Try Me if You Can

Mia Carre
Bad for You
Teach Me Everything
Charmant connard !

Mélodie Chavin
Campus Rules

Olivia Dean
À lui, corps et âme – volumes 1 et 2 – poche

Ann Fox
Spring Break – l'intégrale

Emma Green
Toi + Moi : L'un contre l'autre (aussi en poche)
Toi + Moi : Envers et contre tout (aussi en poche)
Toi + Moi : Seuls contre tous (aussi en poche)
Call Me Baby – volumes 1 et 2
Call Me Bitch
Love Me if You Can
Kiss Me if You Can
Bliss. Le faux journal d'une vraie romantique – volumes 1 et 2
Jeux interdits
Jeux insolents
Jeux imprudents

Une toute dernière fois
Fallait pas me chercher! –volumes 1 et 2
Corps impatients (aussi en poche)
Cœurs insoumis (aussi en poche)
Âmes indociles
Cent facettes de Mr Diamonds –l'intégrale
Bliss. Le faux journal d'une vraie romantique –l'intégrale
(Im)parfait
Love Me if You Can –l'intégrale
Kiss Me if You Can –l'intégrale
It's Raining Love!
The Boy Next Room
Call Me Baby – l'intégrale
Call Me Bitch –l'intégrale
PS: Oublie-moi!
Fallait pas me chercher! –l'intégrale
Recherche coloc: emmerdeurs, râleurs, lovers… s'abstenir!
10 bonnes raisons de te détester!
Just 17
Love & Lies on Campus

Kim Grey
Insolent Bastard

Megan Harold
Sublime-moi! –poche
Breaking the Rules
Initiation with my Boss

Amy Hopper
Gone Boy
Le Coloc

Julie Huleux
Alpha Player

Kate Jacobson
Révèle-moi –volumes 1 et 2

Charlie Lazlo
Mon insupportable boss

Sienna Lloyd
Mords-moi!

Caroline Mongas
Mariage forcé. Un contrat indécent

June Moore
Étreinte – volumes 1 à 3

Zoé Murat
Stepbrother Love
Boss Me Around

Clara Oz
Arrogant
Te séduire, te trahir

Lise Robin
Infiltrée. Sex, Drugs & Danger
Love Scandal
Forbidden Stepbrother – poche

Alex Roussel
The Casting

Gaëlle Sage
Kiss, Kill & Ride

Ana Scott
Dark Ride
Last Ride
Vicious Ride
The Dominant

Camilla Simon
Le voisin parfait est un enfoiré
Initiation with my enemy

Ève Souliac
Sexy Mistake

Liv Stone
Love Lessons

Lisa Swann
Adore-moi ! – l'intégrale

Louise Valmont
Toi & moi, c'est compliqué !
Mine Again

Chloe Wilkox
Ordonne-moi ! – l'intégrale
Extreme Lover – l'intégrale
Immoral
Your Game, My Rules – poche
Dominant Boss. Apprends-moi
The Virgin's Price

Luv

Romans déjà parus et à paraître

Ana K. Anderson
Indompté
Scottish Bastard

Sophie Auger
Be with Me

Laura Black
Dark Initiation
Games of Desire
H.A.R.D. - Hot, Arrogant, Rebelle, Déterminé

Margot D. Bortoli
Too Young

Juliette Brunel
Delicious

Anne Cantore
On the Road with You
Promets-moi. Louise et Marco

Sarina Cassint
Avec toi… peut-être
Insolent Boss

Mary Ann Davis
Coach Me Love!

Nora Davy
Absolute Boss
Don't Resist

Gwen Delmas
Noël, toi & moi
Perfect Boss

Cléa Dorian & Ninon Vars
Dark Love

Laurie Eschard
Love Naked

Lil Evans
Savage Rider
Crash & Burn
Boss Affair

Alexandra Gonzalez
Shades of You

Erin Graham
Teach Me Love
The Boss
Secret Stepbrother
Strong Addiction

Joh Harper
Crazy Love

Marie Hayle
Under Control

Iris Julliard
Prends-moi contre toi
Catch & Shoot

Lucie F. June
Fight with Darkness

Sara June
Rider in the Dark
Sexy Wild Rider

Lena Jung
Mon coloc, mes désirs & moi

Emily Jurius
Love to Hate You

Allie Krown
High School Challenge

Pauline Libersart
Tiger. Entre ses griffes

Ella Lores
Mariée par accident à un connard arrogant rencontré la veille…

Jessica Lumbroso
Emma X. Secrète et insoumise

Mila Marelli
Dark Man in Love

Mag Maury
Fast Games
No Love, No Limits
My Hipster Christmas

Jeanne Pears
Insupportable coloc
Colocs & Sex Friends

Jeanne Périlhac
Only You… & Me

Alexia Perkins
Arrogant Fake Lover

Sophie S. Pierucci
L'Inconnu de l'ascenseur & Moi (aussi en poche)
My Stepbrother. L'initiation

Silvia Reed
Darkest. La dernière heure
Too Close

Anita Rigins
No Rules

Avril Rose
Coffee, Sex & Law

Jana Rouze
Effet de vague – saisons 1, 2 et 3

Wendy Roy
Une seule fois (ou presque)

Ana Scott
À corps brisés

Léana Soal
Fight & Hope

Cara Solak
Perfect Obsession

Liv Stone
Initie-moi. Mes jours contre tes nuits

Lena K. Summers
Perfect Bad Boy

Kaly Swann
Austin. Breathe with Me

Lily Tortay
Dance for Me

Flore Valier
Ta peau contre la mienne

Anna Wendell
Arrogant Bad Boy
Apprends-moi le désir

Under Control
Marie Hayle

Il domine tout sauf elle.
Tyler Cole est respecté, secret et froid. Rien ni personne ne lui résiste, il impose ses décisions en toutes circonstances.
Samantha est une sage-femme attentionnée, vite déstabilisée, mais déterminée à ne laisser personne lui marcher sur les pieds.
Quand Tyler la croise au cours d'une soirée, il croit pouvoir la soumettre aux mêmes règles que les autres, l'utiliser et la garder à distance avant de la jeter.
Il n'avait pas prévu qu'elle serait une adversaire à sa mesure… Elle le bouleverse, le trouble, révèle ses failles cachées et lui donne envie de croire à des sentiments interdits…
Est-il prêt à baisser les armes pour elle ?

Auteure : Amy Hopper

Edisource – Éditions Addictives
100, rue Petit, 75019 Paris
Imprimé par FINIDR – Lipova cp. 1965 – 73701 Cesky Tesin,
République tchèque
Dépôt légal : mars 2021 – Achevé d'imprimer : février 2021
Réimprimé en juillet 2021
ISBN : 978-2-37126-408-3
Réf. contrat : ZHAN_001